千個の青

천 개의 파랑　천선란

チョン・ソンラン
カン・バンファ訳

早川書房

千個の青

천 개의 파랑
A Thousand Blue
by
Cheon Seon-ran

Translated by
Kang Banghwa
First published 2021 in Japan by
Hayakawa Publishing, Inc.
Original Korean edition published by EAST-ASIA Publishing Co.
This book is published in Japan by
arrangement with
EAST-ASIA Publishing Co.
through BC Agency and Japan Uni Agency, Inc., Tokyo.

This book is published with the support of the Literature
Translation Institute of Korea (LTI Korea).

装画／坂内 拓
装幀／早川書房デザイン室

目次

日本の読者のみなさまへ

韓国で、創作するうえで影響を受けた作品はなにかと訊かれるたびに、必ず挙げるのが『デジモンアドベンチャー』です。この言葉を日本の読者のみなさまにお伝えできることをとても嬉しく思います。

いつか自分も選ばれし者としてデジタルワールドに招待されるかもしれないと胸を高鳴らせていたわたしは、のちに、世界の均衡と平等について悩む大人、そして、招待されなかった世界への未練を書き綴る小説家へと成長しました。

メディアに囲まれて育った同年代の読者なら、言語や国境を超えた共通のときめきと、世界への期待をもっているのではないでしょうか。

『千個の青』は、わたしが世界に期待するものを詰めこんだ小説です。どうかこの世界が、日本の読者のみなさまにとっても健やかで、温もりあるものでありますように。

そしてもう一つ、わたしはまだ、デジタルワールドへ行けるという希望を捨てていません。

チョン・ソンラン

騎手房は大人ひとりがうずくまれるほどのスペースだ。横になることも、脚を伸ばして座ることもできないくらい狭い。でも、この部屋を使う騎手には横になる理由も、脚を伸ばして座る理由もない。身長百五十センチ、体重四十キロの騎手は、屋根ひとつない四角い部屋でひたすら待ちつづけた。セメントで囲まれた空間は、実際よりも狭くて息苦しく感じられる。C-27は、部屋から空が見えないのが気に入らなかった。気に入らないという表現は自分に似つかわしくないとわかっていたが、やはりその言葉がいちばんしっくりきた。一条の光も入ってこないその場所にぽつんと座って、長いあいだ待ちつづけた。いつまでも――

その少女を。

これは物語の結末、そして、ぼくの最期でもある。

ぼくはいま落下している。普通なら落ちるのに三秒もかからないだろう。でもぼくは、三秒より何倍も長い時間をかけてゆっくりと、少しずつ空から遠ざかっている。地面に着いた瞬間、衝撃はあるだろうが痛みは感じないはずだ。でも、体が粉々に砕けるのは避けられないとわかっている。痛みを感じないことがぼくの存在理由であり、最大の長所だと言う人もいたけれど、それはやっぱり間違いだ。もしも痛みを感じられたらこんなふうに落っこちていなかっただろうし、最期を迎えることもなかっただろうから。ぼくの推論によれば、痛みとは生命体だけに備わる最高の防御プログラムだ。痛みが人間を生かし、痛みが人間を成長させる。それに気づいたのには、物理的な理由と非物理的な理由がある。地面に着くまでに、このすべてを語りつくせるだろうか。

常識で考えれば無理だけれど、いまのぼくには、最期の瞬間までに長く長く伸びた時間があるから可能かもしれない。

ぼくは三秒前まで、トゥデイの背中に乗っていた。トゥデイは黒馬だ。光をはね返す水面のような黒い毛並みが美しい、牝馬《ひんば》。トゥデイについては、あとでもう少し詳しく話せると思う。いま重要なのは、トゥデイはぼくと〝息がぴったり〟の競走馬だということ。つまりぼくは、トゥデイと〝息がぴったり〟の騎手というわけだ。ぼくたちはいまから半年前の三月、致命的なミスとチャンスのめぐり合わせによって出会った。そのいきさつを語ってもいいけれど、それよりもいま重要なのは、三月に初めて呼吸を合わせたぼくたちが九月の今日、最後に呼吸を合わせたということだ。歴史的な日。ぼくは今日という日をそう呼びたい。人々にとって歴史的な日とは、なにかを始めた日を指すこともあるけれど、奇跡が起きた日をそう呼ぶことのほうが多い。奇跡。今日は、ぼくの短い生涯で二度目の奇跡が起きた日だ。

どよめきが聞こえる。ぼくの長い長い落馬がついに終わるようだ。ヨンジェはこのレースが終わったら、コーティングがほとんど剝がれ落ちたボディを塗りなおそうと言った。そして、どんな色がいいかと訊いた。元通りの緑色に塗ったほうがぼくの名前に合っているのだろうけど、二階の部屋に座って窓を見つめていたぼくは、青色、と答えた。わかった、とヨンジェが答えた。

ヨンジェ。名字はウ。つまり、ウ・ヨンジェ。この名前はぼくにとって、トゥデイと同じくらい大切なものだ。ぼくの救い主であり、ぼくを選んだ世界。ぼくが自分のことをそんなふうに表現したと知ったら、彼女はきっと、眉間と鼻筋にぎゅっとしわを寄せてぼくを見つめていただろう。偏屈だけど憎めない、神秘的な表情で。

ぼくとトゥデイをもう一度競技場に立たせたのはヨンジェだ。二度目の奇跡を呼び起こした、とても平凡だけれど、特別で、勇敢な人間。

とうとう、ぼくの脚がトゥデイの体から完全に離れた。トゥデイは時速五十キロで走るだろう。速すぎも、遅すぎもしないスピードで。この世界のプレッシャーから解き放たれて、等速運動を保ちながら、再び得た命を生きるのだ。

トゥデイは数日前まで、安楽死が確定していた競走馬だった。そしてぼくは、廃棄を目前にした騎手だった。でもいま、トゥデイは再びコースを走っている。ぼくは落下している。地面に着けば粉々になる。人間はこういった予測を本能的な勘と呼ぶけれど、ぼくの予測は正確な数値と計算による結果値だ。ぼくの未来が外れることはない。ぼくは、いまここに至るまでに過ごしたわずかな時間について話したい。

ぼくの名はコリー。ブロッコリーの色に似ているからそう名付けられた。

コリー

ヨンジェに会う前まで、コリーはC‐27と呼ばれていた。

時は二〇三五年。アメリカ、中国、日本で作られた部品を組み合わせ、韓国の大田《テジョン》で生まれたのがコリーだ。コリーにほかの騎手たちと異なる点があるとしたら、製造の最終段階で誤ったソフトウェアチップが組みこまれたということだ。そのチップは、報告書を書くために工場の生産ラインを回っていた研究生のバッグから落ちた。認知能力と学習能力の入った、開発中の学習ヒューマノイドのためのチップであり、競馬用のヒューマノイドのためのものではなかった。だが三日間徹夜続きだった研究生は、まぶたもまともに持ち上がらないほど朦朧《もうろう》としていた。そんなとき、最終工程で出くわした工場長と挨拶を交わしながら名刺を取り出した瞬間、チップがこぼれ落ちた。しかし、名刺を見つけられずもたもたと財布をかきまわしていた研究生がそれに気づくはずもない。奇《く》しくも、研究生はベッドのことだけを考えながら夢うつつのなかで工場を後にし、その区域の清掃担当は落ちていたチップを発見すると、そこらに置かれたチップの山に投げ入れた。

ここでふたつのとんでもないアクシデントが起きたのだ。ひとつは研究生がチップを落としたこと、もうひとつは床に落ちたチップを清掃担当が別のチップ箱に入れたこと。ふたりが人間でなく機械だったなら、絶対に起こりえなかっただろうアクシデントだ。つまりコリーは、人間のミスによって生まれたことになる。

コリーが目を覚ましたのは、コリーの安全装置が下りているか確かめようと、社員がコリーの体を揺さぶったときだ。固定台に後頭部をぶつけた瞬間、コリーの電源が入った。ほかの騎手ヒューマノイドたちとは異なり、それが目覚める合図となっていたからだ。すでにそこを通り過ぎていた社員は、コリーの目に光が点ったことに気づかないまま、荷台のドアを閉じた。

貨物トラックは数台が列をつくり、隊列走行で大田からソウルまで移動する。貨物車が自律走行機能でなめらかにカーブを切るごとに、固定された体が反動で揺れる。荷台には、外から中をのぞくための細長い窓が付いていた。コリーにとってはその窓が、外を見る唯一の手段だった。貨物車は深夜の高速道路を休むことなく走りつづけ、時には青い光が乱舞するトンネルをくぐった。到着の一時間ほど前に、コリーは日の出を目にした。細長い窓から陽が差し、荷台の壁面に伸びていった。それが見たくて、固定された頭で窮屈そうに振り返ろうとしていたコリーは、電源が入らないまま一列に並んでいるほかのヒューマノイドたちを発見した。

「おーい」

自分が声を出せることに、そのとき初めて気づいた。コリーは何度か彼らを呼んでみたが、答える者はいない。車の動きに従ってガタゴト揺れる騎手ヒューマノイドを見つめていたコリーは、前に向きなおった。太陽が昇りきった、明るい世界が見えた。

「きらきらしてる」

コリーは世界の彩度の高さに驚き、自分がそんな言葉を知っていることにも驚いた。すると、自分がどれほどの単語を知っているのかが気になった。コリーは目的地に着くまで、窓を見つめながら頭に浮かぶままに単語をつぶやいた。輝かしい。きれいだ。美しい。赤い。青い。速い。怖い。ぞっとする。涼しい。寒い。暑い。ぎらぎらする。痛い。苦しい。つらい……。中には、動詞や形容詞では表しきれないものもあった。

コリーはとめどなく単語を連ねた。単語が荷台を埋めつくしていまにも飽和状態になりそうだったとき、目的地に着くと同時に、コリーが知っている単語も尽きた。千個。コリーが思い浮かべた単語は千個だった。それらを組み合わせれば、より多くの文章を作れるだろう。コリーは自分がいくつ文章を作れるのか知りたかったが、ドアが開き、コリーの電源が点いているのに気づいた社員が慌てて電源を切ったため、それは叶わなかった。

次に目を覚ましたのは、三面がセメントの壁で覆われた部屋の中だった。そこには窓がなかった。ドアは鉄格子でできていて、立つかうずくまるかはできるが、横になったり脚を伸ばして座ることはできない。壁から伸びるエネルギー充電ケーブルがコリーの襟首につながっている。コリーはケーブルを抜いて立ち上がった。頭も出せないほど幅の狭い鉄格子をつかんで、向かいの部屋にうずくまっている騎手ヒューマノイドを呼んだ。

「おーい」

相手が顔を上げた。顔は真っ赤にペイントされ、胸にはF‐16と書かれている。

「そこでなにしてるの？」

コリーが訊いた。F‐16はそれに答えず、コリーを見つめるだけだった。コリーがもう一度訊いた。

「ここがどこだか知ってる？」

F‐16の喉の辺りが光ったが、返事はない。コリーはそれ以上質問するのを諦め、F‐16と向き合うように座った。時が流れていることは騎手房の壁時計でわかるが、それがどれほど長い時間なのかはぴんとこない。コリーはただ、時針が一周し、さらにもう半分回るまでF‐16とじっと向き合って座っていた。

F‐16がなにも答えない理由が、翌日わかった。黒いコートの男と厚いパイロットジャンパーを着た女ふたりが、F‐16のもとへやって来た。コートの男がたばこをふかしながら言った。

「チッ、うんともすんとも言わねえ。ポンコツめ、こいつは返品だ。別のやつを送りなおしてくれ。送る前に不具合がないかちゃんと確かめてからな」

Ｆ‐16は小さな箱にしまわれて運び出された。コリーは去っていくＦ‐16を見ようと起き上がったが、鉄格子のあいだに頭が入らず、遠ざかっていく足音を聞くことしかできなかった。空っぽになった部屋を見つめるうち、コリーは奇妙な感覚に陥った。騎手房の時計は壊れていなかったが、時の流れが遅くなった。その奇妙さを説明するすべがなく、コリーは〝おかしい〟と考えることしかできなかった。

それから五十二時間後、ドアが開いた。例の黒いコートの男が同じ格好で、今度は男を四人引き連れてやって来た。

「出ろ」

たばこをくわえているせいで発音は不明瞭だったが、コリーは男の言葉を難なく理解し、体を動かした。男たちのあとについて建物の外へ移動し、外へ出てからも、囲いのある道に沿って歩きつづけた。葉っぱひとつない並木が両側に立ち並び、落ち葉を踏むたびにカサカサと音がした。

「カサカサ」

コリーがその音をまねして言った。小さなつぶやきに気づいたのか、並んで歩いていた男が横目でコリーを見たが、なにを言うでもなかった。やって来たのは、広大な競技場だった。競技場に入りながら、コリーは空っぽの観客席を見渡した。芝生には十九台の騎手ヒューマノイドが列を作っており、コリーはいちばん端っこに立った。馬を見るのは初めてだった。コリーに充てられたのは黒馬の〝トゥデイ〟だった。

コートの男は競技場の真ん中に椅子を運んできて腰掛けた。騎手ヒューマノイドたちが一台ずつ順に馬にまたがり、ゆっくりとコースを回っていった。馬は最初は歩き、あるポイントからは走った。安定した姿勢で一周するヒューマノイドもあれば、バランスを失って倒れるヒューマノイドもいた。男はその様子を見守るばかりで、いかなるコメントもしなかった。ひとつひとつなにかをチェックしているのは、男のそばに立っている職員だった。

名札に〝ト・ミンジュ〟と書かれた男は、コリーの番になると、トゥデイの手綱を引いてコースに立たせ、手のひらで首筋を軽く叩いた。隣に立つコリーは、その様子をじっと見守った。ミンジュはコリーに、鞍をつかんで鐙《あぶみ》に足をのせ、ひと息に騎乗するよう命令した。だがコリーはまず、ミンジュのように馬の首筋を叩いた。ポン、ポン、ポン。なにをしてるのかとミンジュが訊いた。どこかあきれたような笑いのにじんだ声だった。

「こうする理由はなんですか？」

コリーが訊いた。ミンジュはしばし考えこんでから答えた。

「伝えてるのさ、心で。いまからおまえに乗るぞって」

「手で叩くことで、どうしてそれが伝わるんですか？」

「一種の暗号だ。約束」

「約束」

コリーはそうつぶやいてみた。約束とは実に便利だ。約束ひとつで多くの言葉を省略できるのだから。馬の首筋を叩いてやる、手綱を引く、かかとで馬の腰を蹴る、合図を叫ぶ。それだけで、馬と一度も会話することなくコースを走ることができるのだ。

コリーはもう一度馬の首筋をポンポンと叩くと、鐙を踏んで鞍にまたがった。はじめは、基本姿勢を保ちながらコースをゆっくりと回った。腰をぴんと伸ばした姿勢だ。頭、肩、腰、かかとを地面と垂直にすると、馬の反動を腰が吸収した。腰は馬の動きに合わせて自在に曲がるように作られており、コリーの努力は必要ない。正面をにらんでいたコリーは、自分の手を見、宙に浮いた足を見た。

「よそ見しないで前を見ろ」

馬と歩幅を合わせて歩いていたミンジュが言った。コリーはコースの正面を向いた。

「貨物トラックに乗ってたときとは違う感じです」

ミンジュはちらりとコリーを見やってから、ここからは走るぞ、と言った。コリーはミンジュの命令どおり、ひとつ高い位置の鐙を踏んで腰を上げた。太ももを馬の胴体に密着させ、上体を前屈みにして鞍と並行に保った。それが〞前傾姿勢〞だとミンジュが言い添えた。ミンジュが走れという合図を送ると、馬は徐々にスピードを上げはじめた。関節から足首までがリンク機構（ふたつ以上の部材をつなげて相互に作用させる構造。リンク機構を使うことで軽量化でき、モーターを使用しないため不必要な隙間が生まれない）でできた下半身は、コリーが意識するまでもなく、反動を吸収しながら上下に動き、お尻にある油圧ユニットは鞍と接触するときの衝撃を和らげてくれる。馬がコリーの存在をなるべく感じないように設計されたボディだ。

トゥデイがスピードを上げるにつれ、風が強くなった。風が吹いているのだと、馬のたてがみがなびくのを見てコリーは知った。どうしたらこんなふうに、そのひと筋ひと筋がひとつの有機体、あたかも水が流れるかのようにたなびくのだろう。コリーはふと、たてがみに触れてみたくなった。つかんでいた手綱を放し、たてがみに手を伸ばす。なんの感覚もなかった。だがコリーは、指のあいだを滑るように〝流れる〞たてがみを美しいと思った。

その瞬間、バランスを崩し、コリーの体が大きく揺れた。それを見たミンジュが、手綱を力いっぱい引っ張れと叫んだ。言われたとおりに手綱を引っ張ると、トゥデイが立ち止まった。競技場を横切って駆けつけたミンジュが、息を切らしながら言った。

「手綱を放しちゃダメだ。どうして放したんだ？」

その問いは質問というより叱咤に近かったが、そのニュアンスに気づくはずのないコリーはのんきに答えた。

「たてがみを触りたかったんです」

ミンジュの眉間の筋肉が寄り集まり、三本の筋が入った。右の眉のほうが左の眉より大きくゆがんでいる。顔面筋肉の動きからして喜びや悲しみ、怒りではなく、もう少し複雑な感情を示していた。ミンジュはコリーの言葉が理解できないようだった。それ以上なにも訊かず、走ったせいで乱れていた息を整えながら、降りろと短く命令した。残念だったが、コリーはトゥデイから降りた。トゥデイの首筋をポンポンと叩くのも忘れなかった。

短い訓練が終わり、コリーは狭い部屋に戻った。ミンジュが鉄格子の鍵を閉めようとＩＤカードを出すのを見ていたコリーが口を開いた。

「閉めなきゃいけませんか？」

ミンジュが機器にカードをかざすと、鍵が閉まった。ミンジュがコリーをじっと見つめた。

「ぼくが部屋から出るのを心配してるんですか？　ぼくが信じられないんでしょうか？」

「ルールだ。仕方ない」

ミンジュの返事に、コリーはうなずいて引き下がった。鍵を掛けないでくれと頼まなかった。ルールを守ることは大事だし、社会秩序はみんなが決まりを守ることで保たれることを知っていた。コリーにもそういったルールがいくつかある。ひとつは、人間を攻撃しないこと。もうひとつは、人間の命令に従うこと。立ち去ろうとするミンジュにコリーが言った。

「もしもルールが変わったら教えてください」

ミンジュは答えず、騎手房を出ていった。

その日以降、日に五時間の訓練を受けた。五時間続けて訓練するわけではない。実際は、ほとんどの時間を待つことに費やした。コリーは長い時間競技場に突っ立って、空と、競技場の外壁越しに見える木々の観察に没頭した。空は毎日、毎時間、色と模様を変えた。空は青色だったが、紫やピンク、黄色、ねずみ色が混じることもあった。そんなふうに混じり合った色をどう表現していいかわからず、コリーは〝ねずみピンク〟だとか〝ねずみ黄色〟などと、単語をくっつけて呼んだ。世界を表す単語は、千個の千倍ぐらい必要に思われた。同時に、心配にもなった。ひょっとして、世界にはすでにそれだけの単語があるのに、自分が知らないだけなのではないか。だとしたら、それらの単語をどこで知ることができるのか。

いろんな空があったが、中でもコリーは、くっきりとした雲が浮かぶ日が好きだった。ここでいう〝好きだった〟とは、何度となく、とめどなく空を見上げたという意味だ。雲はそれぞれがさまざまな形をつくり、厚みもおのおの異なっていた。空が平面でなく空間なのだと教えてくれた。そして、雲は風に乗って流れていく。地上に落ちることなく、空を流れることのできる物体。重さを持つコリーには不可能なことだった。ある日ミンジュに、雲を触ってみたいと言ってみたが、ミンジュは耳も貸さなかった。

そうするあいだも、コリーは日増しにトゥデイと親しくなっていった。コリーはかならずトゥデイの首筋を撫でてやり、ときにはよろしく、と声をかけた。ミンジュはコリーの言動を目にしても、一度たりともその理由を尋ねなかった。

コリーはしだいに、一緒にいるほかのヒューマノイドたちは自分のように空を見つめたり、馬の首筋を撫でたり、ミンジュに話しかけたりしないことに気づきはじめた。誤作動だ。ひとりでに電源が入ったのも、きっとどこかに欠陥があるからだろう。だがそれ以上の疑問はなかった。たとえば、なぜ自分はこんなことを考え、単語を知りたがり、狭い部屋で時を数えているのかと疑問に思うことはなかった。コリーの反応は常に場当たり的で、いま目にしていることだけに集中していた。部屋では空を想うこともなければ、競技場で時を数えることもなく、馬にまたがっているときに単語を知りたくなることもなかった。

だが、ときおりふと、予想外のところで斬新な文章を思いついた。体のどこかに文章をしまっておくスペースがあって、文章はそこから飛び出すのだとコリーは思った。騎手房の前で歩みを止めながらコリーが尋ねた。

「どうして馬に乗って走る競技を開くようになったんですか?」

ミンジュの顔に戸惑いが浮かんだ。これまでのような、これは何に使う物なのか、空はなぜ青く、雨はなぜ降り、この土はなんのために敷かれているのかといったレベルの質問とはかけ離れていた。真剣に悩むつもりはなかったのに、ミンジュは適切な答えを選ぼうとかなりの時間を費やした。コリーにとって、ミンジュは親切な人間だった。少なくとも、コリーの質問に答えなかったことはない。最低でも「知らない」という返事は返ってきた。それにくらべて、コートの男や、ときどき立ち寄るだけの男たちは、コリーが「こんにちは」と挨拶しても瞬きひとつしなかった。

「面白いから」

言ってしまってからつまらない答えだと思ったが、ミンジュにはそれ以上にふさわしい答えが思い浮かばなかった。だがひょっとすれば、正解かもしれない。面白くなければ、とっくになくなっていたはずだから。競馬が何千年も続いてきたのは、間違いなく〝面白い〟からだろう。

「誰にとって？　馬ですか？」

「いや、人間にとって」

「それならどうして馬が走るんですか？　面白いなら、人間が走るべきじゃありませんか？」

もう少しで噴き出すところだったが、ミンジュはなんとかこらえた。

「観るのが面白いんだよ。どの馬が一等になるか賭けたりして……。それと、人間がみずから走る競技もあるにはある。馬が走るのとはちょっと目的が違うけど」

「じゃあ、馬はどうして走らなきゃいけないんですか？」

「馬だって走るのは面白いんじゃないか」

ミンジュの声に煩わしさがにじんだ。早く話にけりをつけたそうな口振りだったが、そんなことを知るよしもないコリーは同じ調子で続けた。

「馬が面白がってるってどうしてわかるんですか？」

「このへんで……」

「ぼくにも教えてください」

「なにを？」

「ぼくもトゥデイが楽しんでるのか知りたいです。どこを見ればわかりますか？」

このぐらいでよそうと言っても、コリーは異議を唱えなかっただろう。しかしミンジュは質問を無視せず、コリーを連れて馬房に向かった。

ミンジュはトゥデイの部屋の前で立ち止まった。トゥデイが鉄格子のあいだから鼻を突き出した。ミンジュが鼻筋を撫でながらトゥデイに挨拶した。

「どうしてそこを撫でるんですか？」

「首筋を触るのと似てる。おまえを大切にするよって約束のひとつなんだ」

まねしようと手を伸ばしたが、コリーは身長が百五十センチしかない。ミンジュのように鼻筋を撫でながら馬を抱きしめることができず、手のひらで鼻を包みこむのがやっとだった。ミンジュはコリーに尋ねたい様子だった。なぜそんなに馬とのコミュニケーションに執着するのか。だが、コリーに質問している図を思い浮かべると、こそばゆい気がしてならないのだった。

　ミンジュは馬房に置かれた箱から、土の付いたニンジンをひとつ持ってきた。人が食べるものより細長く、ごつごつしている。売り物にならないニンジンがここへ運ばれてくるのだった。有り余っているわけではないため、普通は初めてここに来た馬を訓練するときや、馬が飼料や干し草を食べないときだけ支給される特別なおやつだった。ニンジンのにおいを嗅いだのか、トゥデイの息が荒くなった。ミンジュが手のひらでトゥデイの鼻をふさぎながら、待てと言った。

「背中に乗ってみろ。手伝ってやるよ」

　ミンジュはトゥデイの裸の背にコリーが乗れるよう、脇をつかんで持ち上げた。コリーはトゥデイの背中にしがみつくようにしながらまたがった。鞍のない背中も、乗り心地は悪くなかった。馬の毛や肌の感触はわからなかったが、背中のラインだけをとっても、長らく鞍を付けつづけてきた進化の跡なのか、トゥデイの背中は平たく、案外乗り心地がよかった。

「どこまで感じられるんだ？　感覚とかは」

「肌に伝わる細かい触感はわかりません。熱さや冷たさも。振動はセンサーでキャッチできます」

「なるほど。じゃあ、うつ伏せてトゥデイの背中に抱きついてみろ」

コリーは言われたとおり、両腕でトゥデイの背中に抱きついた。ミンジュがトゥデイにニンジンを食べさせた。むしゃむしゃとニンジンを食べる振動が伝わってくる。間もなく、食べ物をもらおうとする微細な体の動きと、やや速まった拍動、荒い息遣いが響いてきた。かすかだが、明らかな変化があった。

「楽しんでるんでしょうか?」

「そう。好きなおやつをもらったから」

確信はなかったが、ミンジュはトゥデイが楽しんでいると信じていた。同時に、コリーもその答えが気に入ったはずだと思ったが、すぐに打ち消した。コリーは確かに変わっているが、感情をぶつけ合うような相手ではない。コリーの疑問はどこから生まれるのか、少数の騎手ヒューマノイドに生じる現象なのか、それともコリーだけがそうなのか。答えは見つかりそうになかった。そういった情報は、たまたま騎手ヒューマノイドに接することになったミンジュには縁遠いものだった。

コリーは目を閉じて、トゥデイの振動を感じている。コリーがなにかを悟ったはずだという期待は、ミンジュの思い上がりや無知から来る空想だろうか。

ミンジュはそこらでコリーを降ろしてやった。もうじゅうぶんだろうと部屋へ戻るよう命令すると、コリーはすなおに部屋へ向かった。

コリーは部屋にうずくまって、トゥデイの背中で感じた振動を思い浮かべた。メモリには〝喜び〟と保存した。

翌日、コリーはミンジュの言葉が正しかったことを知った。トゥデイが早足で駆けているとき、コリーはもう一度手綱を放して、トゥデイの背中に手をあてた。ニンジンを食べていたときよりも速く、強烈な振動。コリーが馬の背にまたがってレースを導くよう作られているのと同様、この生物も走るために作られたに違いなかった。トゥデイが幸せなのだと知ってから、コリーは、トゥデイが幸せなら自分も幸せなのだと定義づけた。たてがみが水のように流れ、喜びの震えが体を包む。トゥデイの激しい拍動を、コリーは余すところなく受け止めていた。トゥデイ、幸せですか？　それならぼくも幸せです。

いつからか、レースの前後には、ミンジュの代わりにコリーがトゥデイの首筋を撫でるようになっていた。成績は右肩上がりで、トゥデイの価値もはね上がりつづけていたある日、コリーは競技の直前に、ガードマンが見ていた競馬番組から流れてくる解説者の言葉を聞いた。

「トゥデイと騎手が息をぴったり合わせた結果だと思われます」

息。知っている単語だ。コリーの知る限り、コリーは息をしない。体が空気と化学反応を起こしてなにかを吸収し、分解し、排出するというメカニズムは生命ならではの特権だ。コリーの体はいかなるものも吸収したり、分解したり、排出したりしない。コリーはエネルギーを体に貯め、形態を変え、消費するだけだ。なのになぜ、息を合わせると表現したのだろう。

「比喩ってやつだよ。ぴったり合ってるってことの。パートナーシップが成立してるって言えばいいかな」

ミンジュが答えた。コリーはそれを正解だと思いながらも、どういうわけか認めたくなかった。コリーは自分が息をしていると信じていた。ミンジュは無意識に呼吸をしていて、息をするたびに、かすかではあるが体が膨らんでは縮んだ。それはコリーが目にした、あらゆる人間と動物の共通点だ。呼吸をすると、体は自動的に動く。コリーにも、望まなくても体が動くときがあった。トゥデイの背中にまたがってコースを疾走する瞬間。膨らんだりするわけではないが、そのときだけは誰に命令されずとも、トゥデイの動きに合わせるように反動で体が上下した。

「トゥデイと走る瞬間だけは、ぼくも息をしています。トゥデイの呼吸に合わせて……。これも比喩と言えませんか？」

「うん、そうかもしれないな」

トゥデイの背にまたがって走るたびにコリーは息をし、息をすることが生命の特権ならばコリーはその瞬間だけは生命であり、生命とは生きた存在という意味だ。自分は生きている。

コリーはそう考えた。自分はトゥデイが走っているときだけは生きている。だとすれば、生きているとはどういうことなのか。

だが、この点についてはミンジュに尋ねなかった。トゥデイの価値が五千万ウォン以上に吊り上がりはじめると、トゥデイとコリーには別途に管理マネージャーが付くようになり、ミンジュとなかなか会えなくなった。新しいマネージャーに自分は生きているのだと言うと、たいていはこんな反応が返ってきた。

「イカれたロボットだな」

コリーはミンジュとの再会を首を長くして待っていたが、ミンジュとじっくり話す機会は長らく訪れなかった。高価な馬と騎手はときおりトラックで遠征に出掛け、トゥデイは狭いトラックで食事と排便を余儀なくされ、体を洗うことも休むこともできなかった。コリーにできるのは、首筋を撫でてやることだけだった。トゥデイの鼓動が速まる時間は徐々に減ってゆき、うつろな目をすることが多くなった。

それでもコースに立つときだけは違った。一緒にいる時間が長くなるにつれ、自分たちが互いに似てきているのだとコリーは思った。トゥデイも走っているときだけ生きていた。トゥデイが生きつづけるためには走るしかなかった。

コリーに鞭が渡されたのは二カ月後のことだった。マネージャーは、走りながらトゥデイのお尻を鞭で叩けと命令した。コリーは命令に従った。トゥデイは鞭で打たれるたびに、スピードを出そうと努めた。だがおかしなことに、スピードが上がれば上がるほどトゥデイの内側は静まり返っていく。コリーは理解できなかった。幸せじゃないというのか。トゥデイは走ればこそ生きているると感じるのに、生きていても幸せではなくなってしまった。コリーはこの点についても、ミンジュへの質問リストに入れた。

韓国新記録という名誉なタイトルを与えられたのは、トゥデイが時速百キロを更新したときだった。トゥデイには億単位の価値が付いた。だからといってなにかが大きく変わったわけではない。大好きなニンジンはもう少し与えられたが、トゥデイはニンジンを食べているときも以前のように興奮しなかった。頑張れ、もう少しだよ。レースの途中でコリーがトゥデイにささやいた。そのたびに、トゥデイはこう言っているようだった。痛い。痛い。痛い。

コリーのそばにミンジュがいたなら、あんな事態は避けられただろうか。ミンジュはコリーの言葉を無視しなかっただろうから。だが管理マネージャーは、トゥデイが痛がっているというコリーの言葉にも、聞こえないふりをするか黙れと返した。コリーは命令に従って音声を切った。新記録を更新して三カ月、トゥデイの体はほころびを見せはじめた。

レース終盤で突然スピードが落ち、先頭を維持していたトゥデイはとたんに二位から五位、さらに九位にまで落ちた。ブーイングが起こり、トゥデイの価値は急落し、人々の関心も途絶えた。そんなことはコリーにとってどうでもよかったが、関節の痛みで歩きづらそうなトゥデイが放置されているのを黙って見ていることはできなかった。コリーは誰かに会うたびに、トゥデイにはちゃんとした治療と休息が必要だと訴えた。だが、耳を貸す者はなかった。トゥデイは立っているのがやっとの体で、ニンジンを痛み止め代わりにレースに出場しつづけなければならなかった。

このままじゃ死んでしまう。

コリーは思った。

だからその日、満員御礼の晩夏のレースで、コリーはみずから落馬した。トゥデイはコリーの重さに苦しんでいた。だが、コースに立った以上トゥデイは止まれないはずで、この状態で完走すれば永遠に脚を失ってしまうかもしれない。そう判断し、それならば失格させるのが最善策だと考えた。コリーはつかのま、完走しなければならないという存在理由と、トゥデイを救わなければならないというルールの狭間で悩んだ。そして時を待たず、後者を選んだ。トゥデイを守らなければ。

青空の広がるスクリーンを見つめていたコリーは、その隙間からこぼれ入る陽射しを見つけた。コリーがトラックの荷台で初めて見た、細い隙間をこじ開けるように押し合いへし合いしながら差しこんでくる陽射し。スクリーンがなければもっとよかっただろうに。トゥデイと一緒に、コースではなく草原を走れたらもっと楽しかっただろうに……。

追いかけてくる馬たちが見えたが、コリーは自分から落馬し、トラックのようなスピードと重量感をもって迫ってきた馬の蹄《ひづめ》に踏まれて、骨盤と下半身が粉々に砕けた。トゥデイは助かった。

だが、コリーの存在価値は完全に失われてしまった。

ここまでがコリーの人生の第一幕だ。

コリーは騎手房にいたくないという最後の願いを果たし、馬房の脇の干し草の山に横たわって空を見上げられることになった。数日のうちに下請け業者が回収しに来て、コリーの体は細かく解体され別の機械の部品に使われるか、パワーユニットが切られた状態でかつてのエース、トゥデイと息のぴったりだった騎手として競馬博物館に展示されるはずだった。自分の最期を思っても、コリーにはこれといってなんの感情も湧かなかったが、ただ、いつまでも空を見ていたいと思った。それが〝残念〟という気持ちだとは気づかないまま。

そのとき、ひとりの少女が顔をのぞかせた。少女はジーンズに黒い半そでTシャツを着ていた。ヘアスタイルはミンジュと似ていたが、髪は傷んでいるのか多少ぼさついている。陽射しが降りかかり、漂っていたほこりがぼさぼさの髪の毛にまとわりつくのが見えた。

「こんにちは」

コリーは少女に話しかけた。コリーから一ミリも目を離せないでいる、好奇心あふれる瞳。それが自分を救うだろうことが、少女の息遣いからわかったのかもしれない。

「ぼくになにか用ですか？」

ためらっていた少女は、干し草を踏みしめながら近づき、壊れたコリーの下半身を持ち上げた。

「平気です。すでに壊れていますから。レースの途中で落下して、後ろから来た競走馬に踏まれたんです。ぼくのミスです。ほかのことに気を取られちゃいけないのに、ふと、空が青いなって思って。晴れた日に草原を走ってるんだと想像したんです。スクリーンに映る偽物じゃなくて、本物の。本物の草原を走ったことがありますか？」

少女の答えを聞きたかったが、そのとき、ミンジュが馬房に入ってきた。少女は出ていく間際まで、何度もコリーを振り返った。

翌日、コリーの電源が切れた。

最後の記憶は、ミンジュが電話で誰かを説得し、頼みこんでいる姿だ。どうせ使える部品だっていくらもないんだから、売ったところで八十万ウォンにもならないでしょ。下請け業者に売ること自体が違法なんだし、誰もとやかく言いませんよ。いえ、ぼくが告げ口しようってわけじゃ……。ええ、そこのところは重々言っておきます。そんな人じゃありませんってば。ミンジュが短時間のうちにこれほど多彩な感情を吐露するのを、コリーは初めて目の当たりにした。馬房を歩きまわりながら話していたミンジュは、ついに電話を切ってコリーのほうへ近づいてきた。これで生きられるぞ。よかったな。ミンジュはそう言ってコリーの電源を切ったのだが、コリーはミンジュが〝生き〟られると表現したのを忘れまいとメモリに保存した。

次に目を覚ましたときには、あのとき見た少女が目の前にいた。コリーは干し草の上ではなく、屋根のある住宅の二階の一室にいた。少女はコリーと向き合って座り、口を開いた。


「ウ・ヨンジェ」

これは少女の名前。

「きみはブロッコリー」

「……」

「略してコリー」

これはコリーの名前。

コリーはこうしてコリーとなった。そしてここからは、コリーの人生の第二幕を開いてくれた偉大な少女の話をする番だ。

ヨンジェ

ヨンジェの記憶では、最初にレールを外れたのは九歳のときのことだ。

その日は放課後も学校に残り、数日後の運動会に備えてリレー走の練習をしていた。計六クラスが前後二班に分かれ、各班から二名ずつが代表として参加する。アンカー以外は半周ずつ。ヨンジェは三組の代表のひとりで、メンバーの中で群を抜いて速かったため、アンカーに選ばれた。ヨンジェの担任もリレー指導担当で、ヨンジェに大きく期待していた。実力は皆似たり寄ったりだったから、間違って誰かがこけたりよろけたりすることがあれば、すぐさま追い越されるものと懸念していたらしい。だから並外れて足の速いヨンジェに、たとえチームが遅れをとっても追い越せるほどのスピードを求めた。ヨンジェなら楽勝だと考えたのか、ヨンジェの表情に余裕を感じたのかはわからないが、練習のたびにまるでラップを刻むかのように「頑張れ！」と叫んだ。ヨンジェが踏み出す一歩一歩に「頑張れ！」がつきまとった。まとわりつく声が煩わしく、うんざりした。

これ以上耐えられないと思った刹那、ヨンジェはレールを外れていた。よりによって、それが運動会当日だったのは不運に尽きるが。ヨンジェはカーブで曲がらず、まっすぐ突き進んだ。四方が静まり返った。にぎやかな応援の声が遠ざかったからなのか、それとも、ヨンジェの突発的な行動のせいで皆が凍りついたからなのかはわからない。ヨンジェはただ、「頑張れ！」という声にうんざりしただけで、そうしてレールを外れ、学校の正門をくぐって行き止まりに突き当たるまで走りつづけた。

翌日、担任は皆の前でヨンジェを立たせ、昨日のざまはなんだと訊いた。もちろんヨンジェは、自分のせいでみんなのこれまでの練習が水の泡となってしまったことを悪く思っていた。だがいずれにせよ、時を戻すことはできない。代わりにヨンジェはこう答えた。頑張れと言われてスピードを上げすぎたせいでコントロールが利かなくなったのだと。そのスピードは、そのまま競馬場に入りコースを走っていた馬と並んで走るほどだったと言うと、それを聞いた担任は怒りのあまり血相を変えて教室を出ていった。クラスメートがヨンジェの机に集まってきた。彼らはさっきの言葉をそっくり信じていたわけではないが、昨日のヨンジェは本当に馬のような速さで運動場を出ていったと、そしてそのあと、狼狽した校長がマイクを握ったものの、なにひとつまともにしゃべれなかったのだという顚末をまくしたてた。

ヨンジェはただ笑って聞いていた。さっきの言葉は事実ではないが、かといってすべて出まかせというわけでもないとは強いて言わなかった。ヨンジェはあの日、走りつづけた末に本当に競馬場にたどり着き、そこで訓練中の馬たちを見た。入っていって並んで走りはしなかったが。

とんでもないスピードで走る馬と、その背中で安定した姿勢で手綱を握る騎手ヒューマノイドは、地球くらい軽々と一周してしまえそうだった。先頭にいた競走馬がゴールを切ると、電光掲示板に時速八十キロと表示された。訓練中のため歓声は聞こえなかったが、ヨンジェはもともと、週末ごとにそこから響いてくる歓声を聞きながら育った。いまごろはきっと、人々が興奮で顔を真っ赤にしてわめいていることだろう。人々が叫ぶのは、最低でも時速八十キロのときだ。人はスピードに熱狂し、スピードを羨んだ。人間の脚では絶対に不可能な馬のスピードを。

ヨンジェはしばしば、初めてレールを外れて走った九歳のころを思い浮かべながら、あのとき二度と戻れないほど遠くまで走るべきだったと思った。競馬場ではなく、いっそこの半島の果てまで。一度逃したチャンスは簡単にはやって来なかった。レールを外れたというレッテルを貼られたせいか、走るチャンスがめぐってこなかったからだ。いま思えば九歳の自分は、運動場ではなくこの町を離れたくてひた走ったのに違いない。この町を離れたとて、どこか当てがあったわけでもないが。でも、こんなことを考えていても現実を生きるうえでなんの助けになるだろう。すべてはつかのまの言い訳にしかならない。心から望んでいたなら、とっくに飛び出していなければならなかった。ここでこんなことを考えるよりも前に。

ヨンジュは携帯の画面に浮かんだ給料明細にじっと見入り、念のため〝0〟の数をもう一度数えた。八十万ウォン。いつもより五万ウォン多かった。退職金ともいえたが、退職金にしては少なすぎる金額だから、ボーナスと呼ぶにふさわしい。あるいは慰労金。じっと見つめたところで、金額が増えるわけでもない。ヨンジュは携帯をポケットにしまった。店長は、「なにも問題はないよな？」と表情で訊いてきた。ヨンジュもうなずくことで返事に代えた。

「来月からまた最低賃金が上がるってんだから、おれみたいな店主はやってられんよ。コンビニなんて細々《ほそぼそ》とした商売なのにさ。バイトなしじゃこっちも困るが、いまだって費用の半分はバイト代なんだ。儲けの半分がバイトの給料に消えるんだぞ。なのにまた最低賃金が上がるとなりゃ、店をたためってのと同じだ、そうだろ？」

ヨンジュは黙っていた。店長もヨンジュに共感してもらいたいわけではなさそうだ。〝おまえをクビにするしかないかわいそうな自分〟とでも言いたいのだろうか。これじゃあどっちがどっちの身の上を嘆いてるんだか。いくら大変だといっても、コンビニの店主と即刻来月からの生活費に悩むアルバイトなら、どちらが気の毒かはくらべるまでもない。だが、ヨンジュはぐっと言葉を呑みこんだ。少なくとも、店長は最後まで義理を守ってくれたのだ。

店長は、十五歳のヨンジュをすんなり採用しようとはしなかった。制服姿のヨンジュがふてぶてしい態度で履歴書を差し出したとき、店長はふんと鼻で笑いながら目もくれず突き返した。

「少なくとも制服じゃいかんだろ？」そのように言えば、高校生はお断りだとわかるだろうというように。もちろんヨンジェには伝わっていた。だが、採用サイトで〝成人〟（訳注：韓国では満十九歳以上）という記載を見ていてもなお、制服姿で訪れたヨンジェのことだ。翌日、当然のように私服姿で訪れて履歴書を差し出した。店長は今度も、目もくれず突き返した。「メイクをして来たほうがいいですか？」とヨンジェがつっかかると、「最近は高校生でもメイクは基本だろ？」と言われ、どちらにせよ無駄だと追い返された。

ヨンジェはその翌日もコンビニを訪れた。本当にメイクをして来いという意味ではなさそうだったから、したこともないメイクをあえてするという苦労ははぶいた。もう新しいバイトを雇ったのだと言われ、ヨンジェの希望は根こそぎ引っこ抜かれた。しかし、絶望はたちまちチャンスに取って代わった。雇ったばかりのバイトがほかに仕事を見つけて、出勤できないとメールを送ってきたのだ。客用テーブルで失意に頭を抱えている店長に、ヨンジェはすかさず履歴書を差し出した。

「この先、クビになるまでやめるつもりはありません。未成年者が勤労するための本人申請書がこれです。親と校長のサインももらいました。地方労働局にも申請済みで、まだ審査前ですが、すぐに許可が下りるはずです。わたしを雇っても違法にならないので心配は無用です。勤労契約書さえちゃんと書いてくれれば、労働庁に訴えたりもしません。週末も、わたしには〝花金《ハナキン》〟だとか、ましてや〝花土〟なんて概念もないので、二日酔いで遅刻したり休んだりすることもありません。たばこの種類も覚えたんですが、暗誦してみましょうか？」

店長はヨンジェがたばこの種類を暗誦し終わる前に履歴書を受け取った。明日から出てくれと言われ、ヨンジェはいまからでも大丈夫だと答えた。

店長は四十近い歳だったが、未婚で、今後も結婚の予定はなく、世間一般の順序立った人生にも興味のない人間だった。つまり、いわゆる真っ当な人生にも他人の人生にも、これといって関心がない。それは、これまでヨンジェに一度たりとも家の事情を尋ねなかったことからもわかる。ボーナスはなくても、給料の支払いは一度も遅れたことがなかった。ヨンジェは、店長とは反《そ》りが合うと思っていた。なにもなければ、少なくとも成人するまではここで働くものと思っていたのに、七カ月にして思わぬ伏兵にあうとは。

「それもこれも生き残るためだ。おまえだってあと何カ月かしたら二年生なんだから、そろそろ勉学にいそしまないとな。勉強しろ、勉強。ほんとなら、週末は塾通いで忙しいときだろ。いまお金なんか稼いでどうする。あとからにしろ、あとからに」

別れ間際にうるさいオヤジだ。今度もヨンジェは黙っていた。代わりに、音のするほうを振り向いた。バックヤードのドアが開くと、そこからサービス業務用ヒューマノイド〝ベティ〟が、商品の入ったケースを持って出てきた。ベティはヨンジェを客と認識したのか、顔の部分に笑顔のマークを浮かべた。

「いらっしゃいませ。必要なものがございましたら、このベティにお申し付けくださいませ」

「ハッ」

ヨンジェがあきれたように笑うと、店長が引きつった笑顔を浮かべた。ロボットなんかとは働けないと言ってたのはどこのどいつだ。働く者同士、心の絆がなにより大事だと言ってたのはどの口だっけ。あきれてものも言えないでいるヨンジェの心を読んだかのように、店長は訊かれてもいないのに言い訳を始めた。

「バイトひとり使うより、あいつのほうがずっと安いんだよ。機能もすごいしな。陳列商品の賞味期限は覚えるし、身分証の本人確認機能はあるし、それに、二十四時間録画機能だって……」

店長はヨンジェの表情をうかがうと、言葉尻をにごした。

「ま、そういうわけだ」

一瞬ひるんだことが悔しくなったのか、すぐに太い声になって言った。

「どうして最近になって、やたらとベティが使われはじめたと思う？　人件費が上がりすぎて死にそうだからだよ。あいつなら初期費用はかかっても、長い目で見りゃずっと安い。おれだって頑張ったんだよ、ぎりぎりまでおまえに頼めるようにって。給料の支払いだって遅れたこともないし、非番の日に呼び出したこともないだろ」

「……」

「ヒューマノイドだのロボットだの、おれだっておっかねえよ。でも、生きるってのは新しいことに挑戦しつづけるってことだろ。そう思わないか？」

「なにも訊いてませんけど」

店長はまるで罪人のようにガクッとうなだれた。もとよりヨンジェも、自分の理不尽さはわかっていた。これまでの感謝を述べても足りないくらいなのに、怒るなどありえないことだとも。しかしいまだけは、死んでも感謝の言葉など出そうになかった。

「また競馬にお金をつっこんだわけじゃなくて？」

「そんなわけないだろ。おまえなあ、おれをなんだと思ってる」

「稼いだら丸々そっちにつぎこむ人。はい、とにかく、わかりました」

ヨンジェは店長とベティを一度見やってから、玄関のほうへ振り返った。店長は引き止めなかったが、遊びに来ればカップラーメンのひとつくらいおごってやると叫んだ。こじきでもあるまいし。そう思いながらコンビニのドアを開けて出た瞬間、いやいや、それでもギリギリまで自分を使ってくれた店長に感謝のひとことを伝えるべきではないかと思った。世間はどこでどうつながっているかわからないのだ。そんな薄っぺらな葛藤をしながらドアの前でしばし佇《たたず》んでいたが、ヨンジェはついに引き返さなかった。店長だって大して気に留めないだろう。今度またふてぶてしく訪ねて行って、ベティと仲良くやっているかと訊いても、まあなと受け流すに違いない人間だ。

本当は、遠からずベティがコンビニに置かれるだろうことはわかっていた。ベティは二〇〇四年にK大学で開発された韓国初の二足歩行人間型ロボット〝ヒューボ〟の、進化型モデルにして普及型モデルでもあった。見かけはさほど変わっていないが、機能が追加され、関節の動きも人間のようにスムーズだ。詰まるところ、この世はそろばん勘定で回っているのだが、店長の言うとおり、いまや人を雇うよりヒューマノイドを雇うほうが安かった。もしもコンビニの客がベティに不満を感じていたら、アルバイトがベティに追いやられることなどなかっただろう。しかしベティはコンビニを訪れるタチの悪い客、たとえば入ってくるなりひとこと「たばこ！」とだけわめくおじさんにも気分を害さず、保存記録からその客が毎日買っていくたばこを見つけてカウンターに載せ、カップラーメンを食べてごみを放ったらかしにする客がいても顔色ひとつ変えずテーブルを片づけるのだから、あらゆる面で使いやすい。

最低賃金は、翌月には一万五千ウォンに上がる。ヨンジェの立場からすれば嬉しいことだが、店主たちにとっては手痛い打撃に違いない。対策もないまま最低賃金だけが上がっていくうちに、店主たちはバイトをクビにし、初期費用はかかっても長期的にはずっと割安なベティを取り入れはじめた。やむをえないではないか。ヨンジェにはベティのように全顧客のデータを記憶することはできないのだから。そんなふうに店長のことを理解しようと努めてみたが、自分が哀れに思えてきてやめた。よけいなおせっかいはやめよう。腹が立つからといって、初期費用のことまで気にしている自分がばからしくなった。

夏も終わりかけたころ、雨が二日続いたかと思うと、九月に入るなり秋が来た。昨夏までは秋などなくなりそうなほどの猛暑だったのに、今夏は暑さを忘れるほど涼しい。ヨンジェが幼稚園のときから唱えてきた、二一〇〇年までに地球は燃えてなくなるはずだという〝地球火あぶり説〟は、徐々に信憑性を失っていった。残念ながら、ヨンジェが生きているあいだに地球は滅亡しないかもしれない。だとすれば、今後も頑張って生きるしかない。嫌々ながらも。

バイトをクビになったと言っても、バイトを始めると言ったとき同様、ボギョンはこれといった反応を返さないに違いない。ボギョンはいつだって、ヨンジェの選択に反対することはなかった。母親として無神経だという意味ではない。本当に無神経だったなら、ヨンジェがソフトロボット研究プロジェクトの最終面接で落ちたとき、ヨンジェを連れて江原道《カンウォンド》に出掛けることもなかったはずだ。ヨンジェからすれば、午前零時に自分と姉のウネをやみくもに車に乗せ、行き先も告げずに出発したボギョンが煩わしくてたまらなかった。頼むからひとりで泣かせてくれとわめきたかったが、そんな気力もなく、後部座席でじっと口を閉ざしていた。

ボギョンは深夜三時ごろ、やっと車を止めた。辺りは闇に包まれていたが、窓を開けると、どこからか波の音が聞こえた。海なのだとわかったが、だからなんだと思いながら沈黙を守っていると、いつのまにか眠りこんでいた。ウネに起こされたのは二時間後のことだった。午前五時を少し回った時刻、辺りは青く染まり、切り立った岩山と海が一枚の写真のように目に入ってきた。ヨンジェは車から降りた。ボギョンが車のボンネットにシートを敷き、ヨンジェに座るよう促した。ヨンジェはすなおにボギョンの隣に座った。ほどなく、水平線の向こうから赤い太陽が頭をもたげた。これまで見たどんな太陽よりも大きく鮮やかだった。

赤い太陽はゆっくり、ゆっくり昇った。

「日の出ってすごくきれいね、ヨンジェ」

ボギョンが言ったのはそのひとことだったが、ヨンジェは、なぜ人が初日の出を見に行くのかわかるような気がした。ヨンジェは長らく日の出を見つめてから、口を開いた。いまでなければ二度と言えない気がした。

「最後の質問、なんだったっけ。テクノロジーの発展は人間になにをもたらしたか、いや、なにをもたらすべきだと思うか、だったかな。とにかくそういう質問だったんだけど、答えられなかった」

「どうして？」

「一緒に面接を受けたほかの子たちは、みんな留学上がりでさ。その子たちが口にするテクノロジーは、わたしの住む世界のものとは別物だった。そう、本当に未来を見据えてた。なんのことやら聞き取れなくて、もう思い出せもしないような。わたし、恥ずかしくてなにも言えなかった。バカにされそうで」

そのあとボギョンがなんと言ったのかは思い出せない。ただ、海を見て胸がすくような思いだったことは覚えている。いずれにせよ、ボギョンは今回もさほど気に留めないだろう。そもそも、外で稼いでこいなどと言われたことはないのだ。内心では、勉強に打ちこんでほしいと思っているのかもしれない。

バスに乗るのをやめ、ヨンジェは方向を変えて莫渓《マッケ》川沿いに歩きはじめた。少し遠回りになるが、歩きながら今後について思案しようと思った。

店長の言うとおり、あと二回の試験を経れば十六歳だ。大学に進むか、それとも早々《そうそう》に研究員になるか、でなければほかの生産職に就くか、起業するか、専門職、あるいは技術職に就くのかを決めなければならない。大学進学を必須とする時代がピークを過ぎるとともに、進路を決める時期はさらに早まった。ヨンジェの夢は去年までソフトロボット研究員だったが、いまではそれもあやふやだ。なぜその仕事をしたいのか、なにを目標としているのかに答えられない。ロボットが好きだし、お金もたくさん儲けられるから。それがいちばん正直な答えだったが、そのとおりに言ってしまえばブラックリストに上り、書類選考の段階で落とされそうな気がした。

ヨンジェはそこで歩みを止めた。〝ストリーン〟が、前日飲みすぎたおじさんのように電柱をつかんでゲエゲエいっていたからだ。わずか数分前に、コンビニを出てきながらおせっかいはやめようと誓ったばかりだったので、ヨンジェはストリーンが電柱をつかんで吐こうが踊ろうが無視しようと思った。が、けっきょくは数歩も行かずに引き返した。わたしならすぐに楽にしてあげられる……。ヨンジェは、ストリーンには感じられないはずの苦痛まで想像していた。このままだと、修理業者が来るまであの調子だろう……。ヨンジェは大きなため息をつきながらストリーンの背中を撫でた。すべすべしたアルミニウムを撫でるうち、一時停止ボタンを見つけた。ボタンを押し、ふたを開ける。ストリーンを勝手に触ることは公共物損壊罪で罰金か実刑が科される可能性があるが、こんなふうに壊れたストリーンを直してやる場合は例外だ。いや、厳密に言えばこれもやはり許されない行為だが、運がよかったのか、ヨンジェはこれまでストリーンを直したという理由で出頭を命じられたことはない。

ストリーンが完全に停止するのを待って、腹部をじっくり調べてみた。紙以外のゴミは、圧縮されて内蔵された容器に収まっている。紙類は一度シュレッダーにかけられるのだが、そのシュレッダーの部分に長いスカーフが引っかかっていた。むやみに取り出そうとすればさらなる故障を招くとわかっていたが、このストリーンは旧型モデルだ。おそらくは故障直前まで使いまわして廃棄する算段なのだろうと思い、ヨンジェは気にせず腕をつっこんだ。力ずくでスカーフを引っ張ってみたが、紙を細断するローラーに絡まってしまっているのか、とうてい外れそうにない。ヨンジェは最終的に、ストリーンのお尻を足で力いっぱい押しながらスカーフを引っ張った。ガ、ガガッという音が途切れ途切れに聞こえたかと思うと、間もなくスカーフがスポッと抜けた。ヨンジェはもう少しでひっくり返るところだったが、直前でもちこたえた。ストリーンの電源を入れる。ヨンジェは聞き慣れたせりふを、口の中で一緒に言った。

「こんにちは。わたしは町の守り神、ストリーンです。町の衛生はわたしにお任せください。ゴミは道に捨てず、家にお持ち帰りください。ポイ捨てしたゴミで野良猫が怪我をするかもしれません」

「そうよね、おつかれさま」

ヨンジェがストリーンの肩をポンポンと叩くと、ストリーンは大人の男性ほどもある大きな体を動かしはじめた。脚よりも胴体のほうが長いアンバランスな体型。それも仕方がない。ストリーンは町のゴミを集めるという趣旨のもとに作られたのだから。ヨンジェはスカーフをぐるぐる巻いて脇に挟んだ。またどこかで変なものを飲み込まないかしら、と不安げにストリーンの背中を目で追っていたが、やがて、これ以上は自分の心配することではないと思いなおした。

ん・鶏冷麺

派手な文字がチカチカと点滅しながら電光掲示板を流れていく。ランチタイムを過ぎたばかりの厨房は慌しい。食器洗い機がパンパンの状態で回り、まだ散らかったままの屋外テーブルには食べ物のかすがこびりついている。ハエがテーブルにたかり、ちょうど二次会を始めようとしていたところだった。ヨンジェはまっすぐに縁台席へ向かい、布巾を手に取った。すでに固まってしまった食べかすを、テーブルが揺れるほどゴシゴシ拭いた。所々に残っている汚れのほとんどは、少々時間が経ってしまったものだ。ヨンジェが三つ目のテーブルを拭いていたとき、ボギョンが息を弾ませながら出てきた。

「帰ってたの?」

ヨンジェの帰りをひそかに喜んでいるような声だった。

「今日は遅い日じゃなかった?」

「お昼に団体客があったの?」

「ほら、あそこの科学館でセミナーがあったみたいでね。科学者だか研究員だか、とにかくスーツ姿のお客さんたちだったわ」

競馬のない日だと、店は閑古鳥が鳴いている。日曜の営業だけでも食べていけるぐらいの収入はあったが、こんなふうに平日や土曜に団体客の予約が入ると、ボギョンは棚からぼたもちと言わんばかりに喜ぶ。ヨンジェも暇すぎるよりはましだと思っていたが、レースのある日曜以外はほかに手伝いもおらず、ボギョンひとりで店をやりくりするのは相当きついはずだ。案の定、ボギョンの顔には疲れがくっきりとにじんでいた。当の本人は、もっぱら儲かって嬉しそうにしていたが。

「それならそうと言ってくれればいいのに」

「バイトのある子に頼めないでしょ」

ふと、ボギョンはこの時間にヨンジェがいることの違和感に気づいたのか、どうしてここにいるのかと訊いた。ヨンジェは残りのテーブルを拭きながら言った。

「クビになった」

「そう、残念ね」

なんとも淡白な反応だ。

ウネの指定席は、テーブルに影をつくってくれる大きな桐《きり》の木の下だった。ウネはランチタイムが終わるころになると、そっとその木陰へ入り、タブレットで映画を観たり本を読んだりした。

だが、今日はそこにウネの姿がない。

「ウネは?」

ヨンジェが訊くと、ボギョンは返事をする代わりにこう言った。

「〝お姉ちゃん〟でしょ」

「なによ今更」という言葉が口をついて出たが、「お姉ちゃん」とは言いなおさなかった。ヨンジェはボギョンに聞かずとも、ウネの行きそうな場所に心当たりがあった。最後のテーブルまで拭き終えると、ヨンジェは前庭を横切りながら言った。

「お母さんも、大変ならロボットでも置いたら？」

客の去ったテーブルをひとりでせっせと片づける姿が痛ましいからだったが、ボギョンは一刀両断した。

「嫌よ」

予想どおりの反応だった。どのみち前向きな反応など期待していなかったし、ついさっきロボットのせいで仕事を追われた人間が言うことではないと思われ、ヨンジェはそそくさと店を出た。

莫渓川沿いに進むと、テーマパークにたどり着く。この一帯は夏には草木が生い茂る場所だったのに、いまでは年中ほこり混じりの砂に覆われている。砂漠化が進んでいるというが、この国で最初に砂漠ができたのはここに違いないとヨンジェは思っている。そよ風に、鼻と口を手で覆った。白くかすんだ砂塵が吹き抜けていく。ヨンジェの足は競馬公園に向かっていた。

数年前に全面改装した競馬公園の出入り口は、週末になるとネオンサインで輝いた。その手前はＶＩＰ客を釣ろうとする客引きと、生中継のために派遣されたテレビ局の車でごった返す。テーマパークの隣に位置する競馬公園は、いつしか〝第二の夢の国〟という別名をもつようになった。大人のためだけの世界。競馬場が息を吹き返したのは、新しい騎手が登場してからだった。その騎手のすばらしさといったら、たとえ落馬しても死んだり怪我したりすることもない。破損がひどければ廃棄されたが、いずれにせよ騎手が死というものから自由になったのだから、馬のスピードは徐々に速くなっていった。人々はカーレースのようなスピードの快感に再び熱狂しはじめ、やがて賭け金に巨額の電子マネーが用いられるようになると、ロトより大きなスケールでひと儲けしようとする人々が現れた。そんな噂を聞いて、第二の人生を夢見る人々がわれもわれもと競馬公園に集まってきた。

この辺りの店は、競馬場あってこそだった。ボギョンの店も一時は傾きかけていたが、競馬場が再び活気づいたことで、レースのある日曜日に一週間分まとめて稼ぐようになった。しかし、そうかといってギリギリだった生活が激変するわけではない。一週間後にはちょうどなくなるぐらいの稼ぎだった。

バイトをクビになったという事実が、またも頭に浮かんだ。自分がもう少し羽目を外せる度胸の据わった人間だったら、競馬でもやってみるのに。だが、あいにくそのご近所に暮らしながら目にしたのは、億万長者になっていく人よりも、ありったけのお金をつぎこんで競馬場を追われる人たちのほうが多いという現実だった。

北口チケット売り場は、骨組みだけ残った遺跡のようにそこに佇んでいた。たとえ競馬場が様変わりしていっても、孤高に歳月を守る主《ぬし》のように。使われなくなったチケット売り場は、公園の保安官のひそかな休憩所となっている。固く閉ざされた鉄扉《てっぴ》を揺さぶっていたヨンジェは、くるりと向きを変えてチケット売り場へ向かった。ガタつく窓を力ずくで押し開けると、布団の上で熟睡していたダヨンが、がばっと身を起こした。天然パーマが、ぎゅっとしばったゴムからはみ出ている。癖の強い天然パーマは、ダヨンの驚く顔を際立たせるようだった。夢から現実へ戻るのを待つようにどんぐりまなこで宙を見つめていたダヨンは、ほどなく、窓を開けたのがヨンジェだとわかるとヘラヘラと笑った。

チケット売り場の外へ出てきたダヨンが、髪を結びなおしながら言った。

「なんの用？　こんな時間に」

ヨンジェはダヨンのそんな様をふてぶてしいと感じ、また、バイトをクビになったことをわざわざ言う気にもなれず、ただちに本題に入った。ウネがここにいるのはわかっていると。ダヨンが両手をバックポケットにつっこんで言った。

「なんのこと？」

「地面にタイヤの跡があるでしょ」

ダヨンは、えっと地面に目をこらした。ヨンジェの言うようなタイヤ痕などなかった。騙されたことが悔しいのか、なにか言おうと勢い込むダヨンをあやすようにヨンジェが言った。

「早く開けてよ。わたしから管理所長に電話する前に」

「はいはい。誰も開けないとは言ってないでしょ？　ほんとせっかちなガキね……」

鍵を取ってくるからと、ダヨンはチケット売り場へ入っていった。

ダヨンがここに就職したのは去年のことだ。サファリパークのスタッフを思わせる保安官のユニフォームが気に入って面接を受けたというダヨンのエピソードは、ボギョンから伝え聞いた。鶏の炒め煮が有名だと聞いて店を訪れたダヨンは、ひとりでそれを二人前と焼酎《ソジュ》三本をたいらげた日、住民登録番号の後ろ七桁（訳注：前七桁は生年月日、後ろ七桁は性別とランダムに振り当てられた数字からなる）以外をすべてぶちまけて帰ったという。もともとは消防士か警察官が夢だったのだが、それもやはり制服が格好よく思えたから。そこで、いっときは遊園地のアルバイトもしてみたが、いつまでもアルバイトの身でいるわけにもいかなかった。なにはともあれ、ダヨンは立て続けに筆記試験に落ち、実家から縁を切られそうな気配を感じ取ると、急いで求人広告サイトを漁り、〝制服支給〟とあれば後先かまわずとびついて面接を受けた。これが、ダヨンがここに来るまでの短い歴史だ。

「どうしてそんなに制服にこだわるの？」と訊いたときも、ダヨンは屋外テーブルでひとり、鶏煮込み麵に焼酎をやっつけていた。春になって久しかったものの夜風はいまだ冷たく、ダヨンは赤い鼻でへへ、と笑ってこう答えた。どこかに所属してるって感じがいいでしょ。そう言うダヨンはなにかの漫画の主人公みたいだったが、具体的にどんな人物かまでは思いつかなかった。おてんばだけれど憎めない感じのキャラクターならぴったりなのだが……。それはともかく、その年は就職運がめぐってくるという占いが当たり、ダヨンは八・五倍というどこに出しても恥ずかしくない競争率をくぐり抜けてここに入社した。競馬場のにぎわいは増す一方だったから、ダヨンが自分のように不当に切られる可能性は薄いだろう。だがすでに二十人以上の保安官がクビになり、代わりにヒューマノイド〝ポリー〟が入ってきているのだから、チケット売り場のスタッフも安心してばかりはいられない。ダヨンの敵はキオスク端末だ。さいわい現時点では二台のキオスクと共生中で、機械よりダヨンを頼る客もある程度はいるから、すぐに切られる心配はないだろう。こんなふうに違法な出入りを許しているのがばれなければの話だが。

北口の鉄扉のそばには監視カメラがあるが、おそらく作動はしていない。施設はあっという間にアップグレードされたものの、その分最も基礎的なところが抜けていた。ダヨンが堂々とこんなまねをするのも、そんな背景を承知しているからだろう。鉄扉が開いた。ダヨンはヨンジェが通り抜けられるぎりぎりの幅で門を開けた。

「厩舎にいるはずよ。〝ポリー〟に見つからないようにね」

ダヨンがそっと耳打ちしたが、ウネの行き先はヨンジェにもわかっていた。北口とは正反対の方向にある注岩《チュアム》厩舎までの長旅が待っていることも。敷地を横切って行ければいいのだが、よりによってだだっ広い競技場が真ん中に位置しているため、ぐるりと遠回りして行くしかない。天気がよくてさいわいだ。雨や蒸し暑い日だったら、ウネを見つけるなりしかめっ面をつくっていただろう。いや、そんな天気ならそもそもここに来ていなかったかもしれない。

ウネは四年前からここに通うようになった。新しい騎手の導入を控えていたころで、テレビでは大々的な競馬システムの改編とリニューアルオープンを宣伝していた。そのとき謳《うた》っていた改編とは、競技場の天井に透明なホログラムスクリーンを設けるというものだった。ホログラムスクリーンの画は、競技ごとに草原や砂浜に変わった。これを見る人々も走る馬も、視覚的興奮を覚えた。そしてもうひとつの改編は、競走馬同士の交配で生まれた馬を輸入するというものだった。

レースに強い馬同士を交配し、ますます足の速い馬を生ませる。ヨンジェはいまだにそこが理解できない。そんなふうに生まれた数代のちの馬はどれくらい速くなるんだろう。どんどん速くなったとして、彼らが走るのがしょせん競馬場でしかないのなら、それは発展と才能の多大なる無駄遣いにすぎないのではないか。

ヨンジェの記憶では、輸入された馬たちがここにやって来たのはヨンジェが小学校に入るころだった。新しい環境に慣れないためか、いま自分たちがいるのが競馬場だとわかっているためか、彼らははじめの数日、悲しげに鳴いていた。家が競馬場から近かったため、鳴き声は夜中まで響いてきた。ボギョンは眠れないでいるウネとヨンジェに、ふるさとが恋しくて鳴いているのだから理解してあげなければ、と言ってふたりをなだめた。その数日後、ヨンジェはウネが厩舎に忍びこんで馬と話しているのを目撃した。ウネは、寂しそうな馬の話し相手になってあげただけだと言う。見つかったら怒られるよ。ヨンジェは釘を刺したが、効果はなかった。環境が整わなければ続くはずもないのだが、ウネが厩舎に出入りできたのは、いつでも門を開けてくれる北口の保安官ダヨンと、そんなウネの訪問を待って飼い葉を積んでおく厩舎の管理人ミンジュのおかげだった。

厩舎の正門は薄く開いていた。ヨンジェは辺りをうかがい、誰もいないのを確かめてから中へ入った。厩舎の管理はほかのどこよりも大事だ。本来は草原地帯で駆けまわっていなければならない馬たちにとって、ここは監獄も同じだった。だから、厩舎は競馬公園のどの施設よりも採光と排水に優れ、牧草地に隣接している。毎日のように平らにならされる地面から排泄物のにおいが一切しないことからも、手入れが行き届いていることがわかる。けれどヨンジェが思うに、いくら徹底的に管理したからといって、馬たちにとって厩舎が監獄であることに変わりはない。長い通路に沿って、馬一頭が入れるサイズの馬房が牢屋のように並んでいる。左右に五歩ほどずつ動ける、四方がコンクリートでできた空間。

「みんな、閉じこめられてるみたい」

ヨンジェが言ったとき、ミンジュは言い開きをするように話しはじめた。

「それでも、この厩舎はものすごく科学的に設計されてるんだぞ。壁は防風・防水だし、蹴っても蹄に響かないように緩衝材だって貼られてる。断熱性の高い屋根は暑さからも寒さからも守ってくれるし、換気と採光に配慮した窓なんか、うちのよりでかいんだぜ。ここはなにからなにまで馬のために、科学的に建てられてるんだ。ここの主は馬だからな。なるべくストレスを受けないように、おれだってものすごく努力してるんだ」

ミンジュが息せき切って言い終わると、ヨンジェはぼそりと言い返した。

「でも、やっぱり閉じこめられてるよね」

ミンジュはそれ以上なにも言わなかった。いくらストレスを受けないよう草原に似た環境をつくっても、それは草原ではない。ヨンジェは馬房を通るたびにもどかしさを覚えるのだが、それは自分を見つめる馬の眼差しがひどく悲しげに見えるからだ。ウネには、馬の目がなにかを懐かしがっているように見えるそうだ。でもヨンジェは、それは違うと思った。懐かしさを感じるには、はっきりとした対象がなければならない。馬たちは実体を記憶しているのだろうか。草原を踏んだことも、これから踏むこともない馬たちは、由来のわからないもどかしさを感じつづけるだろう。閉じこめられていながら、なにを望んでいるのかわからない状態。文明社会が生まれて以来、馬たちに引き継がれてきた遺伝子には、草原より馬房の記憶のほうが強く残っているかもしれない。

車椅子に座っているウネが見えた。ウネは膝の上にのせた燕麦《えんばく》をひと束ずつトゥデイにやっていた。トゥデイは厩舎の古参だ。去年までエースの役割を果たしていたが、今年に入って急激に衰えた関節のせいで、いまでは出場も難しいほどだ。薬物治療のために数カ月休んでいるそうだが、復帰できるかどうかは未知数だった。ヨンジェが近寄ると、ウネは振り向きもせずに言い当てた。

「バイト、クビになったの？」

ヨンジェは目を丸くした。

「どうして知ってるの？」

「この時間にわたしのところに来るなんて、ほかにどんな理由があるのよ。あそこの店長もとうとうベティを使いはじめた？」

「最低賃金が上がるってんで仕方なく。ほかのバイト探すよ」

「バイトじゃなく勉強しろって言われなかった？」

ウネの言葉に、ヨンジェはまたも驚いた。

「盗み聞きしてたわけじゃないよね？」

「誰もがやってる勉強をほっぽりだしてバイト探ししてる十五歳の子に、ほかに言うことなんてないでしょ」

言われてみればそうだ……。ウネには勝てない。ヨンジェはがくりとうなだれると、馬房に背をもたせかけて座りこんだ。トゥデイの鼻筋が格子のあいだからヨンジェの肩に届いた。トゥデイも同情してくれているようだ。ヨンジェはトゥデイの鼻筋を撫でてやった。

ぼんやりとトゥデイの鼻筋を撫でながら、ヨンジェは店長との会話を思い返した。やりたいことがあったなら、わたしだってこんなところでくすぶってなどいない。少なくとも、かつては誰よりも目標に向かって突き進んでいた。

ヨンジェが人生でいちばんアクセルを踏みこんだのは、ソフトロボット研究プロジェクトのメンバーを目指していた期間だった。全国からロボット分野の才能に秀でた十二歳から十八歳までの子どもを選抜し、休暇中にドイツへ開発研修に行けるチャンスが与えられるというものだった。プロジェクトの存在を教えてくれたのは、中学校の科学の先生だった。先生は早くから、ロボット分野におけるヨンジェの人並みならぬ才能を見抜いていた。明日までよく考えて、もし興味があれば案内文にある自己紹介書を書いてこいと言った。書き上げる自信がなくても、キーワードさえ書き出してくれれば一緒に書いてやると。だがヨンジェはその日、徹夜でノートブックと向き合いながら指定の分量を完成させた。どの欄も、残りの文字数はすべてゼロバイトだった。手を加える必要もないすばらしい自己紹介書は、書類審査をらくらくと通過した。

二次審査も楽勝だった。ソフトロボットへの理解度を見る実験で、従来の災害救助用ソフトロボット〝ダルパ〟を使い、時間内に十トンの絡み合った建築資材の中から人形を取り出すという課題だった。まるで、すべてがヨンジェのために用意されたかのようだった。しかし決定的な瞬間で、わずかな戸惑いがヨンジェを可能性の外へとはじき出した。いっそ収拾不可能なミスだったなら、すなおに負けを受け入れていただろう。だが実際は、たったひとつ質問に答えられなかっただけだった。だから誰にも泣きごとを言えなかった。

ヨンジェはお尻を払って立ち上がり、ウネの膝から干し草をつかんでトゥデイに差し出した。もうじゅうぶんなのか、トゥデイはクンクンにおいを嗅いだだけでそっぽを向いた。

「ちぇっ」

ヨンジェは馬房の中にそっと干し草を投げ入れ、手をはたいた。

「行こう。お昼までだでしょ」

ヨンジェが言うと、ウネはトゥデイと挨拶を交わした。鼻筋と顎をさすってやりながら、トゥデイの顔に額《ひたい》をくっつけて目を閉じる。すぐに治るわ、もう少しの辛抱だからね。ウネの言葉がわかるのか、トゥデイは尻尾をパタパタ振りながら、かすかな鼻息を吐いた。

壁にもたれてウネを待っていたヨンジェの目に入ってきたのは、通路の端っこから飛び出している足だった。もう少し時間のかかりそうなウネを置いて、ヨンジェは通路を進んだ。そしてそこで、ゆったりと横たわる〝それ〟に出会った。

停止しているのだろうか。誰かが捨てたのだろうか。ぴくりともしないところを見ると、やはり壊れて捨てられたようだ。こんもりと積まれた干し草の上に、牧場の主人のようにのんびり横たわっていたのは騎手だった。ヨンジェがいちばん端の馬房からぴょこんと顔をのぞかせて見ると、コーティングの剝げた緑のヘルメットをかぶった騎手が、手を上げて挨拶した。

「こんにちは」

ヨンジェはとっさに馬房の陰に隠れた。騎手だ。どうして干し草の上に横たわっているんだろう。たしか、騎手房は隣の建物だったはずだ。

ヨンジェはもう一度、緑のヘルメットの騎手を見た。自分の足の指を見つめていた騎手が振り向いた。二つの目はまっすぐヨンジェに向けられている。騎手が首をかしげた。顔は目の部分だけがくぼんでいて、どんな表情を浮かべているのかわからないが、少なくとも敵意を示しているようには感じられなかった。ヨンジェはまじまじと騎手を見つめ、いまになって騎手の骨盤が完全に壊れてしまっていることに気づいた。

神経のようにつながったいくつかの線を除いて、脊髄と骨盤は部品もろとも粉々に砕けていた。落馬の際に腰から落ち、そのあと馬の蹄に踏まれた可能性が高い。ヨンジェはふと自分の身も痛むような気がして、顔をしかめた。騎手が痛みを感じるはずもないのに。ひょっとしたら、修理のために一時的にここに置かれているのかもしれない。

「ぼくになにか用ですか?」

騎手が話すたび、首元の感知器が緑色に光った。ヨンジェはしばらくためらってから、騎手のほうへ歩み寄った。ヘルメットの〝C‐27〟というIDはそのとき目にした。干し草を踏んでそばまで行き、膝を折ってしゃがんだ。壊れた脊髄と骨盤をもっとよく見るためだ。ここまでひどいと、下半身を丸ごと取り替えたほうが費用も節約できるだろう。指で長骨を探ると、炭素繊維でできたカーボンがお菓子のようにぽろりと落ちた。ヨンジェはびっくりしてかけらを元に戻そうとしたが、手遅れだった。

「いいんです。もう壊れちゃってるので」

どうにかしようとすればするほど、手元の部品はどんどん崩れていった。ヨンジェはけっきょく手を引っ込め、申し訳なさにぎゅっと口を結んだ。

騎手は自分が壊れたいきさつを淡々と語った。

「競技の途中で落ちて、すぐ後ろから来ていた馬に踏まれたんです。ぼくのミスです。考え事をしちゃいけないのに、ふと、空が青いなって思って」

ヨンジェは、この騎手はどこか普通じゃないと思った。これまで聞いたことのあるヒューマノイドの言葉遣いとまったく異なっている。C‐27、つまりこの先コリーと名付けられることになるヒューマノイドは、自分の胸に両手を当てて言った。

「晴れた日に草原を走ってるんだと想像したんです。スクリーンに映る偽物じゃなくて、本物の。本物の草原を走ったことがありますか？」

コリーの言葉が途切れたとき、スタッフだけが出入りできる裏口が開いた。ヨンジェは驚いてとっさに立ち上がった。見慣れた顔でなかったら、ウネを連れて一目散に逃げていただろう。さいわい、ドアを開けて入ってきたのはミンジュだった。飼料が山盛りになったバケツを両手に持って。不法侵入者の姿に相手よりも驚きの表情を浮かべていたミンジュは、プハァ、と息をつくと姉妹をよびとめた。

飼い葉桶に飼料が注がれる音に、馬房の隅にいた馬たちが歩み寄ってきた。ヨンジェは取っ手のついた青いプラスチックの容器いっぱいに飼料をすくい、飼い葉桶に入れていった。ミンジュはふたりがここにいる理由を尋ねなかった。いつものことだと勝手に納得したらしい。ただ、ヨンジェにこう訊くことは忘れなかった。バイトをクビになったのかと。

「なんなのよみんな。そんなにわたしに関心があるなら、その関心をお金でくれない？」

ヨンジェの皮肉が飛んだ。

「どうしてわざわざ手であげるの？　面倒じゃない」

続くヨンジェの野次にひるむことなく、ミンジュが言った。

「このくらいで面倒だなんて言ってたら、たちまち淘汰されちまうぞ」

「でもそうでしょ」

「それか、おまえが作ったらどうだ。飼料を配るマシン」

ヨンジェがチャンスとばかりに言った。

「五百でどう?」

「ぼったくりもほどほどにしろ」

「必要な材料の原価をひとつひとつ言ってあげましょうか? まさか人件費を差っ引こうってわけじゃないわよね?」

ヨンジェが眉をしかめ、口を尖らせて言った。「まさかね」とでも言いたげな表情だ。口ではヨンジェに勝てないというように、ミンジュはこのあたりで降参した。ヨンジェが五番目の馬に飼料をあげようとすると、ミンジュが止めた。

「その子はいい。さっきやったから」

でもそれにしては、馬は飼料のにおいに小躍りしている……。「もう少しだけあげちゃダメ?」と訊いたが、ミンジュは頑なに首を振る。ヨンジェと目も合わせず突っぱねつづける様は不自然に感じられたが、厩舎の管理人はミンジュなのだから従うしかない。

最後の馬の飼い葉桶を飼料で埋めて、作業は終わった。厩舎の正門へふたりを導くミンジュにすなおに従いながらも、ヨンジェの視線は裏口の干し草の山へ向かった。ミンジュはコリーとヨンジェが一緒にいるのを目撃したはずなのに、コリーについて一切触れようとしなかった。馬にえさをやるあいだに向こうから言い出すとばかり思っていたから、帰る段になっても黙っているミンジュに違和感を覚えた。けっしておしゃべりなほうではないが、それでも普段ならどんな些細なことでも、たとえばダークホースのレッドブルが昨日のレースでどうやって逆転したかまでくどくどと話して聞かせる人間だ。だから当然、そのうち騎手の話を持ち出すと思っていた。

しかしミンジュは、厩舎の前でふたりに手を振りながら言った。

「気をつけて」

ウネと共に厩舎から遠ざかっていたヨンジェはやはり気になって、厩舎へ戻りかけていたミンジュをよびとめた。ヨンジェは短い髪をかき上げながら口を開いた。

「あそこにいた騎手だけど」

ミンジュがヨンジェの言葉をさえぎった。あたかも待ち構えていたような反応に、ヨンジェのほうが面食らった。

「あの騎手は廃棄される予定だ。気に掛けなくていい」

落馬で壊れる騎手はそれこそ多い。もともとがそのために作られたといっても過言ではないのだから。

競馬レースの弱点は騎手が人間だという点にあり、これは馬が最高速度を出せない要因のひとつだった。人間より小さくて軽い、落ちても命に別状のない新しい騎手が必要だった。騎手ヒューマノイドは平均百五十センチの背丈と炭素繊維からなるボディのおかげで、人間よりずっと軽い。馬が走るときの衝撃をやわらげるしなやかな関節、馬の首筋まで届くように上半身よりも長く作られた腕。騎手を色で区別するためのヘルメット。存在そのものが馬に乗るためのものであるため、落馬して壊れた騎手はそのまま廃棄処分となり、すぐに新しい騎手がやって来た。ミンジュはただ、少し独特な話し方をするコリーを騎手房から出してやっていただけだった。ほんのしばらく、空が見たいと言うから。

どんな空だったかと尋ねると、コリーは、まるで雨上がりの空のように青く白く澄んでいたと答えた。

「どうしてレース中に空を見たんだ?」

「空がすぐそこで輝いてるのに、見ないなんてことができますか?」

その違いを、ヨンジェも感じたはずだ。ミンジュもなんとなく予想していた。コリーの言葉を聞けば、ヨンジェに見て見ぬふりはできないだろうことを。そして、手元にあるありったけのお金を出してコリーを譲ってほしいと言い出すだろうことを。

ヨンジェにしても、どのみち、いますぐになにかしらの判断を下すことはできないはずだった。ヨンジェは騎手の廃棄に納得してうなずいたかのように見えた。

翌日、ヨンジェはまるでワンマン社長のようにミンジュの前に立ちはだかった。

「六十万ウォンしかないのよ」

ヨンジェの強情さに辟易《へきえき》したミンジュが、そのまま引っこ抜きそうな勢いで髪をかき上げた。

「ダメだって言ってるだろ」

「なによ、ケチ。わかった。六十五」

言うまでもなく、騎手ヒューマノイドを定価で買えば数百万ウォンはくだらない。だが、それはあくまでも最初の購入価格で、転売なら話はまた別だ。その他のヒューマノイドとは違って、騎手ヒューマノイドは消耗品であり、馬とレースに出ていた騎手はおおかた状態が悪い。だから購入価格の半分の半分にも満たない値で安く売り払われるのだが、どんなかたちであれ転売はすべて違法な行為だ。本来は販売元に返却するのが本当だが、部品のひとつも使い物にならないヒューマノイドは引き取られないことも多いため、業者側はたいてい〝粉々に〟なったと嘘をついて違法取引に回す。ヨンジェがストレートにミンジュに取引を申し出たのも、こういった流通ルートを知っていたからだ。なぜ知っていたのか。理由は簡単だ。ヒューマノイドの違法取引サイトまでつぶさに調べたから。だがミンジュからすれば、そういった取引が横行しているからといって、まだ高校生のヨンジェを相手に違法取引をしていいはずもない。

「おいヨンジェ」

ミンジュは強気の態度で言ったが、ヨンジェは聞く耳も持たない。

「七十」

「……」

「えーい、八十！」

「……ちょっと待ってろ」

根負けしたミンジュが電話をしに席を立った。ヨンジェは会心の笑みを浮かべたが、まだ安心するには早い。ミンジュが了解したからといって、その上の誰かが承諾しなければ元も子もないのだ。ヨンジェは気をゆるめまいと、背筋をぴんと伸ばしたまま待った。たとえ断られても絶対に引き下がらない自分であることはわかっている。けっして引かず、コンビニのアルバイトを勝ち取った人間じゃないか。ヨンジェはどんな手を使ってでも、ボディが半分壊れ廃棄を待つだけのあの騎手を手に入れるつもりだった。

夜通し頭から離れなかったあの〝存在〟をそう簡単には諦められない。もちろんここまでの過程で、母親であるボギョンに同意や助言など求めてはいない。ボギョンに言っていたら、ここに来ることさえできなかっただろう。出しなにウネに見つかるという想定外のシチュエーションがあったにせよ、ウネがボギョンに告げ口する可能性はゼロに等しかった。姉妹の仲がいいからというより、お互いの秘密や作戦を誰かにばらしていいほど固く結ばれた関係ではないという意味だ。たとえその〝誰か〟がボギョンであっても。

ミンジュはさほど長くない通話を終えて出てきた。

「ヨンジェ」

「なに」

「あいつを運べるものは持ってきたのか？」

ボギョン

料理の腕は母親ゆずりだった。なにか秘訣を教わったわけでもない。自分が食べて育った味。いったん料理を始めると、ついつい舌が覚えている味つけになっていた。母は腕もよければ人もよく、いったん料理をするとなると隣近所はもちろん、上下の階にまでおすそわけをした。おかげで、顔も名前も知らないご近所さんなどはおらず、ボギョンはエレベーターに乗るたび、挨拶をして寄こすご近所さんに笑顔を振りまかなければならなかった。〝あの家の娘さん〟という修飾語はなかなか骨だった。うつむいてばかりでもいけないし、あまりにつんと澄ました顔もいけない。常に凜と構えて控えめな笑顔を浮かべていてこそ、母の評価も高まった。ボギョンは母親とひとくくりにされる関係に疲れ、いつか自分に子どもができたら、そのときは自分と子どもをきっぱり引き離して考えようと決めていた。

けれど一方では、当時の隣人関係が自分を俳優という道へ導いたのかもしれないとも思う。この推測には一理ある。「これだけかわいがってもらえてるんだから、もっとたくさんの人にもかわいがってもらえるんじゃないか」という思いをそれ以上無視できなくなった十八歳のとき、ボギョンは大学の代わりにアクタースクールに登録した。カメラテストに受かり、本格的に発声と演技の練習に取り組んだ。安くない授業料は母には荷が重かったかもしれないが、母が金銭面ではけっして出し惜しみしないことをボギョンはよく知っていた。だからよりいっそう胸を張って、授業料の振込用紙を食卓にのせた。

銀行員だった母は、ヒューマノイドの普及による影響をまともに受けた。テクノロジーがどれだけ発達しても、現実に割り込んでくるのは先の話。ニュースを見るたびに口癖のようにそう言っていた母は、それゆえに、安全装備を一切持たずに墜落した。一ミリの誤差もなく完璧に仕事をこなすヒューマノイドに追いつくことなどできなかった。そうかといって、最初から崖に追いやられたわけではない。銀行側は失職者を集めて、銀行の片隅に新たなコーナーを設けた。保険を売る仕事だった。料理でなら百発百中で相手をとりこにできた母だが、口はまったく立たなかった。母に必要なのは話術ではなく、料理をごちそうしながら、保険にひとつ入るたびにおかずをひとつ付けるという戦略だったのかもしれない。ともあれ、母はけっきょく、退職金とローンで家の近くに鶏料理専門店を開いた。

母は、人生の第二幕とは本来気づかぬうちにやってくるものだと言ったが、ボギョンの目には、時代の波に乗れなかった者の想定内の墜落にしか映らなかった。ある日から通りに姿を現しはじめたヒューマノイドを見かけても、自分とは無縁だと見くびっていたのが淘汰のきっかけになったのは確かだ。もちろん、ボギョンの場合は別だった。いくらヒューマノイドが万能だといっても、鉄のかたまりが演技するドラマなど誰も見たがらないだろうから。しかし、当時の逆風とはまったく別の風が吹きつけて、ボギョンは崖下へと落とされた。

ボギョンが通っていたアクタースクールは、防音のためという理由で練習室を地下に設けていた。築百年以上という古い建物の練習室に初めて案内してくれた先輩は、コンクリートの寿命は二百年だという誤った常識を唱えながら、粉の落ちる壁柱をコンコン叩いた。そして、ここから出世していった俳優もたくさんいるとボギョンにささやいた。どうして練習室が地下にあるのかわかる？　植物は地中に根を張るでしょ？　ここに根を張ってこそ地上に花を咲かせることができるのよ。ああ、なんと麗《うるわ》しい、せりふのような一節だろう。たとえ銀行員だった母が一瞬にしてローンを背負う飲食店の主人になり下がったとしても、それくらいの紆余曲折は俳優人生のいい苦労話になってくれそうだし、自分はここで一生懸命にレッスンしてまっしぐらにデビューすればいいのだと思った。練習室が火事になったのはそれから三年後、クリスマスのことだ。

ボギョンはそれまでのあいだ、華やかなデビューとはいかなかったが、女性監督の短編映画数編に出演し、その作品が映画祭で賞を獲ったことから、ある雑誌で将来有望な俳優に選ばれた。そのころはいくらか得意になっていたこともあり、男性監督の作品に出演オファーをもらっても、内容が腑に落ちず断ったこともある。自分のフィルモグラフィーに中途半端な作品を挟みたくなかった。そうしてこそ、ひと目で眺めたとき、自分の歩んできた道が美しく映るだろうから。

その日もなんら不吉な兆しはなかった。ボギョンも数日後には二十二歳だった。そして、年を越した一月には、短編映画でなく企画シリーズ物の刑事役を演じる予定になっていた。当時はまだミーティングの段階にあり、ボギョンはもうすぐ入ってくる契約金で、このいまいましい地下から抜け出し漢江《ハンガン》の見渡せる練習室を借りようと決めていた。

地下室は根で埋めつくされていた。その日に限って、じっとしていても息が詰まり、めまいがした。ボギョンは、自分があまりに成功に酔いしれているのではないかと疑ってもみた。しかしそのめまいの原因が、自己陶酔ではなく漏れ出たガスのにおいだったことに気づいたのは、建物が爆発したあとだった。後の祭りだった。たった百年にしかならないコンクリートがぼろぼろと崩れ落ち、ボギョンは地下二階に生き埋めになった。爆発の熱気を免れず、ボギョンの顔にはひどいやけどの痕が残った。すぐに皮膚移植手術を受けていれば傷痕も残らなかったかもしれないが、病院に運ばれたのはそれから三日後のことだった。ボギョンはそのあいだ、身じろぎもできないまま建物の下敷きになっていた。

ヒル型のダルパが地下二階に下りてきたのは、翌日のことだった。生存者の有無を確かめるために辺りを探っていたダルパは、ボギョンの体温をキャッチすると、地上にいる救助隊員に生存者の位置を伝えた。彼らのコンピュータに、三十五度にまで下がったボギョンの体温と右脚のひどい擦過傷、右側七、八番の肋骨骨折という緊迫した状態が示された。崩壊した古い建物はジェンガのごとく、わずかな風にもさらなる崩壊を呼びそうだった。その夜から降りはじめた大雪で救助作業は滞った。ボギョンの生存率はどんどん下がってゆき、母はその間《かん》、店を休んだ。

ようやく、カーボン製のエアバッグが最下層の鉄筋の下に差し込まれ、空気が注入された。事故から三日目のことだった。ボギョンの生存率は三パーセントにまで落ちていた。自分の脚を押しつぶしていた鉄筋が取り除かれたこともわからない、意識不明の状態だった。消防士のひとりがロープにぶら下がって地下二階まで下りようとしたが、またも大雪が降りはじめた。エアバッグに押しやられていた鉄筋が、雪を潤滑剤として滑り落ちようとしていた。消防士を引き止めたのはダルパだった。

生存率は三パーセントですが、二十秒以内にゼロパーセントに低下します。鉄筋がエアバッグをはね返す確率は八十八パーセント、いま下りていけばあなたの身も危険です。

ダルパの計算に狂いはない。しかし彼はダルパの助言を無視し、ためらうことなく下りていってボギョンを抱き上げた。ダルパの計算どおり、ボギョンは二十秒後に息絶え、消防士を吊っていたロープが引き上げられると同時に、エアバッグから鉄筋が滑り落ちた。あわや消防士まで巻きこまれるところだった。地上へ救出されたボギョンに急いで心肺蘇生がほどこされ、ゼロだった生存率は十パーセントに上昇すると、たちまち九十にまで回復した。ダルパには予想もつかなかったのだ。人間は一度息絶えても、息を吹き返すことがあるのだと。

ボギョンの顔の右側には手術でも治しきれないやけどが残り、ドラマシリーズの契約も立ち消えとなった。手術で顔の九十八パーセントが元通りになるとしても、時間がかかりすぎるという理由からだ。ボギョンは誰とも話さず、誰にも会いたがらなかった。母親は毎朝おかずをこしらえてきたが、ボギョンはふたを開けようともしなかった。昼間はベッドにもぐり、夜は魂の抜けたような目で窓を見つめていた。どうしてこうなってしまったのかと悩むこともなかった。息をするたびに肋骨が痛み、その痛みで自分が生きていることをやっと感じる日々。退院したらどうやって自分の人生にけりをつけようか、そんなことばかり考えていた。

ボギョンがその消防士に会ったのは、入院して一週間が経ったころだった。ボギョンが呼んだわけではなかった。

消防士が訪ねてきたとき、誰にも会いたくなかったボギョンは追い返そうと思ったが、命の恩人を冷たく突き放すこともできなかった。ボギョンは鏡で髪を整え、無色のリップバームを塗って消防士を迎えたのだが、病室に入ってくるなりペコリと挨拶する消防士を見て「しまった……」と後悔した。生きる理由は、意外にもたやすく見つかった。

若い男女が命がけの場面で出会ったのだから、恋に落ちるのは簡単だった。消防士は暇さえあればお見舞いに来た。それまでベッドから出なかったボギョンも、彼が訪れるようになってからは早起きするようになり、髪を水で濡らして整えた。誰かを待つというだけで、一日は慌しく過ぎていく。時の流れが速くなると、おのずと回復も早まる気がした。

脚の骨と肋骨がくっついたころ、顔の皮膚移植も行なわれた。太ももの内側のやわらかい皮膚が顔に移植された。メイクすればわからなかったが、ボギョンは無理に手術の痕を隠そうとはしなかった。すでに刻まれてしまった傷痕を一生隠しとおすことはできないし、なにより生涯を共に歩みたい彼が治療過程をずっと見守っていたのだから、なんの抵抗もなかった。人生のどん底で出会った人が、ボギョンの心を楽にしてくれた。実際に、ふたりは地の〝底〟で出会ったのだった。

ボギョンは消防士にプロポーズされた日、左手の薬指に指輪をはめて尋ねた。

「あなたまで危なかったかもしれないのに、どうしてわたしを助けたの？」

「三パーセントだったから」

「たった三パーセントじゃない」

「人は機械と違って、停止しても完全に止まるわけじゃない。三パーセントって数字は、生きられるって意味だから」

消防士と互いに指輪をはめ合ってからのボギョンの人生は、それまで描いてきたものとはまったく違う方向へ進んだ。俳優の夢を諦めたわけではなかったが、焦りもなかった。たくさんの視線ではなく、ただひとりの視線を浴びて暮らすのも幸せな人生と言えた。

ボギョンは数編の短編映画に出ていた経歴から、オンライン小説を発信する出版社のストーリー発掘チームに入った。そこで、ドラマや映画になりそうなストーリーを発掘して企画書を書いた。ボギョン本人にも、短編映画への出演とストーリー発掘という仕事の関係性は見いだせなかったが、就職難の時代に仕事に就けたことへの感謝のほうが大きかった。仕事は忙しかったものの、社内のムードもよく、夜勤や会食を強いられることもなかったため、長らく腰を落ち着けていた。そのうち、俳優として出演するよりもストーリーを書くことに興味が湧きはじめ、帰宅後はしばしばパソコンの前に座ってみたが、一文字も書けなかった。自分の文章があまりに観念的だという思いを拭えなかった。

それまで占いに頼ったことはなかったが、ボギョンは占い師のもとを訪れてお札をひとつ作ってもらった。枕もとに忍ばせておけば悪運を払ってくれるというものだ。迷信には振りまわされないタチだったが、消防士と共に過ごす時間が長くなればなるほど、その平和を守るためならなんでもできそうだった。それに、ボギョンはずっと〝三パーセント〟が気掛かりだった。かつて〝三パーセント〟という数字が、いまこれほど元気に生きられているボギョンの命を見捨てろと告げたように、いつか消防士にもそんな〝三パーセント〟が訪れるのではないかという不安があった。

結婚四年目で長女のウネを生み、それから二年後には次女のヨンジェが生まれた。ウネは五歳のとき、脊髄にポリオウイルスが入りこんで手足に麻痺が現れた。粘り強く治療を続けたものの、ついに脊髄性小児麻痺で両脚が使えなくなった。医師はさも簡単そうに、ウネの心の準備ができたらいつでも、人間の骨と関節をそっくり再現できる生体適合性素材で脚を作ればいいと言った。費用に関する話は一切なく、ボギョンは誰でも安価に受けられる手術なのだと思った。

ウネの面倒を見るため、ボギョンは会社を辞めた。消防士は自分が辞めると言ったが、ボギョンは、自分は仕事に向いていないから休みたいのだと答えた。仕事仲間には、また復帰したくなったらそのときはよろしく、とおどけたように言った。仲間たちはそれぞれボギョンに贈り物を渡しながら言った。ボギョンさん、またドラマでお目にかかりたいわ。正直言って、仕事のできるほうじゃなかったから、きっとまた俳優をやってね。憎まれ口とも激励ともつかない言葉のおかげで、ボギョンは泣かずに済んだ。

ウネに最初の車椅子を買ってあげた日、消防士はヨンジェにも三輪車を買い与えた。ふたりは消防士から一時間にわたる安全教育を受け、その日、漢江公園でとめどなく走りつづけた。

母親はそのころに亡くなった。三年前に初期段階にあった乳癌《がん》の摘出手術をしたのだが、その後再発した癌が脳に転移し、手のほどこしようがないほどに広がっていた。医師はナノボットを利用した癌摘出手術を提案したが、すでに末期にあった癌は脳のひだのあいだにまで及んでいて完治は難しいという点と、手術にかなりの費用がかかるという点を言い添えた。母親は話を聞くまでもなく手を振った。癌に二度も立ち向かいながら生きるほど先は長くないと言うのだった。ボギョンは母の選択をあえて否定しなかった。

母は十年以上続けた店を整理した。ローンの残りを払い、店をたたんでしまうと、自分の葬式代ぐらいは手元に残るといった潔い最期だった。母娘の絆は強いというが、ボギョンと母のあいだにそれほどの絆はなかった。そのためボギョンは母の死を冷静に捉えていたが、母に手をぎゅっと握られて「あのときおまえがあの地下で死なくてよかった。もしそうなってたら、わたしの最期はやりきれないものになってただろうよ」と言われたときは、鼻の奥がじんと痛んだ。

消防士が諦めなかったボギョンの三パーセントには、実に多くのものが詰まっていた。いつだったか、ボギョンは消防士に言った。漢江の夕陽に向かって必死でペダルをこぐ子どもたちに、これからも止まることなく走りつづけてほしいと。時に人生がなんの相談もなしに別の方向へ舵を切ったとしても、そうして壁にぶつかり深い痛手を負ったとしても、もう一度立ち上がって舵を取ればいいのだと。自分たちに一パーセントでも希望が残っている限り、それはじゅうぶん逆転を狙える力になるはずだと。

その日の消防士の生存率は八十パーセントだった。

六十階建ての五つ星ホテルで、ガス爆発による火災と崩壊が同時に起きた。数カ月にわたる乾季のせいで、火は瞬く間に周囲に移った。ホテルをはじめ、近くのビルにまで火の手が伸びた。十分後には現場に救急車と消防車、消防ヘリコプターが到着した。

まずはダルパがビル内に入って初期消火にあたり、生存者の位置を消防士に伝えた。しかし、漏れ出たガスは立て続けに爆発を起こし、すでに五十八階のレストランの厨房を丸ごと焼きつくしていた。次の標的は地上五階の、もうひとつの厨房だった。火の手が五階に及ぶ前に、建物に残っているスタッフと宿泊客を全員外へ避難させなければならない。消火作業は続けられたが、火は猛烈な勢いで広がっていた。ボギョンは、現場から離れた場所で消防職員たちと共に消防士の生存率を確認していた。青い光は九十から八十パーセントのあいだを行き来していた。安堵する一方で、早く鎮火することを心から願った。しかし、八十パーセントだった生存率がゼロパーセントになるまでに十秒とかからなかった。ボギョンは、異様なほど急低下していく数字を目の当たりにした。まるで、消防士が建物から落ちる場面を目撃しているかのように。

機械の故障だと信じていたボギョンは、ほどなく、作業服が全身に張りついて窒息死した消防士と対面した。古い消防服のせいだった。

十年前、消防改革を打ち立てた当局は、莫大な予算をつぎこんで救助用ヒューマノイドのダルパを二百十台取り入れた際にも、消防服を新しいものに取り替える必要はないと断言した。政府の支援予算がすべてヒューマノイドの製作に充てられたせいで、ほかの装備を新調する余裕がないのだという噂が、消防士たちのあいだでささやかれた。もう少ししたらそっくり取り替えてやるという言葉を信じたが、十年近く経ってもそれが実現することはなかった。

肌に張りついた手袋が外せなかった。ボギョンは、かつてその手がやけどを負った自分の顔を撫でていたときのように、皮膚のはがれた消防士の手を自分の顔にあてた。

「三パーセントでも生きたのよ、どうして八十パーセントで死んじゃうの。なにしてるのよ」

肋骨を折りそうなほど激しいボギョンの心肺蘇生の甲斐もなく、消防服を着ていても避けられなかった全身やけどと、肺に詰まった灰のせいで、消防士が息を吹き返すことはなかった。

ボギョンには消防士の死亡保険金が残された。会社勤めをしようにも、雇ってくれるところはなかなか見つからない。前の会社に連絡してみようかとも思ったが、とても勇気が出なかった。ウネとヨンジェを抱えて、ボギョンはひとり残された。三パーセントの生存率で生き残ったボギョンは、いまや三百パーセントの命をひとりで預ることになったのだ。

ボギョンはひとまず銀行を訪れ、消防士の死亡保険金で残された家族三人が飢え死にしないで済む可能性を尋ねた。母親から仕事を奪ったヒューマノイドは、ボギョンに飲食店を開くことを勧めた。ボギョンの人生データを分析するに、母親が飲食店を営んでいた記録があり、客数が大幅な変化もなく安定していることから、安全な選択だと言うのだった。

母に始まった料理人生が、回りまわって再び自分のもとへやってきた。ボギョンは果川《クァチョン》にある競馬場が復活するという不動産屋の話を聞いて、さっそくその近隣の、半分傾きかけていた店を買い入れた。そして低予算で店を新装すると、裏手に家を建てて移り住んだ。料理は特に研究しなくても、舌が導くままに作ればすぐに母の味になった。テレビで紹介されて有名になるほどの店ではなかったが、ボギョンは常連が通う〝鶏料理専門店〟の主人となった。

そこが人生の終着点のように思えた。これ以上望むこともない。ただ、ロボットは時代を新たな革命へ導いたとされていたが、自分の人生にこれ以上関わってほしくないと願った。

ヨンジェがロボットへの興味と才能を持ち合わせていることを、ボギョンは傍らでひしひしと感じていたが、わざと気づかないふりをした。ヨンジェが中学生のとき、ソフトロボット研究プロジェクトの選抜に落ちたと知ったときも、内心ほっとしたのだった。人間の暮らしを豊かにしてくれるヒューマノイドをなぜそこまで嫌うのかと訊かれても、はっきりとは答えられない。なににせよ、食べていくのがやっとの生活だったが、ボギョンは満足していた。死が確率としてはじき出されない、予見されない日々を営んでいくつもりだった。

ヨンジェがゴミ同然の騎手ヒューマノイドを連れてくるまでは。

「変ねえ……」

ボギョンが額に手を当ててつぶやいた。先週届けてもらった黒砂糖が店の食材棚にないのだ。

十五キロ入りの黒砂糖が隠れる場所があるはずもないとは知りつつも、ボギョンはエプロンを脱いでひざまずき、引き出しの中や床の隙間まで確かめた。

手をはたきながら立ち上がり、半信半疑の顔で帳簿をめくってみた。先週の食材購入リストに黒砂糖が記されている。泥棒が入ってそれだけ盗んでいったのでなければ、この大量の食材の中で黒砂糖だけがないなんておかしい。ボギョンは厨房の隅に座って、配達が届いた先週の火曜日を思い浮かべた。午前中に頼んでおいた食材は午後三時ごろに届けられ、ボギョンは箱を受け取って厨房に置いた。それからすぐに整理しておいたか？　普段ならすぐに整理したはずだが、ちょうど電話がかかってきたことをボギョンは思い出した。もう一度帳簿をめくった。火曜の午後にサムゲタンを予約した団体客があった。十人。当日の午後五時の予約だったため、ボギョンは電話を切るなりサムゲタンの下ごしらえに入った。そうだ。箱はそこに放りおかれ、学校から戻ったヨンジェが整理した。記憶をたどっていくと、すぐにヒントにつながった。客の帰ったテーブルをせっせと片づけているボギョンに、「棚がいっぱいだから外に置いとくよ！」とヨンジェが言っていたのも思い出した。ボギョンははればれとした顔で店を出て、倉庫へ向かった。

木製の倉庫は自転車三台分ほどのスペースで、高さは大人が頭を下げて入れるくらい。ペンキだけ塗りなおせばそのまま使えそうだったため、引っ越してきた際に捨てずに残しておいた。忙しくて塗りなおせていないが、子どもたちのキックボードやローラースケートなどを保管するのに好都合だった。なにより、室温で保管できる食材はここに置いておけた。そもそも、ボギョンはさしあたって使うものしか注文しないため、食材が倉庫に運ばれることは少なかった。だがあのとき、ヨンジェは棚を整理してじゅうぶんなスペースをつくることができなかったのだろう。

長らく足を踏み入れたことはなかったが、倉庫はいつもと変わらない姿でそこにあった。ドアからはみだしたリヤカーの持ち手を目にしても、ボギョンは気に留めることなく倉庫の扉を開いた。

さいわい黒砂糖はそこにあった。だが、ボギョンの目がそれを捉えるよりも先に、体が後ずさりしていた。ボギョンはふと自分が何も持っていないことに気づき、急いで手近にあったスコップを手に取ると、リヤカーに載っているヒューマノイドをのぞき見た。

電源が入っていないことを、つまりそれがガラクタにすぎないことを知りつつも、ボギョンはスコップを握る手から力を抜かなかった。そろそろと近づき、スコップでコンコン、とボディを叩いた。アームが、リヤカーの外にだらりと垂れ下がって揺れた。いったいなぜ、ヒューマノイドがわが家の倉庫にあるのだろう。図らずも、ボギョンの疑問はほどなく解決した。

「見つかっちゃった?」

「きゃあ!」

学校から戻ったヨンジェがものすごい勢いで駆け寄り、倉庫のドアを閉めながらボギョンに訊いた。ドアは中途半端にしか閉まっておらず、ボギョンがヒューマノイドを見たことを知ったうえでの質問なのだから、答える必要もなかった。ヒューマノイドをそこに置いたのがヨンジェだとわかったとたん、ボギョンの胸に安堵と不安が同時に押し寄せた。ボギョンは目を吊り上げて言った。

「なんなのあれ。すぐに捨てなさい」

「嫌」

「嫌?」

「嫌だ」

「ヨンジェ!」

「お母さんには関係ない」

ボギョンは三連発で直撃を食らってもひるむことなく、その場を離れようとするヨンジェをすかさず捕まえた。ヨンジェはボギョンの手を二度振り払い、三度目はさすがに気が引けたのか、今度はヨンジェのほうからボギョンを振り返った。苛立ちに満ちた顔で。

「どこから持ってきたの? なんのために?」

ボギョンは落ち着こうと努めたが、声にはとげとげしさがにじんでいた。ヨンジェは同じ返事をする代わりにだんまりを決めこんだのか、口を閉ざした。ボギョンには、沈黙のほうが言葉よりもずっと鋭く重たく伝わることを知っているかのように。会話を望まないヨンジェに、それ以上問うことはできなかった。自分を説得するか、納得できるよう説明してくれればいいものを、ヨンジェは口を引き結んでボギョンを見つめるばかりだ。なにか言ってくれとせっつきたかったが、そうしたところでヨンジェからなにも聞き出せないことはわかっていた。

「明日までに捨ててくるなりしてちょうだい。安全かどうかも……」

「わたしに任せてくれればいいから」

ヨンジェが腕を振り払って去っていった。今度は、口を出す隙もなかった。この冷戦は長く続きそうな気がした。

ボギョンは水で薄めた洗浄剤を、霧吹きで屋外のテーブルにかけた。十もあるテーブルにすべてかけ終わると、バケツに汲んできた水をその上からかけ、乾いた布巾でゴシゴシこすった。そうするあいだも、さっきのヨンジェの表情を思い出していた。

そんなボギョンをなだめに来たのはウネだった。ヨンジェとの会話を立ち聞きしていたらしい。

「最後のバイト代をはたいてまで買ったのよ。返品しろって言っても絶対聞かないと思う。下手に叱っても無駄だと思うよ」

もちろん、なんの慰めにもならなかった。

「ウネはどうして止めなかったの?」

ウネに八つ当たりすることではないと知りつつも、ボギョンはもどかしさのあまりそう問いただした。ウネは顎にしわをつくってしばらく考えていたが、間もなくこう言った。

「あの子がなにかを欲しがるのって、初めてな気がしたから」

その言葉に、ボギョンは負けたというように口をつぐんだ。ウネの言うとおりだった。長女にばかり関心が傾いていたせいか、ヨンジェはことのほか意思表示をしない子に育った。誕生日プレゼントはなにがいいかと尋ねても、じっと考えた末に、いらないという子だった。母親はある日突然現れたヒューマノイドに銀行を追い出され、娘はガラクタのヒューマノイドを持ち帰った。なんだか、目は開いているはずなのに、一寸先も見えない気がした。奪われたこともないのに奪われたような気分。捨てられたこともないのに捨てられたような気分。ヒューマノイドを見ると、そんな気持ちになった。

ボギョンは布巾でテーブルを磨きつづけた。ヨンジェが壊れたヒューマノイドでなにをするつもりなのか、どこに届け出ればいいのか、届け出てヨンジェに火の粉が降りかかりはしないか、いったいあれをどこで拾ってきたのか……そんなことを考えながら。そして、どうやら長くなりそうなこの闘いに負けてなるものかと誓いながら。

「だから、なんでほしいんだよ?」

「直してみたいの。いちいちそんなことまで説明しなきゃならないわけ? タダでくれってわけでもないし、あれで人殺しの兵器をつくろうってわけでもないでしょ。高校生相手にならない実験用の資料としてただでくれてもいいくらいなのに」

マシンガンのようにまくしたてるヨンジェと、それを真正面から浴びるしかないミンジュを、ウネはそばで見守っていた。ヨンジェがことさら真剣な態度だったため、止める暇もなかった。押し問答の末、とうとうミンジュが上司に訊いてみると電話をかけに行った。

しかし、なぜ壊れた騎手を買おうとするのかについてはウネも気になるところだった。貧乏揺すりをしながらミンジュを待つヨンジェの姿は、普段のクールなヨンジェとは別人のようだ。ウネに呼ばれても、ヨンジェは爪を嚙みながら振り返りもせず、「なに?」と答えただけだった。ウネはなんでもないと質問をひっこめたが、ヨンジェはそれさえも気にならない様子だ。ウネは、もうなにも訊くまいと思った。人は時に、なにかに強く惹かれる。それは人かもしれず、恋や、音楽や、物かもしれない。その強烈な引力の前では、なにひとつ障害になりえないのだ。最後のアルバイト代をすっかりつぎこむほどの強い引力を、ヨンジェは昨日、満身創痍のコリーに感じたのだろう。

ミンジュはずいぶん経ってから戻ってきた。上司の質問攻めに遭ったのか、口座番号の書かれた紙をげっそりした表情でヨンジェに差し出しながら、なにか運ぶものは持ってきたのかと訊いた。そしてこう付け加えた。

「ヒューマノイドを私的に売り買いするのは、本来違法なんだ。ばれれば売り手も買い手も罰金刑だから、下手に言いふらすんじゃないぞ。ほら、この口座に八十万ウォン振り込め。値切ってはみたけど、あのじじい、死んでもまけないってさ」

「わかってるわかってる」

ミンジュは金を払わせること自体を申し訳なく思っているようだったが、ヨンジェはこの間にもミンジュが心変わりすることを恐れて、ただちに振込を済ませた。

ミンジュがリヤカーを指しながら訊いた。

「それで運ぶのか？」

ヨンジェがうなずいた。ミンジュが目でリヤカーのサイズを測った。

「いけるかな……。とりあえずこっちへ」

ヨンジェが自分の体ほどもあるリヤカーを引いて中へ入っていった。錆びた持ち手とタイヤからキイキイと音がしたが、ヨンジェの顔には笑顔が浮かんでいた。ウネは、今更のように周囲を見まわした。闇取引の見張り番であるかのような責任感を覚えたからだ。

ミンジュの言うとおり、ヒューマノイドの私的な取引は違法だが、この国の人々が最も得意とするのが違法取引ではないか。中古で売られたヒューマノイドは、リフォームされたり、車やバイクのアクセサリーに使われる。取り締まりはあるが、違法取引の当事者が実際に処罰されることは少ない。ちまたで流通するヒューマノイドの数は日に日に増加し、やがて浸透して当然のこととなると、取引は暗黙の了解とされるようになった。ある種の物事は時に、その蔓延に伴って法が強化されるのではなく、社会がそれを見限るのだった。

ウネはこれまでにも、そういった例をたくさん目撃してきた。車椅子の利用環境に不便が尽きないとなると、けっきょくすべてを見限ったように。しばらくして、ヨンジェは電源の切れたコリーをリヤカーに載せ、採掘でひと山当てた鉱夫のような勝利の笑みを浮かべて出てきた。これほどまでに幸せそうなヨンジェを初めて見る気がした。もちろんウネが知らないだけで、ヨンジェにも幸せな瞬間はあっただろう。ウネはあくまでウネだったから、ヨンジェのそんな瞬間を知らないのは当然だった。ヨンジェが教えてくれない限り知りえないのだから。

「それ、お母さんになんて言うつもり？」

ウネがヨンジェのすぐ後ろを追いかけながら尋ねた。車輪の滑りは悪いが、コリーそのものはさほど重くなく、ヨンジェの足取りは軽やかに見えた。

「これから考える」

ヨンジェは悩む様子もなく答えた。

ウネが馬に会いに競馬場に通いはじめたのは四年前のことだった。家の近所は競馬場を訪れる客であふれ返るため、ウネは週末になると家にこもり、サーカス広場のように輝く競馬場を部屋から眺めた。あそこへ行ってみたい、そう思ったことは何度もあった。だが、ボギョンは満席の店を切り盛りするのに忙しく、ヨンジェは週末だからという理由で一日中家を空けることが多かった。ひとりで出掛けるのは気が引けた。行ってはいけないと誰に言われたわけでもないが、ウネがそこへたどり着くには数えきれないほどの難関が待ち受けているはずだった。車椅子で競馬場に出掛けることがどれほどの長い冒険になるか、どんな危険が待ち構えているか、どんなさげすみに耐えねばならないかわからず、踏み出すには心を引き締める時間が必要だった。ウネにとって外の世界は、マップがどう変化するかわからないサバイバルゲームといえた。主たる攻撃は人の視線、寄りつけない店は背景としてしか存在せず、かばんにはＨＰ回復のための食料と水が入っていた。

電動車椅子はその性能にくらべて値が張るうえ、タイヤの持つ限界を超えられなかった。ボギョンは電動車椅子が歩道ではなく車道を走らなければならないことにも不満をもっていた。いまだに車椅子専用の道路ができないこと、作られたという場所はどこも、道路に線を一本引いただけにすぎないことに憤慨していた。

ウネは自分がいずれ、機械の足を持つことになると思っていた。体の半分が機械になることを、サイボーグのようで格好よく感じた時期もある。しかし手術を待たずして、父親はウネが六歳のときにこの世を去り、ボギョンは傾きかけた店を買い入れて人生と奮闘していた。翌年の誕生日にはチョコレートケーキがテーブルに上り、ボギョンはかわいい冬用のセーターを贈ってくれた。笑顔の冴えないウネにほかに欲しいものがあるのかと訊いてきたが、ウネはためらった末に、ケーキをもうワンホール食べたいと答えた。誰に言われなくともわかった。自分はもうしばらく、この危険極まりない冒険を耐え抜かねばならないのだと。

世界がもう少しだけ、ほかの人にするのと同じように自分に接してくれたなら、ウネはサイボーグなどにならなくてもいいと思った。何千万ウォンもする手術より必要だったのは、歩道に上がれるゆるやかなスロープと、店に入れるリフト、横断歩道を急いで渡らなくていい歩行者信号、人の手を借りなくてもバスや地下鉄に乗れる安全だった。車椅子を押してくれるヒューマノイドや、サイボーグの足ではなく。だがそのためには、この地球上に、あまりに多大な変化が必要だった。多数の立場からすれば、ひとりにすべてを背負わせれば済むのだから。ウネは、自分に転嫁された〝ひとり分の役割〟をまだ背負えない。いわば〝一人前〟ならぬ〝半人前〟なのだ。保護者なしでは歩かせられない乳幼児のように、ウネにはまだ残りの半分をサポートしてくれる保護者が必要だった。しかしそれさえも、ウネの判断というよりは、ウネを見守る側の他人の判断だった。

だが四年前のある日、ウネはふと、車椅子をこいで家の外へ出た。その日はヨンジェが早くバイトを上がるから、一緒に競馬場に行こうと約束していたのだが、客が引かないのかヨンジェは約束の時間が過ぎても戻らず、ウネはいつまでも待ってはいられないと思った。文字どおり、いつまでも待ってはいられなかった。なんであれ、待ってばかりではいられないのだ。

ボギョンに出掛けるとも告げず、家を出た。競馬場まで迷わずたどり着けたのは、競馬場の真上を走るホログラムの馬がどこからでもよく見えるからだ。平日はがらがらの道路に車があふれ、人々は歩道と車道の区別なく歩いた。夢中であとを追ううちに、クラクションの音が耳元で弾けた。右耳で耳鳴りがし、一瞬意識が遠のいた。こんなふうにもたもたしていては、自分のせいでこの一帯が麻痺してしまう。ウネは急いで歩道へ移った。スロープに転がる石にタイヤが引っかかったが、焦るあまり力ずくで乗り越えた。腕にネオンブレスをはめ、頭にヘアバンドをつけた人たちが足早にウネの横を通り過ぎていった。その速さは、車と変わらないように感じられた。

ぎゅうぎゅうに列をなして歩いていく人々の後ろ姿を見ているうち、ウネは人酔いし、家に戻ろうと方向を変えた。そのとき競馬場から大きな合図が聞こえ、ウネにはそれが自分を呼ぶ音のように聞こえた。すぐそこじゃないの、あともう少し。ウネは向きなおり、競馬場へ向かった。かならず行ってみせると覚悟を決めると、力が湧いてきた。低い段差も、誰の手も借りずにひとりで越えた。チケットを買って正門から入ることはできない。保護者の同伴がなければ入場できないからだ。それでもウネは諦めず、大きな公園をぐるりとめぐった。完璧な遮断などありえない。かならずあの華やかな競技が見られる場所があるはずだと信じ、それはほどなく現実となった。

かなり遠くまでやって来ると、ヒトツバタゴの木のあいだから、輝く競技場を見下ろすことができた。芝生の敷かれたコースを駆け抜ける出走馬たち。ほんのつかのまだったが、色とりどりのマスクをかぶり、ブリンカーを着けた馬たちがまっしぐらに力強く走る姿を見た。そのときのウネにとっては、馬を操る騎手がヒューマノイドだということはどうでもよかった。もっぱら馬しか見えなかった。馬の魅力に引きこまれた日だった。一秒が百フレームであるかのように映った。疾走する馬の、揺れるたてがみと躍動する筋肉、風に舞っていたヒトツバタゴの花びら、馬に向けられる人々の喚声。そのすべてが印象派の絵のごとく強烈な印象を残した。ウネはその日から、毎晩のように馬の夢を見た。

ボギョンにコリーの存在がばれた翌日、ヨンジェはもう隠すことなどないというように、コリーを背負って家に入ってきた。あとをついていきたかったが、ヨンジェの足は一階の自室ではなく二階の物置へ向かった。ウネは階段を上るヨンジェの背中を見届けてから、外へ出た。店じまいが終わったボギョンは屋外の椅子に座り、むくんだ足を風に当てていた。ヨンジェの行動を、必死で気に掛けまいとするように。ヒューマノイドなど絶対に家に入れさせまいと怒っていたボギョンだが、バイト代をはたいて買ったらしいこと、なにより、これほどなにかをほしがるヨンジェは初めてだというウネの言葉に気勢を削がれ、黙ってヨンジェを見守りはじめた。まずは敵を知るべし。勝つために相手を観察するのだというように。

夜はかなりの雨が降るという予報どおり、徐々に霧のような小雨が降りはじめた。パラソルに雨粒の落ちる音が聞こえた。ウネが近づいてくる気配を感じたのか、ボギョンは食べかけのメロン味のアイスバーをウネのほうへ差し出した。ウネはそれをひと口かじり、ボギョンに返した。

「ヨンジェはどういうつもりであれを買ったのかしら」

ボギョンが口を開くたびにメロンアイスの香りがした。家族がふたりそろえば、残りの家族の悪口になるのが当然というような口振りだった。ウネは肩をすくめた。ボギョンは残りのアイスをひと口で食べ終えると、棒を指のあいだに挟んでぷらぷら振った。ヨンジェについて考えこんでいるようでもあり、なにも考えていないようでもある。

口の中のアイスが溶けてなくなったころ、ボギョンが再び口を開いた。家族の会話がたいていそうであるように、なんの脈絡もなく別の話が飛び出した。

「来月はお父さんの命日か。早いものね。一年が一日みたいに過ぎちゃうんだから。ああ、おそろしい」

ボギョンはそこで話を区切り、ウネをにらむような目で振り向いた。

「あんたはなんだって競馬場にばかり出掛けるの？　ふたりとも、わたしに内緒であそこにへそくりでも隠してるんじゃない？」

「なんの話」

「それとも、まさか競馬をしてるとか？」

「バカ言わないでよ」

ボギョンも自分が突拍子もない話をしていると気づいたのか、それ以上は続けなかった。馬に会いに行ってるのよ。トゥデイ。エースだったのに、軟骨がすり減って競技に出られなくなった馬。ウネは心の中でそう言葉をつむいだが、口ではそっけない口振りでこう言った。

「このへんでほかに行く所なんてないじゃない」

「あら、なに言ってるの？　もう少し行けば国立科学館だってあるし、遊園地だってあるでしょ。そうやっていいかがわしい所にばかり出掛けていくから気になるんじゃない」

ウネは、ふといいことを思いついたかのようにボギョンに提案した。

「そんなこと言ってないで、お母さんも競馬をやってみたら？　最近はそれでひと儲けする人も多いみたいよ」

「わたしには無理。あんたたち、本当にあそこで悪さしてないでしょうね」

「このごろじゃ優勝確率も数字で見られるのよ。勝率どおりに賭けても損はしないって話」

流されやすく人の言葉を真に受けやすいボギョンのことだから、興味を持つのではないか。ボギョンを保護者として引き連れ、競技を見に行こうという魂胆だったが、ボギョンは毅然と首を振った。

「信じないわ、確率なんて」

ボギョンが腰を上げて言った。

「来年の春は大気汚染がひどくなけりゃいいんだけど。お花見にでも行きたいわねえ」

ボギョンは大きく背伸びをすると、エプロンを取る暇もないまま、スープを作りに厨房へ入った。ウネはひとり残され、ボギョンが落としたアイスの棒を拾った。そしてしばらくそこに座ったまま、夏から秋へと移り変わってゆく季節の境目を感じていた。

そこにいたくていたわけではない。ただその空間が、ウネがいられる空間であっただけだ。

ヨンジェ

ジャイロセンサー（回転する物体の力学運動を利用したもので、位置測定や方向設定などに活用されるテクノロジー。スマートフォン、リモコン、飛行機、衛星の姿勢制御装置など広範囲で使われる）に異常はなかった。落馬の原因は、ジャイロセンサーの故障でバランスを崩したせいではないかという推測は外れた。

「じゃあどうして」

歯がゆさに思わずそうつぶやき、ヨンジェはやっと腰を伸ばした。

昨夜から数時間の仮眠をとる以外、ヨンジェはコリーのボディにかかりきりだった。腰が痛くならないのが不思議なほどだった。ぶっ通しで作業していたため、ここらでひと眠りするべきだったが、数時間後には月曜の朝だ。ヨンジェはコリーのことをできるだけ調べてから登校したかった。コリーについての略図を作成するため、ひとつひとつじかに調べながら描きはじめて九時間。全体の図面を作り終わると、最初に取り掛かったのは、ボディの中のジャイロセンサーと制御機能を調べることだった。

開けているのがつらいほど目がしばしばした。目に油でも差せたらいいのに。しかしそんなことができるわけもなく、ヨンジェは手をこすり合わせて、熱くなった手のひらをまぶたに押し当てた。体はとっとと横になれと叫んでいた。負けたくなかったが、体の叫びに打ち勝つすべはない。ヨンジェはとうとう、無地のスプリングノートを手にしたままコリーの隣に仰向けに転がった。

びっしり埋まったノートの一面を見つめた。コントローラーやメモリも正常だ。コリーの判断とバランスをつかさどるあらゆる部分が正常であり、それは、落馬の理由が機械的な欠陥ではないことを示してもいた。ヨンジェは頭を動かしてコリーを見た。地面に接したヘルメットは引っかき傷だらけだった。

「ほんっとうに変な子だよねえ」

電源をオフにしてあるコリーは無反応だ。

「空を見てて落っこちた、か……」

ヨンジェはじっと横たわったまま、空を見上げているうちに落下したヒューマノイドを想像した。このヒューマノイドにも表情があったのだろうか。眉や顔の筋肉がないのだから、表情といえるわかりやすい変化もないはずだ。それでもなぜか、このヒューマノイドがびっくりしたような目で空を見つめていた気がしてならない。そう、眉が吊り上がったような表情で。

すぐにでも電源を入れてコリーを質問攻めにしたかったが、一歩早くアラームが鳴った。ヨンジェは、携帯のけたたましいアラーム音にがばっと身を起こした。持って上がった布団をコリーにかけていったん部屋を出たが、すぐにもう一度ドアを開けてコリーがそこにいるのを確かめた。シャワーと洗顔、歯磨きをいっぺんに終え、朝ごはんは省略した。たたんでおいた制服を急いで着ると、朝ごはんを食べているボギョンとウネに、自分が戻るまで二階の物をむやみに触らないようにと言い渡して家を出た。足取りはその日に限って、とりわけ軽快だった。学校が楽しみなのではなく、授業を耐え忍んで戻ればまたコリーに向き合えるという事実がそうさせた。壊れた骨盤と脚は作りなおさなければならないだろう。カーボンが手に入ればいいが、駄目ならアルミニウムでもじゅうぶん間に合うはずだ。プラスチックよりも軽いカーボンにくらべればかなり重たくなるが、もう軽い必要はないのだからかまわないだろう。

ヒューマノイドを初めて見たのは雨の降る放課後だった。九歳か、十歳だったろうか。持ってきたとばかり思っていた傘がかばんになく、ヨンジェは人気のなくなった正門にひとり佇んでいた。ボギョンに電話すれば遠からず傘を持ってきてくれるだろうが、その日の夜は団体客の予約があり、電話にも出られそうにないと思われた。

ヨンジェはけっきょく、かばんを頭の上にかざして雨の中へ飛びこんだ。そして、その先で四本足のヒューマノイドに出くわした。野良犬のように辺りをうろついていたそれは、ヨンジェの前で立ち止まった。雨に濡れた機械がいまにも故障しそうに思えた。ヨンジュは着ていた上着を脱いで、〝野良犬〟の頭にかけてやった。顔の部分で緑の光が点滅したかと思うと、それはヨンジュの前に伏せた。背中に乗れという合図だった。ヨンジュはためらったが、乗るまでそこを動きそうになかったので、やむをえず硬いカーボンの上にまたがった。そうして骨のような外骨格をしっかとつかんだ。多少の揺れはあったが、野良犬は安定した走りで雨の中を駆けた。そのとき、ヨンジュは手のひらと脚で野良犬のエンジンを感じ、人の鼓動のような油圧機器のピストン運動を感じた。野良犬は生きていた。息はしていないが、あらゆる生きとし生けるものとなんら変わらなかった。野良犬は走りつづけ、ヨンジュの家のすぐ近くの空き地で止まった。目的地に着いたというように野良犬が地面に伏せると、ヨンジュは下りて、自分の上着を回収した。そのときヨンジュは、動く野良犬の骨をはがしてその中を調べてみたいと思った。しかし、そんなことができるはずもない。そんなことをすれば、野良犬が痛がると思ったからだ。

その野良犬がなにに使われるヒューマノイドなのかはいまもわからない。ただ、見た目から推測するに、ダルパだったのではないかと思う。あの日降った大雨で莫渓川の水かさが増し、多くのものが川に流されたと聞いていた。

教室に来て席に着くが早いか、ヨンジュは家から持ってきたノートを取り出して図面を作りはじめた。組み立てなおすのに必要な部品のほとんどは手元になく、ヨンジュはまたしばらく金物屋と廃棄物処理場を転々とする運命にあることを痛感した。それでも、競馬場近くの廃棄物処理場には使えるものも多い。そんなふうに、ヨンジェの頭はコリーのことでいっぱいで、自分の机の前にジスが立っていることにも気づかなかった。たまりかねたジスが机の脚をコンコンと蹴るまで。

ヨンジェはようやくノートから手を放して、ジスを見上げた。ジスが単刀直入に用件を切り出した。

「先週話したやつ、考えてみた？」

「あ……。ううん」

ジスが顔をしかめた。先週の金曜にジスから提案されていた件をすっかり忘れていたヨンジェは、いまジスを目の前にして思い出した。むろん、考えてみようとは思っていた。土曜日にアルバイトをクビになったばかりか、コリーを発見したこともあって、頭の隅に追いやられていただけだ。ジスがヨンジェの机に両手をついて、なじるように訊いた。

「あなた、週末はバイトばかりで勉強もしないんでしょ？」

「もうクビになった」

相手の口を封じる狙いでわざと短文で答えているつもりはないのだが、ヨンジェがそんなふうに話すたびにジスの目はめらめらと燃え盛り、腹立ちを抑えて必死に平静を保とうとする姿が可笑しくて、ヨンジェはしばしばそんな話し方になった。今日もやはり腹は立てているものの、ヨンジェのペースに呑まれまいという決心が見て取れた。ジスが前の席の椅子を引き寄せ、ヨンジェの前に座った。

「週末に考えなかったんなら、いまここで考えて。やるの、やらないの？」

ジスは文節ごとに指で机をトントン叩きながら言った。

「やらない」

今回の返事は、からかおうとしたのではなく本心だった。

「どうして？」

「あんたとはやりたくないから」

ジスがきっと唇を噛んだ。少し遠回しに言うべきだったろうか。ヨンジェはいまになって後悔したが、一度口にしてしまったものは仕方がない。ジスがぎゅっとこぶしを握るのが見えた。いよいよ一発食らわされるかもしれない。だが、ジスはすぐに得意の冷静さを取り戻し、ヨンジェをにらみながらこう言った。

「なによその口の利き方」

ヨンジェからすれば、どっちもどっちだ。ヨンジェをきっとにらみつけていたジスの視線はいつの間にか下へ向かい、描きかけの図面が載ったノートの上に落ちていた。ジスが一瞬にしてノートを奪った。防ぎようもない速さだった。コリーの模型を描いたものだったが、それを知るはずもないジスが鼻を鳴らして言った。開いた口がふさがらないという表情で。

「ひとりで準備してるってわけ？」

「そんなんじゃない」

ヨンジェはノートを取り返そうと手を伸ばしたが、ジスが背中に隠すほうが速かった。

「じゃあこれはなんなのよ。参加するための図案じゃないの？」

「大会はダルパでしょ。ノートにあるのは二本足」

「ダルパ？」

ジスは口の中で何度かつぶやいていたが、間もなくダルパが四本足のヒューマノイドであることに気づいたのか、こくんとうなずいた。ヨンジェは再びジスのほうへ手を差し出した。ノートを返してくれという意思表示だった。ジスは自分の推測が外れていたことを認め、しぶしぶノートを机に置いた。

先週の金曜日にジスが提案したのは、全国の高校生を対象にした、次世代ダルパをテーマとする大会への出場だった。災害発生時に使える救助用ヒューマノイドや日常生活に必要なダルパをモデリングして製作するのだ。ジスがその大会に関心を寄せる理由はただひとつ。大賞ならずとも入賞さえすれば、大学進学において大きな加算点が付き、入賞以上の賞をもらった場合は、国内ならソウル大学や浦項《ポハン》工大、ＫＡＩＳＴ《カイスト》（訳注：韓国科学技術院。エリート科学大学として知られる）への近道となるからだ。ジスのほうでもその見え透いた計算を隠そうともせず、最初から「入賞すればすごい加算点がもらえるのよ」と話を切り出した。ヨンジェが不思議に思ったのは、なぜ全校生の中から自分を選んだのかという点だ。ソフトロボット研究プロジェクトでドロップアウトして以来、少なくとも表向きにはロボット分野から退いていた。ロボット分野は、やりたいからできるといったものではないのだ。コーディングの授業でも終始居眠りしていたのに、ヨンジェのなにを頼って大会に誘ってきたのか、ジスの本心がとんとわからなかった。もちろん、見るからになに不自由なく暮らしていそうなジスの家のことだ。高校生の身元調査くらい朝飯前だろうが、一方では、そんな家が一介の高校生のことをわざわざ調べたりするとは思えなかった。なおかつ、こんな提案をされるほどジスと会話を交えたことがあっただろうか？　答えはノーだ。

二十一人からなるクラスの中でも、子どもたちなりのグレードがある。ジスはといえば、幼少期からインターナショナルプレスクールに通い、韓国で中学校を卒業する代わりにカナダだかオーストラリアだかで三年暮らしたＡランクの帰国子女だが、それにくらべてヨンジェは……あえて言葉にするのはよそう。

ヨンジェ自体は、育った環境で人を判断しようなどとは思わなかったが、ジスのほうは明らかにグレードを気にするタイプだ。どうしようもない差は隠せない。ヨンジェはジスをよく知っていた。趣味や性格を事細かに知っているというわけではなく、ヨンジェがこういった態度を貫いた場合にどう動くかを。やっぱりレベルが違うのね、と自分にふさわしい子を見つけにとっとと去っていくはず。それが悪いとは思わない。どういうルートで聞き及んだのかは知らないが、ヨンジェはロボットに関して天才的ともいえる才能の持ち主だったし、ジスはそんなヨンジェを使ってチャンスをつかもうとしただけなのだから。グレードの高い子たちの真価は、チャンスを逃さないという点にある。

「どうして？　材料費はわたしが出すわよ」

「わたしたち、別に仲良くないでしょ」

「あのねえ……！」

ジスが声を上げ、慌てて周囲の様子をうかがってから、歯を食いしばって言った。口元に力が入っているのがわかった。

「仲がいいかなんてどうでもいいでしょ。参加さえすりゃいいのよ。親友同士じゃなきゃいけないわけ？　遠足に行こうってわけでもあるまいし」

「チームワークも点数に含まれてたと思うけど？　こんな感じじゃ無理でしょ。残念だけど」

一瞬の隙も与えないヨンジェの防御に、ジスが深くため息をついた。そのこぶしが震えている。

一分後には授業開始のチャイムが鳴るはずだ。そろそろジスも諦めるだろう。ジスが息を吸いこみながら髪をかき上げ、おでこに垂れてきた髪をフッと吹き上げた。

「わたしとあんたが仲良くないって言いたいのね？」

「なにが言いた……」

「いいわ。今日からとことん仲良くしてあげる」

ジスがポケットから携帯を出して電話をかけた。

「ママ、今日は塾を休むわ。うん、ほら、一緒に出ようと思ってた子がなかなかオチないのよ。嫌になっちゃう。放課後にもう少し粘ってみるから」

ジスはヨンジェが止める間もなくさっさと電話を切った。

「ちょっと！」

「なによ？」

ヨンジェが問いただす前にチャイムが鳴った。

「授業が終わったら一緒に帰りましょ」

ジスが自分の席へ戻っていった。ヨンジェにもうひとつ悩みができてしまった。左右の脳は、悩みをひとつずつ担った。ひとつはずっと頭を離れないコリーについて、もうひとつはジスについて。ジスを家に入れる気はさらさらなかった。

もちろんヨンジェも、自分がジスとのあいだに必要以上に壁を作っていることはわかっていた。

ジスは自分が思うより良い子かもしれない。過去に知っていた子たちとは違うかもしれない。でも、そのわずかな可能性に期待をかけて、体力と感情を無駄にしたくはなかった。他人の人生と自分の人生は違うのだと知ること、そしてその状況を受け入れ、そこに自分を当てはめていくことが成長なのだと信じていた。他人の人生をのぞき見ることで、自分がみじめになることもある。だから、ヨンジェに残された方法はひとつ。授業が終わったら全力で走ること。

格差というものがどこから生まれるのか理解できないときがあった。同じ学校に通い、同じ服を着て同じ勉強をしているのに、いつの間にか、ある種の子たちとのあいだには近づくこともできないほどの差が生まれていた。親も同じようにお金を稼ぎ、同じように愛されているはずなのに、なぜ同じ歳の者同士でこれほどの差ができてしまうのか。そんな疑問がヨンジェの頭をむしばみはじめて以来、自分にないものを指で数える癖ができた。やがては、それさえも諦めた。手と足の指を総動員しても足りないほどになったからだ。

ヨンジェにないものの中には、電子機器もあれば、本や服もあった。中でも携帯やタブレット、ウォッチなどが目立った。ほしいという気持ちより、「どうして持ってないの?」と訊かれてもこれといって返す言葉がないことがつらかった。「買ったけどなくしちゃった」と嘘をついたこともあるが、ある日、ベッドの下に大きな穴が開いてあらゆるものが吸い込まれていく夢を見てからは、それもやめた。それからは口をつぐんだ。この世には絶えず新しいものが、それぞれの値打ちをもって誕生した。それらは本当に必要だから生まれたのか、生まれたから必要になったのか、ヨンジェには区別がつかなかった。

しかし、世界はヨンジェを尻目に、猛スピードでたくさんのものを誕生させた。ヨンジェはやっと、自分たちの差がどこから生まれたものなのか理解しはじめた。それはヨンジェ自身の亀裂というより、両親、そしてそこからさらに遡った人たちのころからゆっくりと生じはじめた亀裂なのだろうと。ヨンジェには決して縫い合わせることができないほど大きな。

ジスは休み時間ごとにヨンジェに話しかけてきた。ヨンジェはそのたびに、ノートと鉛筆を手にトイレの個室に逃げた。三時間目のあとの休み時間、ジスがトイレの個室のドアを蹴りながら「いつまでひねり出してんの!」とわめいた。ヨンジェはそれにも負けず、お昼休みもトイレで耐えしのいだ。昼食は、五時間目が始まる直前に売店に走ってパンで済ませた。

ジスにも友だちといえるほどの友だちがいないことに気づいた。ヨンジェはパンをほおばりながら、給食を食べに行った様子もなくひとり席に残っているジスの後ろ姿を見た。首も背筋もぴんと正して座っているのに、どこか寂しげに見える。

けれど自分が気にすることではないと思い、ヨンジェは七時間目が終わるやいなや席を立って外へ駆け出した。駆けっこなら右に出る者のないヨンジェだ。しかし人間本来の力は、文明の前にひざまずくしかなかった。ジスが電動キックボードで悠々と隣に並んだとき、ヨンジェはもう少しで不公平なこの世につばを吐きかけるところだった。

「最初から一緒に帰ればいいのに。体力の無駄よ」

ジスがキックボードの速度を最小にして、ヨンジェの歩速に合わせた。ヨンジェは諦めてジスと並んで歩いた。あがいたところで惨めになるのは自分ではないかと思ったからだ。

「それにしても、走るの速いわね」

ジスが言い、ヨンジェは聞き流した。

「そんなふうに見えないけど、勉強以外はけっこうやるじゃない」

「……褒めてないよね」

「褒めてないわよ。どれだけ勉強しても足りない世の中なのに、それ以外のことができたってなんの役に立つのよ」

事実そのとおりなのだから言い返せない。かつてはロボットの開発者になるのが夢だった。ロボットをよく知り、ロボットをうまく扱えればいいのだと思っていた。もちろんそれでもよかった。ただ、海外で有名教授から直々に開発指導を受けたり論文を書いたりした子とやり合うとなると、二番手に甘んじるしかなかった。ヨンジェには反駁の余地がなかった。すかさずジスが口を開いた。

「だからわたしと大会に出ようってば。いったいわたしのどこが嫌だっていうのよ。全然理解できないわ。せっかくチャンスをあげてるのに。はーあ、最近の子はほんとにやわなんだから」

言いたいだけ言えという気持ちで、ヨンジェはなんの反応も示さなかった。ヨンジェもまたジスが理解できなかったため、壁に向かって話すのと同じだろうと思った。

ジスが電動キックボートを止めたのはコンビニの前だった。ジスはちょっとキックボードを見ていてくれと頼み、コンビニに入っていった。そして間もなく、済州島《チェジュド》産のバナナとマンゴーが入った果物かごを手に出てきて、ヨンジェの胸に押しつけた。

「手ぶらでお邪魔するわけにいかないでしょ」

「上《うわ》っ面《つら》ばっかり」

「それを訪問マナーとも言うのよ。あんたもまだまだね」

ヨンジェは家に着くまでのあいだに、自分の家が飲食店をやっていること、そして、いま家にいるだろうウネが車椅子に乗っていることについて、ジスが失言を吐かないよう事前に釘を刺しておくべきか迷った。しかし迷っているうちに、どちらについてもなにも言えないまま家に着いてしまった。あらかじめ言っておいても、人が変わらなければなにも変わらないだろう、それに、もしもジスが無礼なことをしたら、それを理由に突き放せるかもしれないと思ったからだ。

ジスは、屋外のテーブルの脇にキックボードを止めた。ヨンジェが先に店の中へ入った。厨房には、昨夜から火にかけていたスープの濃い香りが漂っている。洗ったばかりの髪をピンですっきりまとめたボギョンは、寝そびれたのか、つやのない顔に疲れを浮かべていた。友だちが来たことを伝えようと、ヨンジェがボギョンを呼んだ。ボギョンは振り向きもせずに、「晩ごはん食べる?」と訊きながらせわしげに手を動かしつづけていた。

「おばさん、お邪魔します」

いつの間にか厨房の敷居をまたいでいたジスが、ボギョンの背中に向かってぺこりとお辞儀をした。初めて聞くあどけない声に驚き、ボギョンがやっと振り向いた。ジスがヨンジェの手に握られていた果物かごを奪い、シンクの上に置いた。

「これ、よかったら召し上がってください」

笑みを絶やさない毅然とした口調は、芸能人にも引けを取らなさそうだった。ボギョンはぽかんとした顔でジスを見つめた。ごく幼いころの数回を除けば、ヨンジェはいままで一度も友だちを連れて来たことがない。ボギョンは学校での出来事が気になるようではあったが、知ったところで、ほかの保護者のように積極的に学校行事に顔を出せないことで引け目を感じるのか、半ば見て見ぬふりをしているようだった。だから、目の前の現実が信じられない様子だった。それも、耳や鼻にピアスを着けたり、たばこの箱を握り締めたりもしておらず、風通しのよさそうなゆったりとした制服を着て、化粧っ気はないが健康そうな顔で笑っている友だちときている。ヨンジェとジスを交互に見比べるばかりのボギョンに、ジスは自己紹介が足りないと思ったのか、再びはきはきと話しはじめた。

「ジスと言います。ソ・ジスです。ヨンジェとは同じクラスなんですよ」

ボギョンはやっと正気に返り、急いで手の水気を上衣で拭いた。

しどろもどろに対応するボギョンを見ていたヨンジェは、もう部屋に行くから、とふたりを遮った。でなければ、ボギョンはその場でヨンジェの子どものころの思い出まで持ち出していたかもしれない。ヨンジェに話を切られたボギョンははっとわれに返った様子で、あとでもらった果物をむいて持っていくと応じた。そんな必要はないと言いたかったが、水を差すようなことはしたくなかった。浮かれた様子のボギョンの気持ちがわかる気もした。学校の話を一切しないことは自分でもよくわかっていたため、もしも自分が親の立場なら浮かれて当然と思えた。つまり、友だちを家へ連れて来ることは、ヨンジェにとってもボギョンにとってもほとんど初めてのことだった。それに、友だちの前でこれ以上ボギョンをとがめたくもなかった。

店を出て、庭からつながる家へと向かっていると、数歩後ろをついてきていたジスがあきれた口調で言った。

「どうして黙ってたの？　家に呼ばない理由があったってわけね」

ジスの言葉に、ヨンジェがかっとなって振り返った。それ以上聞かなくても、ジスの言わんとしていることが手に取るようにわかったからだ。ボギョンには悪いが、なんとしてでもジスを追い返そう。だが、ヨンジェが口を開く前にジスが続けて言った。それは予想外の言葉だった。

「お母さんの名前ってハヌル……いや、それは役の名前か、キム・ボギョンさんだよね？　ほら、あの映画にも出てたでしょ。大好きな作品なんだけど、ちょっと待って」

ジスの声は興奮に包まれていた。きれいにとかれた髪をグシャグシャにしてまで記憶を引っ張り出そうとしている。ジスの言葉に、ヨンジェは面食らった。ボギョンが映画に出ていたなんて話は、寝耳に水だ。

お母さんが映画に？

ヨンジェはまさか、と思い、ジスが同姓同名の似た人と間違えているのだと決めつけた。

しかし、間もなくジスが携帯で検索して見せた、初めて見るタイトルの映画の出演者リストには、ヨンジェがあまり目にしたことのない、若かりしころのボギョンの写真があった。ボギョンに似た人でも、知らされていないボギョンの姉妹でもない。いまのヨンジェくらいかそれより少し上、せいぜい二十代初めぐらいに見えるボギョンだった。ヨンジェは見慣れない写真にじっと見入り、ジスは隣でいっそう声高に騒いだ。笑いながらバシバシ肩を叩いてくるジスをよそに、ヨンジェはあらぬなりゆきで知ってしまったボギョンの過去に唖然としていた。ジスはそのあいだも、母親がこの映画が好きで自分も子どものころからよく観ていたこと、いまでも頭を空っぽにしたいときにはかならずこの映画を観るのだと付け加えた。もちろん、それらの言葉がヨンジェの耳に入るはずもなかった。

ウネはどういうわけか家にいなかった。昼間に競馬場に出掛けることがあっても、ヨンジェの帰宅時間にはいつも戻っていたため、ヨンジェはボギョンの部屋とウネの部屋、自分の部屋まで確かめてからウネの不在を認めた。入れとも言われないまま玄関に立ちつくしていたジスは、自分から靴を脱いで家に上がり、ソファに陣取った。それから周囲をぐるりと見まわすと、リモコンを見つけてテレビを観ていいかと聞いた。ヨンジェはむしろ好都合だと思い、うなずいた。

「まだ壁掛けなんだ」

ヨンジェは画面や音にはなんの支障もないと言おうとしてやめた。

「お母さんが果物持ってきたら、それ食べながら見てて」

「あんたはどこ行くの？」

「ちょっと上に」

ジスはヨンジェが着替えに行くものと思い、とくに疑うこともなくテレビに視線を移した。それから一時間ヨンジェが下りてこないと知っていたら、けっして二階に上がらせはしなかっただろう。

バナナとマンゴー、ザクロジュースをのせたお盆を受け取る際、ジスはもう一度ボギョンの顔をちらりとうかがい、あの役者がここにいるのだという思いに顔を赤らめた。事情を知らないボギョンは、ジスのことを恥ずかしがり屋で礼儀正しい子だと思いこんでいるようだ。

「ヨンジェはどこに?」

ボギョンが、居間に姿のないヨンジェの行方を訊いた。

「ちょっと上に行ってくると言ってました」

すでに十五分が経過していた。ボギョンは、ヨンジェがいったん二階に上がると朝まで下りてこないことを知っていたため一瞬心配になったが、まさか友だちを放っておきはしないだろうと思った。

だが、ふたりそろってヨンジェを甘く見ていた結果は散々だった。ジスは果物とジュースをふたり分平らげ、ソファに横たわって観るものもないチャンネルをくるくる変えた。二階に上がってみようかとも思ったが、意地を張ってぐっとこらえていた。だが、そろそろ限界だ。電話でもかけてみようか。しかし携帯にヨンジェの番号が登録されていないことに気づき、それさえも諦めた。ジスは、もう待てないと席を立った。もう少しで八時だ。他人の家にお邪魔するには遅すぎる。その前にどうにかして、今日中にヨンジェと契約を結ぶのだ。

ジスは二階へ続く階段に足をかけた。家の周りは荒れ地も同然で静まり返っているうえ、二階は見たところ真っ暗だ。ジスは思わず、手すりを握る手に力を込めた。なぜか足音さえ立ててはいけない気がして、つま先立ちで階段を上った。二階へ着くとそっと周囲をうかがい、ドアの下から明かりの漏れている部屋を見つけた。中からは、かすかだが人の気配が感じられる。確信に近い気持ちでそちらへ向かいながらも、ジスは心のどこかで、あの部屋にいるのがヨンジェのきょうだいや父親だったらどうしようと心配になった。だがその部屋以外は真っ暗で、ほかにヨンジェのいそうな部屋は見当たらない。さいわい、ジスがドアノブに手をかけたとき、部屋の中からヨンジェの声が聞こえた。ジスはここだと確信し、勢いよくドアを開けた。

「やあ、こんばんは」

「えっ！」

ジスの父親はヒューマノイドの部品を納品する中小企業の社長だったので、ジスは才能の有無にかかわらず、子どものころからたくさんのヒューマノイドを見ながら育った。家庭用ヒューマノイドはまだ常用化していなかったものの、その性能をテストするために三十台ほどが一時的に各家庭に置かれていた。ジスの家もそのひとつだった。つまりジスは、ロボットのようなハイテクノロジーを前にしても、その不思議さに開いた口がふさがらないとか怖くて逃げ出すような素人ではなかった。だが掃除ロボットの類《たぐい》も見られないこの家で、ヘルメットをかぶった、ほとんど骨董品のような古いヒューマノイドが突然話しかけてきたら、ジスでなくても悲鳴を上げていただろう。靴下を履いた足を敷居ですべらせて尻餅をつくといったことは、誰の身にも起こることではないかもしれないが。ジスは、かばう暇もなく床に打ちつけた腰骨をさすった。

「あいたたたた……」

ヨンジェが部屋から出てきてドアを閉め、急いで居間の明かりを点けた。床に転がっているジスを見ると、びっくりしたような表情で言った。

「なに？　なんで上がってきたの？」

ジスが腰をさすりながら起き上がり、乱れた髪を整える間もなくヨンジェに言った。

「ドア、開けてよ」

「嫌よ」

「あ、そう。じゃあ自分で開けるわ」

ジスは瞬時に立ち上がり、ドアノブ目がけて腕を伸ばした。今度はヨンジェも負けじと、ジスの腰をつかんで引っ張ってくる。だが、互いに似たような体格なのだ、そう簡単に遠ざけられるわけもない。全力でドアに突進したジスはヨンジェの手から逃れると、急に生まれた慣性の力の働くままに、前のめりにドアを押して部屋につっこんだ。そうしてドアが開くと同時に、膝から床に倒れた。だが、今度は痛みで叫ぶようなことはしなかった。上半身だけのヒューマノイドと目が合ったからだ。ジスはその場に凍りついて目をしばたたかせた。ヘルメットをかぶったヒューマノイドのボタンのような目が、まっすぐにジスを見据えていた。

コリーは、床に打ちつけたジスの膝が発する熱を感知して言った。

「膝から熱が出ています。液化窒素をかけて冷ましたほうがいいですよ」

もちろんそれは、この場合の正しい対応ではなかった。それでもジスはひとまず、そのヒューマノイドは下半身がなく歩けないこと、その声が、映画に出てくるようなウイルスに感染した邪悪なロボットのようではないことに胸を撫でおろした。かといって、警戒を解いたわけでもない。緊張がほぐれてくると、そのヒューマノイドがヨンジェのノートにあったものと同じ形であることに気づいた。

ヨンジェは部屋のドアを閉めた。またしても床に転がっているジスのことなど目に入らず、まっすぐにコリーに向かっていった。その行動がジスのプライドを逆撫でするとも知らずに。急いでコリーの背中のふたを開けて電源を切ると、目の光が消えたコリーを横たわらせ、布団で隠した。

大騒ぎするかと思われたジスは、意外にも静かに座ってヨンジェの話を聞いた。なにはともあれ、自分のせいで驚かせてしまったのだ。ある程度の状況説明は必要だと思い、〝ふとした偶然〟で、廃棄処分されるヒューマノイドを安価で手に入れ、昨日から修理に取り掛かっているのだとあらましを語った。個人の売り買いが違法だとは、ジスも知らないのではないか。言いふらして歩くような性格でもなさそうだから、このくらいでうまくやり過ごせるかもしれないという希望が湧いた。気持ちに余裕が出てくると、すりむいて赤く腫れたジスの膝が目に入り、軟膏を塗るべきか、絆創膏を貼るほどの傷だろうかといまになって考えをめぐらせた。機械の故障ならひと目で見積もりが出るのだが、人間の傷はそうはいかない。ヨンジェの目には薬を塗ったほうがよさそうに思われたが、当の本人は傷など気にしていないようで、よけいに判断に困った。

「つまり、自分で直してあれを目覚めさせたってことよね？」

じっと考えこんでいたジスが口を開いた。その声はどこかしら期待に満ちている。目覚めさせたという表現がふさわしいとは思わなかったが、ハズレというわけでもなかったので、ヨンジェはうなずいた。

「脚はこれから……」

「あんたってほんと天才！」

ジスが満面の笑顔で、またもヨンジェの腕をバシバシ叩いた。さっきは感じられなかった痛みが、いまは感じられた。やめてくれとも言えず、ヨンジェは手で腕をかばった。

「最高。あれを自分で直したなんて。見てもいい？」

好意的なジスの反応に、ためらっていたヨンジェもついに折れて布団をめくった。膝で歩きはじめたジスは傷が痛むのか、うさぎ跳びの要領でコリーに近寄った。

「触ってみてもいい？」

ヨンジェはうなずいた。ヨンジェの同意を得てから、ジスはコリーの額にやんわりとデコピンを入れた。鈍い音がした。

「で、騎手ってなに？」

ジスが訊いた。

「競馬で、馬に乗ってる選手。知らないの？」

ヨンジェの言葉を聞いて、ジスは、ああ、とうなずいた。騎手を知らないことが不思議だったが、ジスはあっけらかんとした口調で言った。

「ホースマンのことかあ……」

目新しい文物を見定めるかのようにコリーを見ていたジスの目に、そのそばに開かれていたヨンジェのノートがとまった。ジスはふと、ヨンジェを丸めこむ手を思いついた。絶対という確信はなかったが、可能性はある。

ジスが咳払いをしながら姿勢を正し、いつもの姿に戻った。

「で、どうやって直すつもりなの？」

伏し目で尋ねるポーズに、それがどんな問題だろうと解決の鍵を握っているかのような威厳がにじんでいる。ヨンジェはなにをどこからどこまで、どのくらい詳しく話すべきかわからず、表向きのことだけを話した。話しながらも、なぜジスにこんな報告をしなければならないのか理解できなかったが、この場はジスに合わせておいたほうがよさそうな気がした。

「下半身は、リンク構造で関節を合わせなおして……」

「リ、リン……？」

「リンク構造」

ジスは理解していない様子だったが、「それから？」と続けた。

「サスペンションも必要かな」

「サス……こほん、それ全部、自分で買えるの？」

今度の言葉はヨンジェに刺さったようだ。すぐに答えないその隙を、ジスは見逃さなかった。あとはえさを付けた釣り針でつつくのみ。ジスは腕を組んだ。父親に伝授された取引テクニックのひとつで、相手の気を引きたいならそれだけ魅力的な人間になれというものだった。

「それ、わたしが用意してあげられるわよ」

ジスはその提案でじゅうぶんヨンジェを釣れると思ったようだが、ヨンジェにとっては雲をつかむような話に聞こえた。いったいどういうつもりなのだろう。その業界で働いている人を知っているのでなければ、密売に近い行為なのだ。ヨンジェは当然のごとく、ジスがほらを吹いているのだと思った。それでも、ジスの威張った態度に騙されたふりをして「どうやって？」と訊いた。

待ってましたといわんばかりに、ジスが滔々《とうとう》と説明した。真偽の区別がつかないほど大げさな説明だったが、要はこうだ。ジスの父親はヒューマノイドの部品を納めている会社の社長だということ。部品を大量にもらうことは不可能だが、ジスの大会出場に向けて支援を約束してくれているから、大会用のソフトロボットを製作する際に、コリーのための部品もよけいにもらえばいいというものだった。話を聞きながらも踏ん切りがつかないでいるヨンジェに、ジスがとどめを刺した。

「それから、こんなふうにロボットを買うのは違法だって知ってるわよね？　いくら取り締まりがゆるいからって、うちのパパが通報すれば無視はできないと思うけど」

早い話が脅迫だった。

玄関の前でふたりは電話番号を交換した。ジスは、明日学校で、と言うと、さっさと帰っていった。ヨンジェの手には、ジスから渡された大会の申込用紙があった。学生番号をはじめ、簡単な自己紹介も書くようになっている。ヨンジェはもう一度、携帯画面に浮かぶ、自筆でサインした契約書を確認した。

〈契　約　書〉

ソ・ジスはウ・ヨンジェが大会に合同参加する場合、

ウ・ヨンジェに必要なヒューマノイドの部品を提供することを誓う。
但し、大会で入賞以上の成果を収められなかった場合、
ウ・ヨンジェはソ・ジスから提供されたすべての部品の代金を支払うこととする。

ソ・ジス
ウ・ヨンジェ

もやもやした気分は拭えなかったが、損はない取引だ。なによりコリーの部品がもらえるという事実に、さっきから顔がニヤけるのを抑えられないほどだった。ジスの足音がすっかり聞こえなくなって初めて、ヨンジェは万歳をしてソファにもたれた。人生がうまくいく日など来るのだろうかと思っていたが、今日がその日らしい。入賞できなかったときのことが多少気掛かりだったが、大会はまだ先のことで、目の前の喜びが先に立った。とっとと自己紹介を書いてベッドに入れば、昨日の分までぐっすり眠れそうだと思った。

九時を回った時計を見て、ヨンジェはウネがまだ戻っていないことに気づいた。いつもなら少なくとも、遅くなるときはそう言い置いて出掛けるのに。暗闇に沈む競馬場を見つめていたヨンジェは、上着を羽織って外へ出た。

ポッキ

　数千年という歴史の中で変貌してきた馬は、この小さな馬房に落ち着いた。かつて食料、家畜、運送手段であったこの動物は、いまも食料、家畜、運送手段であることに変わりはなかったが、けっきょくは、人間のスポーツのために出口のないコースを走る競走馬に成り果てていた。狭い檻に閉じこめられることは現代を生きる動物たちにとって必要不可欠であるとともに、唯一の生存手段でもあった。しかしポッキは、動物の中でもとりわけ、馬房に閉じこめられた馬の目を長く見つめることができない。

　かつてはその理由を、馬という動物の位置づけがほかの動物にくらべて難しいからだと思っていた。主人と心を通わせながら同じ屋根の下で暮らせる運命にはないが、狭い檻に閉じこめられるには知能が高すぎる。イルカの知能が高いことはよく知られているが、馬の知能も同じぐらい高いことはあまり知られていない。馬は人間でいえば六歳程度のＩＱを備えており、自分が馬房に〝閉じこめられ〟ていることも、軟骨がすり減って歩けなくなるまでコースを走らなければならないことも理解している。

だからポッキは競馬場へ定期健診に行くたびに、馬たちをできるだけ競馬場内の公園に放してやれと管理人に指示し、馬の好物のニンジンと角砂糖を手土産に持っていった。角砂糖が馬によくないとは知りつつも、甘いものが好きな馬にとって、角砂糖は最短でストレスを解消できる手段であることも事実だったからだ。ストレスのほうが、糖よりもずっと体に悪い。そのためか、馬たちはポッキが来るたびに鉄格子の近くに寄ってきて、鼻息を吐きながら挨拶した。来るといってもせいぜい月に一度、多くて二度来るだけの部外者だったが、馬たちにとってはいつでも、ポッキはちょっと出掛けていた家族のようなものだった。

前任の獣医科の先輩は、馬の目を長く見つめないようにと忠告した。目が合うと攻撃する習性があったかしら、と不思議に思ったが、理由はポッキの予測とは正反対のものだった。

「馬の目って、真っ黒いビー玉みたいじゃない？」

ポッキを初めて競馬場に連れてきた先輩は、馬の首筋を撫でながら言った。馬の目は黒いビー玉のようだったし、先輩の目は滴《しずく》のようだった。結婚して子どもを生む気はまったくないという先輩の言葉が、その瞬間、ポッキにもしみじみと理解できた。先輩の胸にはすでに多くの子どもたちがいて、悲しむのはその子たちのことだけでじゅうぶんだと思われる未来が待ち構えていた。先輩は馬の首筋を叩きながら、ここを撫でてみろ、いちばん喜ぶ箇所だからとポッキに言った。

ポッキは馬の広い首筋に手をのせた。すべすべして見える皮膚はたくさんのにこ毛で覆われていたが、思ったとおり柔らかかった。ポッキはゆっくりと首筋を撫でた。手のひらに伝わる馬の体温と息遣いをもっとしっかり感じるため、先輩に言われるままに目を閉じ、自分の声が皮膚を通じて伝わるよう低い声でそっと話しかけた。

「初めまして、わたしはポッキよ。ミン・ポッキ。これからよろしくね。一緒に、元気で長生きしましょうね」

先輩はポッキに権限を譲り、済州島へ発った。動物の中でもひときわ馬が大好きな先輩のことだから、済州島は先輩が行き着く最終地点のように思われた。しかし、そこは長い旅の終着点ではなく避難場所だったのだと、この競馬場に通って一年が経つころに気づいた。

競走馬の寿命は短い。選手としての寿命ではなく、生きていられる寿命そのものが短いのだ。エースの競走馬には億単位の値がつくことも多いが、それさえもコースを走るあいだだけに限られる。走れない馬は馬ではない。勉強しない学生は学生ではないとポッキも言い聞かせられながら育った。だが、失うものの大きさは天と地の差だ。人間も、時に人間扱いされないことはあるが、いつでもやりなおしがきく。しかし馬は、馬扱いされなければ生きてゆけない。走れない馬は、この地球上で生きる理由を得られないのだ。

人を乗せて走らなければならなかった時代の競走馬は、どんなに足が速くても騎手の安全とウエートという点で限界があった。だがその騎手がヒューマノイドに取って代わると、そのウェートは軽減し、事故死という概念そのものがなくなった。

その後に馬に求められるようになったのは、さらなるスピードだ。それまで競馬において馬が出せる最高時速は七、八十キロだったが、いまは平均で時速九十キロにまでなっていた。人々はカーレースを見るときの快感を、生きた命に求めはじめたのだ。問題は、急速に発展していく文明とは異なり、馬の関節は数千年かけて積み上げられた遺伝子情報をもとに、せいぜい一歩しか進化していないという点だ。競走馬の選手としての寿命は一年から一年半ほど。それ以上になると関節の軟骨がすべてすり減り、立っていることもままならなくなる。運よく済州島や江原道の草原地帯に売られていく馬もいるが、ほとんどは処理に困って安楽死に処される。そしてそれも、ポッキの仕事だった。

検査中の馬は、全身麻酔をかけられて馬房に横たわっていた。まぶたの痙攣はなかったが、眠っているのではなく朦朧状態にあるはずだ。麻酔が投与された以上、馬が下手に興奮したり暴れたりすることはないと知りながらも、ポッキは習慣のように馬の首筋を撫でた。鼻の穴から挿入された内視鏡管が、馬の体内をモニターに映し出した。先月と大した差はなく、健康だ。ポッキがリストに馬の状態をチェックしながら、ミンジュに言った。

「もっと食べさせてあげて」

「馬には肥満ってないんですかね。ぼくは太る一方でして」

ミンジュが冗談まじりに言うと、ポッキはそちらを見もせずピシャリと言った。

「じゃああなたも、お米だけで馬みたいに走ってみたら？　一週間もあればガリガリになれるから。ねえ？」

ポッキが目で同意を求めた相手は、馬ではなくウネだ。ウネは検査中の馬房の前でうなずいた。

問診票を書き終えたポッキは、馬を撫でてやった。お疲れさま、しっかり休んでから起きてね。

去年、ナノボットを使った内視鏡を動物にも利用できるよう、その許可を求めて三度目の国民請願があった。だが、国会で可決されることはなかった。動物に使うほどの技術と資本はないというのが表向きの言い訳だったが、その実、動物が感じる痛みにまで気を遣いお金をかける余裕などないというのが本音だろう。それでも、動物の権利を守るための運動は続いているのだから、いつかは動物にもナノボットを利用した内視鏡が認められるようになるかもしれない。ポッキが獣医をしているあいだには叶いそうにないが。

かばんを手に馬房を出て、次の房へ向かった。ほかの馬たちが公園で自由を満喫しているあいだも、ずっと閉じこめられている馬だ。

「様子はどう？」

ポッキはトゥデイを見つめながら尋ねた。

「いつもどおり」

ミンジュが言った。ウネが隣から口を挟んだ。

「数日前に吐いたの。二度は本当に吐いて、一度は吐き気だけ。ごはんも全然食べなくて、急にしゃがみこむときもあります」

ポッキは横目でミンジュをにらんでから、ウネの言葉を採択した。ウネはポッキよりもここに通って長い。ポッキが来るたびに馬の名前と性別、特性を覚えられるよう教えてくれたのもウネだった。ポッキにとってウネは、ミンジュよりも優れた馬房管理人だった。定期健診で訪れるときは、わざわざウネとスケジュールを合わせて来るほどだ。

ポッキはトゥデイの馬房に入った。トゥデイはこの競馬場で最も深刻な状態にあった。牝馬で、今年でわずか三歳だが、前脚の関節は九十歳の老人よりひどい。

トゥデイがポッキを見て挨拶した。ポッキが自分を大切にしてくれ、痛みを和らげてくれる人だと知っているのだ。ポッキは笑って挨拶を返しながらも、胸が痛んだ。トゥデイの病気を治してやることはできない。病気の進行を遅らせるのが精一杯だ。しかしそれさえも、来月まで続けられるかどうか定かでない。

「元気だった？　関節の状態を見てみようね」

ポッキがトゥデイの首筋を抱き寄せてささやいた。

「たてがみがますます素敵になったじゃない」

今日は特別に栄養剤もひとパック用意した。トゥデイは麻酔注射を打たれているあいだも、おとなしくポッキに身を任せた。数分もしないうちにふらつきはじめたかと思うと、膝が折れ、乾いた土の上に倒れるように横たわった。ポッキがトゥデイの関節に手を伸ばしてやさしくさすると、トゥデイは痛みを訴えるようにうめき声を上げた。トゥデイの病名は退行性関節炎だった。若いうちに関節を使いすぎた結果だ。軟骨は消失し、滑膜全体が炎症を起こしていた。歩くたびに骨がぶつかり合う痛みを感じているはずで、もう少しすると糜爛《びらん》が始まるだろう。しかしそれより大きな問題は、時間だった。トゥデイはすでに三週ほど出場できていないため、旧盆の連休が明ける二週間後までに出場許可が下りなければ〝使えない馬〟になってしまう。賭け金で馬房代を払えない馬は、ただちに部屋を明け渡さなければならない。すると入れ替わるように若くて足の速い馬が入ってきて、またお金を稼いでくれるというわけだ。

競馬場サイドがトゥデイを追い出そうとするのを、治る可能性はあるとひと月粘ったが、関節が以前のように戻る可能性はゼロだ。しかしポッキには、トゥデイをこのままこの部屋から追い出すことなどできなかった。ここ以外に、行き場などないのだ。少なくともいまのこの国に、十歩歩くのもやっとの馬をやさしく包んでくれる人間と大地が存在するとは思えない。

短い検査が終わった。ポッキは点滴の注射針を血管に刺し、トゥデイがゆっくり休めるように馬房を出た。外で待っていたウネのそばに立ったが、ウネはそんなポッキには目もくれず、目を半開きにして息を吐きながら点滴を受けるトゥデイを見つめていた。ウネは、ここにいる二十頭の馬の中でトゥデイをいちばんかわいがった。一度も尋ねたことがないのでその理由はわからないが、いつだったかウネがふと、トゥデイが大好きなのだと言ったのを覚えている。ポッキはなんとなく、いまがその理由を尋ねるタイミングではないかと思った。

「ウネちゃんはトゥデイがいちばん好きって言ってたよね。それはどうして？」

「先生、トゥデイが走ってるとこ、見たことないでしょう？」

ポッキは記憶をたどってみたが、言われてみればそうだ。ここに来るのは馬たちの健康状態を確かめるためで、レースが開かれる日に訪れたことは一度もない。いや、あえて避けているところもある。虐待にも等しい様を目撃したくなかった。

「あの子は本当に幸せそうにするの」

「そう」

ポッキの返事に満足しなかったのか、ウネがまた口を開いた。

「でたらめじゃない。走ってるときのあの子からは、全然違うものが伝わってくるのよ。ただ速く走るためだけじゃない、その脚さばきの優雅なことったらないの。まるで黒鳥よ。動物の黒鳥じゃなくて、黒鳥を踊ってるバレリーナ」

優雅に見えるのは、ひとつは歩法のためだろうし、もうひとつは黒真珠のように輝くトゥデイの黒い毛並みのためだろう。ポッキはトゥデイが脚を出すたびにたなびいていただろう黒い波を想像した。その躍動的な光の波が、ウネの心をわしづかみにしたのだろう。

「早く治ってまたコースに立てればいいけど、そんなことは二度となさそうだから、それを思うとちょっとつらい。この世に希望なんてないって言われてるみたいで」

柵に手をかけていたウネがひとりごとのようにつぶやいた。ポッキは心ならずもウネの本心を聞いてしまった。

「走れるわよ」

慰めにもならない言葉だった。ロープが必要な人にティッシュペーパーを差し出しているような気分。ウネがもう少し幼かったなら、病気のペットを抱いて訪ねてくる子どもたちにそうしたように、この注射を打ってゆっくり休めばすっかり元気になってまた一緒に駆けっこできるわよ、と明るく言ってあげられるのに。そんなチョコレートのような応援はもう通じないほど、ウネは大きい。来年には成人するのだ。

「そんな可能性はないことも、治らなきゃ安楽死になることもわかってる。わかってるけど、見守ることしかできないのがつらいんです。でも、わたしみたいな人間があの子のためにしてあげられることもない。悲しいけど、なにもしてあげられないくせに悲しむ資格なんてない気がして、こうして見てるしかないんです」

平均寿命のわずか五分の一を生きたばかりの子の口から、なぜそんな言葉が出なければならないのだろう。まだ育ちきらない木を折ったのは誰なのか。その下で夢見ることができたはずの木陰を奪ったのは誰なのか。

ポッキの十七歳は、ウネの十七歳よりも幼く、世界も狭かった。この国の受験生として生きる以外の人生など想像したこともなかったし、当時のポッキにとって希望や慰めとは、ひとえに努力が実ったときの点数であり、その結果手にする大学進学だけだった。ポッキの十七歳が、ひとつしかないと信じる出口に向かってモーターエンジンをフル回転させる疾走だったとしたら、いまのウネの十七歳は、野原に立ってゆがんだ世界を見つめているようなものだ。ポッキは自分がウネよりも小さく思え、だからおいそれと口を開けなかった。そんなことはない、トゥデイのためにわたしたちにもできることがあるなどという、かりそめの慰めなど言い出せなかった。ポッキはほかの話題を探して周囲を見まわした。空っぽの房と、隅に積まれた干し草、そして、開いた裏口の向こうで沈みつつある太陽を背に長く伸びる人影が見えた。

最初はミンジュだと思い、よく見ないまま目をそらした。だが馬房を一周見まわしてから裏口に視線を戻すと、そこにはまださきほどの影があり、ポッキの頭には、あれは人影ではなく木か干し草を積んだトラックの影ではないかという思いが浮かんだが、やはりどう見ても人の形をしている。それに、ミンジュなら、中へ入らずあんな所で佇んでいる必要もないだろう。平日も部外者の立ち入りは可能だったろうか。いや、たとえ今日が訪問客の多い週末だったとしても、馬房までの道は道案内にも載っていないのだ。ミンジュ以外の職員かもしれないが、夜は彼らも帰宅する。ポッキは検診のためにまだ残っているが、この時間にミンジュ以外の職員に会うのは初めてだ。ひょっとして、遅くまで馬房にいることを不審に思われているのではないかとこちらから声をかけようとした瞬間、馬房内に向かってカシャッと光るカメラのシャッターと視線がかち合い、その影が職員ではないことに気づいた。

ポッキは裏口へ走った。影は驚いたように、床に下ろしていたかばんをひとつひとつ拾い上げ、そのまま全速力で逃げようとしたが、あっという間にポッキにつかまってしまった。刺激的な写真を個人の動画チャンネルにアップして、視聴回数をかせぐやからがいる。根拠のない推測とともに、社会に対してよけいな不安感をあおり立てるのだ。ポッキは自分が捕まえたこの男もそういった人間のひとりだと信じて疑わなかった。ヒューマノイド騎手の導入から五年が経っても、これに対する批判的な視線は日ごとに増していて、競走馬の生存権についても取り沙汰されている。それに加え、競馬システムの非道さやら、それにまつわる大企業のドタバタ騒ぎまで……。飛び交う噂は多岐にわたり、すべて把握できないほどだ。

ともかく、そういったデマを流しておまんまを食べているような連中が多い中、この男の手にもずいぶん高そうなカメラが握られているではないか。そのうえ、閉場した競馬場に忍びこんで治療中の馬を撮っているのだから、疑いの余地はない。

ポッキは、かつて暴れ狂う馬の背にまたがって麻酔注射を打っていた腕を発揮して、逃げようとする男のかばんの紐を引っつかみ、首にタックルして相手を押さえつけた。かなりたくましそうに見えていた男は地面に顔を突っ伏したまま、必死でポッキの手をつかんだ。

「ご、ぐえっ……ちょ、ちょっと……！　放し……」

男はゴホゴホ言いながらも、手をつかむ以外にこれといった反抗をしなかった。それは、自分はあなたを攻撃するつもりはないという意思の表れだった。ポッキは初めて見る男をものの見事に地面に投げ倒してしまってから、ふと、過剰鎮圧や暴力という名目で警察沙汰になるのではないかと遅ればせながら心配になった。ポッキは男の首から腕をほどき、かばんを床に下ろすと、まごつきながら立ち上がった。

男は地面に伏せたまま大きく息をついている。背丈はゆうに百八十センチはありそうで、肩幅も水泳選手のように広いのに、ずいぶん大げさなやつだとポッキは思った。男はもう何度か息をつくと、やっと立ち上がった。立ってみるとすらりとした体格が映え、肌も白く美しい。男は、体に付いたほこりと芝をパンパンはたいた。

「驚かせてすみません」

その言葉は、ポッキではなく男の口から出た。最初にポッキを驚かせたのは男だが、なんとなくそれを言うべきは自分のような気がして、ポッキは言いよどんだ。

「い、いえ。驚かせたなんて……」

どこに出ても恐れ知らずで男勝りなポッキだが、この男の前では言葉に詰まった。心では「どうしたわたし！　しっかりしろ！」と叫んでいたが、体は心とは裏腹に視線を避けていた。

「怪しい者ではありません。記者なんです」

「記者ならじゅうぶん怪しい者でしょ？」と言い返したい気持ちを、ポッキはぐっとこらえた。男は自分が嘘をついていないことを証明するために、ポケットから名刺を一枚取り出した。Mテレビ局時事企画部記者、ウ・ソジン。ポッキは名刺の裏まで見てから、だからなんだという顔でソジンを見た。記者だからといって、名刺一枚で競馬場への不法侵入と写真撮影の言い訳になると思ったら大間違いだ。取材のためと言うなら、なんの取材なのか明かしてしかるべきだろう。隠れてこっそり撮影するようなうさんくさいやり方は好きではない。

だがソジンのほうは名刺一枚でこちらが納得するものと思っていたのか、ポッキの反応に動揺を隠せないでいる。このうえどんな説明が必要なのかと言いたげな表情だ。ソジンがうなじをさすりながら口を開いた。

「その、つまりぼくは記者でして。この競馬場の特集を組もうとちょっと調査を……」

「ここにはどうやって入ったんですか？」

ポッキはソジンの言葉を遮って訊いた。職員でもないくせに、よけいな言いがかりをつけているのではないかと思った。自分のほうこそ折を見て、馬の健康管理をしている獣医だと自己紹介し、会話を締めくくるべきではないか。

「……あそこから」

ソジンが指した方向は、正門でも北口でもなかった。指先をたどっていくと、その先には比較的低い塀があるはずだった。ヒトツバタゴが生い茂り、監視カメラの死角になっている場所。早い話が、こっそり塀を乗り越えてきたというわけだ。ポッキは腕を組み、ソジンとまっすぐに向き合った。おせっかいな性格にスイッチが入るのを感じた。職業は記者であり、こんなふうに隠れて調査しているのだからお気楽な内容の特集ではないのだろう。だからこそ、ここがもうひとつの職場といえるポッキが危険を察知したのかもしれなかったが、いまポッキがおせっかいを焼きたいのはそこではなかった。そういったものはさておき、いまいちばんソジンに訊きたいのは、塀を越えるとき怪我はしなかったかということだった。

「記者魂は認めますが、法は守ってもらわないと。取材について、競馬場の管理人には話してあるんですか？」

「ハハ、言ってみましたが、名刺を見せるなり断られました。歓迎されるような内容ではないので……」

　もっともだ。どこの商売人が、商売を邪魔しようとするやつらを受け入れるだろう。ことに、記者などどこへ行っても喜んで迎え入れられるような人種ではない。

「とにかく、驚かせてすみませんでした。あ！　写真には馬しか写っていませんよ。そちらが写りこんでるようなことは絶対ありませんから、心配しないでください。正直、いらっしゃることも知らなかったんです。この馬の写真も報道用に撮っただけでして……」

　ソジンがぺこりと頭を下げた。悪さをしようとしているわけでもない人間を、これ以上引き止めて説教する必要はなさそうに思えた。あとは、競馬場はヤクザとつながっていることが多いから気をつけろと助言を添えてやりさえすればいい。謝罪を受け入れ、そろそろこのドタバタ劇に幕を下ろすべきときだ。だが、舞台が終われば、偶然出会ったふたりはそれぞれの道へ戻っていくだろう。ポッキはそれが残念でならず、なんとか会話を続けられるせりふを絞り出そうとしたが、適当な言葉が見つからなかった。

　しかし、事態は予想外の展開を見せた。騒ぎのあいだも静かにトゥデイを見つめつづけていたウネが、遅ればせながら裏口に顔を出し、夢にも思わなかった言葉を吐いたのだ。

「お兄ちゃん、どうしてここに？」

「お兄ちゃん？」

ポッキは驚きと喜びのにじんだ声でウネに訊いた。

「親戚のお兄ちゃんなんです」

ウネの見間違いではなかった。地面に放り置かれていたかばんを拾っていたソジンが、ウネを見て目を丸くした。ポッキはそのとき初めて、ふたりの名字が同じ〝ウ〟であることに気づいた。


三人は競馬場前にあるコンビニの屋外テーブルに座った。

「獣医さんだったんですね」

ソジンの目に、ポッキへの尊敬の念が浮かんでいた。ポッキはサイダーをひと缶その場で飲み干し、やはり我慢できないと財布を手にコンビニに戻ると、缶ビールを三本抱えて出てきた。

「飲みたければどうぞ」

ポッキはそっけない態度でソジンに差し出し、自分もふたを開けて口に流しこんだ。想定外のチャンスだったが、大学時代に一年ほど先輩と交際した以外は二十六になるこの歳まで、恋愛はおろか誰かといい感じになったこともない。そのため、ポッキはこの状況をどう生かせばいいのかさっぱりわからなかった。助けを求める相手はウネしかおらず、ここでどうにかしてソジンと縁をつくっておくには自力で頑張るしかない。それが可能かどうかは別として。

ウネとソジンがいとこ同士だという劇的な事実が浮上し、事態は思わぬ方向へ展開した。本来ならさっきの時点で、それじゃあお互い、動物のために頑張りましょう、では、と別れているはずの間柄から、少しお話でも、という関係へと。検診器具を片づける姿を見て、ソジンはポッキが獣医であることに気づいたのだろう。

ウネがおしゃべりな性格だったら、久々に会ったいとこにもあれこれ話しかけていただろう。だが、ウネは黙々とお菓子を食べるばかりだ。もう少し勘がよければ、普段と違って落ち着きのないポッキの様子に気づいただろうに。さいわい、気まずい空気の中でビールをすべて飲み干してしまう前に、ソジンがちょっと電話を、と席を立った。するとすかさずウネが口を開いた。

「ずうっと前にちょっと親しかったころがあって、その後はほとんど連絡を取り合ってなかったのよね。記者になったとは聞いてたけど、こういう取材をしてるとは知らなかった。歳は二十四か五かな。大学は出てるけど、どこの何学科なのかは知らない。軍隊で怪我して早期除隊したって聞いてます。訓練の途中でどこかから落ちて肩を痛めたとかだったと思うけど、生活に支障はないみたい。ひとりっ子で、いま恋人がいるかは不明。ほかに訊きたいことは?」

ポッキの予想は外れた。ウネは勘がよかった。ポッキは少しためらってから、口を開いた。

「いまのところはじゅうぶんかな……」

知りたくなかったとシラを切るには、自分の挙動は不審すぎただろう。ウネはスパイシーなエビのスナックをつまみながら続けた。

「動物にも関心を持ってる。好きすぎるとも言えるかな。昔こう言ってたのを、いまだに覚えてます。アプリのアップデートの速さと、動物が絶滅する速さは一緒なんだって。わたしがアプリをひとつアップデートするたびに、地球上の動物が一種類絶滅するっていう、へんてこな説」

「案外間違ってないと思うけど」

「だからわたし、あんまりアップデートしないんです。なんだか気になっちゃって」

秋の蚊が頬に止まったのか、ウネがポリポリ頬をかいた。

「知ってるのはここまで」

「親戚でも、あまり往来がなかったのね。言われてみればわたしだって、いまごろいとこがなにしてるかなんて知らないなあ」

「お父さんが亡くなってから、父方の親戚とはほとんど連絡を取ってなくて。その必要もないし。おばさんがひとりいるけど、遠くに住んでるんです。済州島に」

ウネの父親が亡くなったというのは初耳だった。ポッキはどんな反応を返すべきかしばし考えて、やめた。ウネがさりげなく口にした過去をあえて引っ張り出して、よけいな詮索をする必要はないように思えた。ウネはソジンについて、もう少し細かいところまで教えてくれた。昔からきれいだった肌は、ひときわ色白だった父方の遺伝子を引き継いでいること、人はいいが、話してみるとどこかネジが一本外れていそうな印象を受けること。いまもそうなのかは定かでないが。

通話を終えたソジンが戻ってきたとき、ポッキはウネの言う〝ネジが一本外れた〟という表現に合点がいった。

「電話しにそこまで行ったら、果物を売ってるトラックがあって。残りふたつだったから買っちゃいました。食べませんか？　甘いって言ってましたよ」

ソジンが、抱えていたナシをテーブルに置きながら笑って言った。まな板もお皿もない。ソジンの目の前でナシにかぶりつくわけにはいかず、ポッキはそれとなく遠慮した。

ベティが屋外テーブルを片づけて回っている。早く食べ終えて帰ってほしいと願うアルバイトの視線を浴びずに済む分、気楽だった。少なくとも、缶とお菓子の袋が散らばったこのテーブルを目にしたとして、ベティがいまからストレスを感じることはないのだから。ソジンがテーブルのお菓子をつまんだ。手の甲の、地面ですりむいた傷が目に入った。せっかくの酔いが一気に醒め、ポッキはもごもごと切り出した。

「さっきはごめんなさい。謝るのが遅くなりました」

ソジンがぶんぶん手を振った。

「そんなこと。大して怪我もしてませんし。しごく真っ当な行動だったと思います。かっこよかったですよ」

ソジンが親指を立てた。ポッキはばつが悪くなり、それをごまかすためにお菓子を口に運んだ。

ソジンもまたばつが悪そうに、親指を引っこめて話題を変えた。

「秋夜に外で一杯なんて、粋ですね」

大学時代に付き合っていた先輩は、屋外でなにか飲み食いすることを見苦しい行為だと言った。同じ科だったわけでもなし、ふたを開けてみれば、先輩というより〝あやつ〟と呼ぶにふさわしい人間だった。彼は機械工学科の修士課程に通いながら医療技術研究院に所属し、患者を開腹することなく癌腫をきれいに摘出する研究と実験を行なっていた。十年以内に医療改革を起こすのだという一心で、時には食事代わりに点滴を打ちながら昼夜を問わず作業に没頭していた。その最中もポッキとはマメに会っていた。

はじめのうちは、本当にポッキのことが好きで、時間を割いて会ってくれているのだと思っていた。いや、きっと最初はそうだったのだろう。忙しさにかまけてきみを逃したら一生後悔する、彼はそう言った。その言葉にほだされてはいけなかった。なぜなら彼は、自分のごはんも自分でよそえないほど未熟な人間だったからだ。疲れているからという理由で、デートの場所は徐々に研究院横の彼の部屋に限定され、食事も当初は出前を頼んでいたのが、いつからか飽きたからと自炊するようになった。分子サイズのナノボットを製作していたくそったれ、もとい、〝あやつ〟は、分子の何万倍もある米を研いで炊くことすらできないたわけ者だった。わたしはごはん係じゃないと言いながらも彼を飢え死にさせるわけにもいかず、キッチンで米を研いでいる自分を認めるたびにあらゆるものに嫌気がさした。そうしてとうとう別れることになったとき、二十キロ入りの米袋を彼の家にぶちまけてきた。

もちろん、ごはんは別れた理由の半分で、もう半分は考え方の違いにあった。彼は医療技術の発達における動物実験を必要不可欠なものとし、その死を崇高なものだとほざいた。ポッキは強く否定した。人間のために死ぬことがなぜ崇高なのかと。そして以前彼が、道端の野良猫はすべて病気を媒介するウイルスのかたまりだと言っていたことを思い出した瞬間、一年の恋も情も醒め、ポッキは身震いをした。

別れ際に米をぶちまけ、空っぽの米袋を振りながら、いつかわたしたちよりも優秀な宇宙人が現れたら、あんたもその宇宙人のために謹んで崇高な死を受け入れるがいいと呪いの言葉を浴びせた。〝宇宙人〟と聞いて、彼は鼻で笑った。地球の歴史においてよちよち歩きを始めたばかりの赤ん坊のくせに、宇宙の生命を論じるなど小ざかしいと吐き捨てた。彼は学生会にも参加していたため、ポッキはキャンパス内で宇宙人信奉者と噂されるようになったが、どうでもよかった。むしろ、勉強にいそしんで同期たちより早く卒業し、ケニアに発つことができた。

短いといえば短かったとも思える一年あまりの恋愛のために、バラ色のわが青春を使い果たしたのだと思いこんでいたが、これはいったいどうしたことだろう。明かりといえばコンビニから漏れ出るそれだけ、競馬場近くの秋の夜長に、突然真っピンクの月が昇ってしまった。ソジンの人柄を知るよしもなかったが、第六感が、あの男とは正反対の人間だと言っている。体内センサーはまだ捨てたものではなかった。

ポッキにビールをもらったソジンは、たったひと缶で頰と耳を赤く染めていた。顔が火照るのか、頰を触りながら、飲めるんですが一杯で顔が赤くなるんです、と弁解した。記憶を失くすほど酔っても顔色ひとつ変わらないせいで、酔ったふりなどするなと言われてきたポッキからすれば、そんなソジンの反応は羨ましくも愛おしく思えた。ウネはほとんど話さなかったが、もう遅い時間にもかかわらず帰る気はなさそうだ。そよ風が吹くたびにそよぐウネの前髪が、この秋夜をもう少し楽しみたいという気持ちを代弁しているようで、ポッキはあえて急《せ》かさなかった。

赤くなった耳たぶを触るソジンにまじまじと見入っていたポッキは、ふと、なんの取材で来ていたのかと訊いた。動物好きだというから、やはり競馬場か競走馬についての特集だろうか。ソジンはもぞもぞと唇を動かし、しばらくためらった末に口を開いた。ポッキの予想とはまったく異なるテーマだった。

「競馬場の不正に関する件ですが、まだ報道前なので具体的なことはちょっと……」

「無理してお話しにならなくてもいいですよ」

「あ、無理ってわけじゃ……出来レースに関する、まあそんな話です」

「でも、情報流出の問題とか」

「ああ、はい。それはそうですね」

誤解をとこうとする側と、誤解していないという側の小競り合いが続き、ふたりは要らぬため息を連発してから口を閉じた。隣に座っていたウネが、やれやれというようにあきれ笑いをこぼした。

しばらく気まずい空気が続き、それを破ったのはソジンだった。

「先生は競馬場の馬を診てるんですか？」

ありがたい質問だった。ソジンがこのタイミングで質問していなかったら、いくら名残惜しくてもそろそろ潮時だろうと思っていたからだ。

「先生だなんて。普通に、名前で呼んでください。まあそうです。獣医なんで」

言い終えたポッキは、会話が途切れないよう続けて言った。

「動物がお好きだとか？」

「わたしが言ったの」

黙っていたウネがひょいと口を挟んだ。ソジンは、ああ、とうなずいてから、照れくさそうにうなじをかいた。獣医の前で動物愛を叫ぶのが気恥ずかしい様子だった。

「好きというかなんというか……目の前にいればかわいいに決まってますからね。そういう気持ちは誰にでもあるでしょうし……」

「誰にでもあるわけじゃないわ。動物を飼っていながら、動物の愛し方をきちんとわかっていない人も多いし。動物を共に生きるパートナーと思わず、消費するだけの人もたくさんいるもの。流行や必要に応じて」

「競馬場にいる馬もそうでしょうか？」

ソジンの声が真剣味をおびた。それが自分に責任を問うものではないと知りつつも、ポッキは口の中がざらつくのを感じた。

「競技に出られなくなった馬は、運がよければ生きられるし、運が悪ければ死にます」

さすがに死までは予想していなかったようだ。ソジンは深いため息をついた。

「運悪く死に至る理由はひとつ。あの狭苦しい馬房の外には、生きられる場所がないから。わたしは安楽死に反対だけど、むやみに反対することはすなわち、あの子たちに勝手に死んでくれと言ってるようなものなの。ここはすでに人間中心の惑星になってしまった。人の手が届かないところでは、どんな動物も生き残ることはできない。そもそも、動物が生き残れるネットワークが存在しないのよ。それを解決するには、部分的な修正じゃなく、最初からもう一度プログラミングしなおす必要があるってこと。この社会がね」

ここではなくもっと棲みやすい世界で自由に暮らしなさいと、扉を開け放ってあげたい瞬間が幾度あっただろう。狭い檻の中で、決まった時間にえさを配るマシンにさえ温もりを求めて体をすりよせる動物たちを見ながら、この星から人間が消えてしまえばいいのにとどれだけ願ったことだろう。あくまで人間中心のこの星において、動物たちは変化の犠牲にすぎない。保護下でなければ生きられないようにつくっておいて、今更自由を与えるなんて。ポッキにはそれもまた、善良を謳う人間の利己心に思えた。

ポッキはきっかり三年五カ月前にケニアに発った。フランスを経由して北アフリカのモロッコで降り、そこからさらにケニアへ向かった。アフリカ行きは、その地を踏む前後の苦労も覚悟しなければならない。ポッキは出発の一週間前からマラリアの薬を服用しはじめ、黄熱病の予防接種を受けた。気をつけて、という言葉より、生きて帰ってこいという言葉をたくさん聞いた。みんな大げさね、と小ばかにしていたポッキだが、ケニアのマサイマラへ向かうバスの中で嘔吐しながら思い知らされた。乗り物には強いほうだが、客地で初めて感じた温度と湿度、公園の入り口で見かけた、飢え死にした動物の死体が胃をかき乱した。このままでは死んでしまうかもしれない、と思った。本当に死んでしまうかも。この地を踏みしめて生きるすべての動物たちが。

ソウルに〝ソウルの森〟があり、ニューヨークにセントラルパークがあるように、地球にはアマゾンがあり、動物たちにはマサイマラがある。マサイマラはケニアでの呼び名で、タンザニアではセレンゲティと呼ばれる。この基準もまた、あくまで人間の観点によるものだが。ポッキはそこで、生後三カ月ほどにしかならない子ゾウに会った。群れからはぐれた子ゾウは、腹を空かせたライオンに食い殺されるのを待つかのごとく横たわっていた。栄養失調がひどく、とうていゾウのようには見えない。さいわい、ハイエナやライオンに見つかる前にポッキの一行と出会ったおかげで、子ゾウは安全な場所へ移され、点滴を受けた。と、ポッキは子ゾウに牙がないことに気づいた。密猟者に群れから引き離され、牙まで奪われて捨てられたというシナリオを思い描いているポッキに、現地の管理人は否定するように首を振った。

「牙を持たずに生まれる子が出てきてるんです。あっても、牙の名残りといえるくらいごく短かったり。この子もそのパターンでしょう」

「……いい進化なのかしら？」

ポッキは訊いたが、すぐにそれが愚問だったと悟った。進化とは生き残るための選択の結果にすぎない。まして牙の脱落は、ひとえに人間から生き延びるための選択なのだった。それが望ましい進化であるはずがない。管理人は笑って答えた。

「自分たちの種を滅ぼすことが最善の方法だという結論に至らないことを、祈りましょう」

それから数日後、シマウマの集団自殺を目撃することがなければ、ポッキは管理人の言葉をたんなる冗談だと思って受け流していただろう。

わずかのあいだに記憶はケニアにまで飛び、ポッキは自分があまりに重い話をしてしまったことに気づいた。当初の思惑とはかけ離れてしまい、ポッキは沈んだ空気を変えようとして言った。

「ごめんなさい、熱くなっちゃいました」

ソジンは無言の微笑みで返した。ポッキにはその笑みが、いかなる肯定でも否定でもないことがわかった。デリケートな話題を持ち出してしまったこと、そのためにソジンとの再会は遠のいたことを悟った。しかし、話したことを後悔してはいなかった。ウネもポッキと同じ思いなのか、目が合うと残念そうに首を振った。それでもなんとか助け船を出そうとしたのか、ウネが口を開きかけた。だがそれさえも、遅れてやってきた訪問客によって打ち消された。

チェックの半そでシャツ姿でサンダルを引きずりながら歩いてきた訪問客は、ウネの肩をつかんで「お姉ちゃん」と声をかけたあと、ウネがソジンに会ったときと同じ驚きの表情でこう言った。

「え、ソジンお兄ちゃん?」

どうやらウネの妹に違いないようだった。

ボギョン

たしかジスちゃんだったわよね。ソ・ジス。

　ボギョンは携帯のメモ帳にその三文字を入力した。次に来たとき、名前を思い出せなくて相手に不快な思いをさせるようなことがあってはならない。礼儀正しくて勉強もできそうな子が、どうしてヨンジェと仲良くなったのか不思議だった。もとよりヨンジェが悪い子だというわけではないが、一度も成績表を見せないことからして、ロボットをいじる以外、勉強には向いていないようだというのがボギョンの見解だった。ボギョンが若いころもそうだったが、いまの若い子たちにはますます、お互いの得にならない関係はすっぱり切り捨てる才能があるというではないか。競争の時代に慣れ、絆を失くしてしまったという批判もあるが、そういった一面を悪いとばかりは思わない。役にも立たない関係に縛られて無益な時間を過ごすよりよほど賢明だ。

　なにはともあれ、ヨンジェが友だちを連れてくるのは本当に久しぶりなのだ。どうか彼女と長く続いてくれたら、とボギョンは思った。

ボギョンは今朝も、ジスについてなんとか聞き出そうとタイミングを計っていた。またも徹夜明けの顔で下りてきて、腑抜けたように食卓に座っているヨンジェの様子を、ボギョンは横目でちらちらとうかがっていた。だが、ヨンジェはおかずのブロッコリーを箸でつまんでは下ろしていたかと思うと、急に箸を置いて二階へ駆け上がっていった。ボギョンは慌ててヨンジェをよびとめたが、その声はヨンジェの脚力に追いつけなかった。朝からなにがそんなに忙しいのか、ボギョンには理解できなかった。数分後、駆け足で階段を下りてきたヨンジェは、朝ごはんを食べろという呼びかけに顔ものぞかせないまま、遅れたからと言って家を出ていった。言葉数も少なくせっかちなヨンジェを見るたび、ボギョンはその性分に舌打ちをしたい思いだったが、その遺伝子の出どころは百も承知だった。

事故現場では常に一分一秒を争っていたため、普段の消防士は、命がけの場合でない限り急がない主義だった。恋愛中は、それをもどかしく感じることもあった。あと五分で映画が始まるというのにゆったりとした足取りで歩く彼に、開始三十分前には着いていたいボギョンは腹立ちを覚えた。交通事故で渋滞中の高速道路でも、苛立ちはおろか当事者たちの無事を心配し（これは半ば職業精神の反映だろうが）、アラームに気づかずボギョンが約束の時間に起きたときにも、ゆっくり来るようにと言って、ボギョンが来るまで近くの書店で本を読んでいた。店でオーダーの順番が狂ってなかなか料理が運ばれてこなかったときも、プンプンしているボギョンをなだめ、靴を履いている最中にエレベーターが来てしまったときも、それを止めておこうとはせず次のエレベーターを待った。

はじめは演技だと思っていた。付き合いたてということもあって、いい格好をしているのだと。しかし交際から一年経っても変わらない姿に、演技ではないのだと悟った。たとえそうだとしても、これほどの演技力なら騙されてやるべきだ。ボギョンは、結婚の準備にもマイペースに取り組む消防士に訊いた。もどかしさや腹立たしさからではなく、純粋な疑問だった。そのころには彼の性格に、ボギョンもいくらか慣れっこになっていた。

「あなたって、どうしてそんなにゆったりしてられるの？　ときどき、見ててもどかしくなるわ」

消防士と共に過ごしながら、ボギョンはときおり、自身の性格を振り返ることがあった。そばにいる人を窮屈にさせるほどせっかちなほうではない。走るのも遅ければ、台本を覚えるのも遅かった。体力や記憶力の問題ともとれるが、いずれにせよ、どうしようもないことにイライラしたり突っかかったりすることはなく、そのうちどうにかなるだろうと信じて、いまを一歩一歩進んでいくタイプだった。バスや電車に乗り遅れても平気だったし、映画館には早めに着いていたいが、そうかといって、開場もしていないのにそそくさと席を陣取るようなタイプでもない。ボギョンはたんに、なにかをする前の、余裕のなさや焦燥感が嫌だった。だから、予定よりも少し早く動いて、バスを逃したり映画の観覧時間に遅れないように努めていただけだ。しかし消防士は、焦燥など一度も感じたことがないかのように行動した。この世の時間に縛られていないかのように。

消防士はボギョンの問いかけに、つないでいた手の指を絡ませ、空を見上げた。あのときもゆったりと歩いていただろうか。それにしてものろすぎるとからかったほどの、大股でのんびりした足取り……。いまボギョンがまねしようとしても、とうてい思い出せそうにないその歩き方。

「速すぎるだろ。もう少しゆっくりでもいいんじゃないかと思って」

なにが速くて、なにがゆっくりでもいいというのか尋ねたかったが、そうはしなかった。どうして尋ねなかったのだろう。ボギョンはたびたび、その瞬間の自分を責めた。尋ねそびれたがために、あのときの言葉は永遠の謎として残った。

その後の時間は、さすがの消防士にもどうにもならないほど速く流れた。結婚式を挙げ、子どもを授かると同時に、消防士はのんびりした暮らし方を少しだけ譲った。子どもたちの成長は速く、足も速かった。ふたりはお風呂にもまともに入れない日が増え、ボギョンが結婚前に張り切って新調した寝巻きは着られなくなって久しく、食卓の椅子には物が積み重なっていった。

ボギョンは消防士の余裕が恋しくなっていった。もう少し子どもたちに手がかからなくなったら、映画開始五分前でもゆったり歩くような暮らしをしようと心に決めた。しかしそうさせてくれる唯一の人、消防士がいなくなってしまった。ふたり分の人生を背負うことになったボギョンは、それまで以上に速く動いた。ブレーキを失ったボギョンは止まることもできず、消防士の歩き方までもすっかり忘れてしまった。つまりは自分の遺伝子なのだ。ヨンジェを見るたびに感じていた妙な既視感は、自分に似ているがゆえのものなのだろう。

それにしても、今日のウネはなかなか起きてこない。いくら遅くに寝ても、午前八時には起き出してくる子なのだが。ボギョンは、八時十分には朝食を用意し終えてテレビを見ていた。三十分になったとき、ウネの部屋のドアをそっと開けてみた。ベッドの脇に車椅子が置かれ、その向こうにこちらに背を向けて寝ているウネが見える。ボギョンはウネの名前を呼びながら部屋に入った。いま起きないのであれば、いったん朝食を片づけるつもりだった。昨夜、寝る間際まで勉強していたのか、ウネの枕元に学習用タブレットがあった。ボギョンはそれを机の上に片づけた。

受験生をもつほかの母親たちがどんなふうに子どもを管理しているのかは知らないが、ボギョンのやり方は〝放し飼い〟だった。むやみに押さえつければかならずどこかにほころびができるものと信じていた。子どもたちは、なにかが必要と感じればみずからそれを探し、解決した。ボギョンが思うふたりの娘は、けなげにも自分の人生についてみずから悩み、こつこつとわが道を切り開いていた。本当に助けを求めているときだけ、この子たちのＳＯＳを逃さないこと。それが親の務めだろう。性急な判断や干渉は子どもたちを息苦しくさせるだけだ。

ボギョンはベッドに腰掛け、ウネの肩をつかんだ。

「ウネ、まだ起きないの？」

ボギョンはウネが苦しそうにうなっているのを目の当たりにしてやっと、ウネの様子がいつもと違うことに気づいた。呼吸が乱れるほどではなかったが、ウネは顔をしかめて熱に耐えようとしていた。ボギョンはウネの額に手をあて、急いで居間の引き出しから体温計を持ってきた。三十七度四分。昨晩遅く、ヨンジェと一緒に帰宅したのを店から見ていたが、確かに薄着だった。夜はもう肌寒い季節だ。

「ウネ、起きて病院に行きましょ」

ウネはぎゅっと目をつぶって首を振った。

「熱があるわよ。ね、病院に行ったほうがいいんじゃない？」

「……」

「ウネ」

「……お母さん、ちょっと寝かせて。お願い」

熱に浮かされたような声でウネが言った。ボギョンはベッドに腰掛けたまま悩んだ。これがヨンジェだったなら有無を言わさず連れて行っているだろうが、ウネにとっては出掛けること自体が大きなストレスになる。ここは本人の望みどおりにしてやったほうが、風邪を治すには近道かもしれない。そう思い立つと、ボギョンはすぐに居間から解熱剤を持って来てウネに飲ませた。さらに、冷凍室にあったアイスパックをタオルで包み、額と首、両脇に挟んでやった。捨てずに取っておいてよかった。冷たいのが嫌なのか、ウネが顔をしかめた。ボギョンは、三十分だけこうしているようにと言い置いて部屋を出た。

ウネの熱が気掛かりで、ボギョンは開店時間を少し遅らせることにした。どうせ、平日は客も少ないのだ。万一のために常備薬の種類を確認し、風邪薬と解熱剤を出しておいた。おかゆを食べさせてからもう一度薬を飲ませるつもりだった。米を研いで水に浸し、あとはなにが必要かとしばし考えてから、ふと、わけもなく食卓の椅子に腰を下ろした。

ほら、もういいから、少し休めよ。久々にできた時間だろう。おまえも体を休めないと。

消防士がいたなら、こう言っていたのではないか。ボギョンは食卓に伏せて目を閉じた。見えないからこそよけいに生々しく感じられた。あなた、わたしももう年みたい。じっとしてても腰が痛むし、膝も痛むの。このままじゃ五十肩になっちゃいそう。店の仕事も、だんだんひとりじゃつらくなってきたわ。でも、だからって平日も人を使うほどの余裕はないし。あの子たちの大学のこともあるから、もう少しだけ踏ん張って、それからあとはあなたみたいに暮らしたい。あののろまな足取り。わたしにもできるかはわからないけど。

いつの間にかうつらうつらしていたボギョンは、ふと、誰かが自分の背中をぽんぽん叩くのを感じた。金縛りというわけでもない。いうならば、生々しい夢といったところだろうか。ボギョンはあえて目を閉じたまま、夢が覚めないようにと指一本動かさずにいたが、どうにもならない涙がひと筋こぼれてしまった。それと同時に夢から覚めた。

体を起こし、両手で顔を覆った。ふっと笑いがこぼれた。いまだに悲劇のヒロインぶる気力が残っているとは、自分でも驚きだ。恋しさが押し寄せてくる瞬間を予測できるなら、その瞬間をゆっくり満喫できるよう準備しておくこともできるのに。不親切な別れのように、恋しさもまた、不親切に訪れるのだった。

水に浸してあった米を鍋に移していたボギョンは、ふと二階を見上げた。にわかに、秘密を探りたいという欲望がふつふつと湧いてきた。いやいや、見てどうするのだ、と頭を振りながら本体に内釜をセットしていたボギョンは、また手を止めた。秘密ってわけでもないんじゃない？その証拠に、ヨンジェがあの壊れたヒューマノイドをリヤカーに載せて運んでくるのだってしっかり見ていた。それに、ヨンジェはこれまで一度も、二階に上がるなとは言っていない。ドアがしっかり閉められているからといって、果たしてそれが〝入室禁止〟に結びつくだろうか。うんうん、そうではないはずだ。

駄目だとはねつける以外にボギョンにできることはなかった。勝手に捨ててしまうわけにもいかないのだ。あれは紛れもなくヨンジェのものなのだから。いくら腹が立っても一線を越えてはいけないと、ボギョンは太ももをつねりながら自分に言い聞かせた。そうして、ボギョンとヨンジェのあいだには殺伐とした沈黙が生まれ、互いに見て見ぬふりをした。ヨンジェには、ヒューマノイドを捨てる気も、ボギョンを説得する気もなさそうだった。その沈黙はジスの訪問後も続いた。友だちについて尋ねたいのはやまやまだったが、ボギョンはぐっとこらえた。今回だけはやすやすと受け流すわけにはいかない。どうにかして、ヨンジェが傷つかない方法でヒューマノイドを売ってしまおう。

人が聞けば、なんて融通の利かない人間だと言うに違いない。〝ロボットは危険なもの〟というひと昔前の発想を笑うだろう。だがボギョンが本当に恐れているのは、ロボットからの攻撃や反乱ではなく、彼らが属している世界だった。ヨンジェが踏み入ろうとしてはねつけられた、彼らだけの世界。なにも答えられなかったのだとそれとなく話すヨンジェの隣で、胸が押しつぶされそうになるのを必死に耐えていた瞬間。消防士がいたなら、ヨンジェの夢に翼をつけてあげることだってできたかもしれない。けれど、消防士はいない。どうしてわたしたちを置いて逝ってしまったのだろう……。そこまで考えてから、ボギョンは素早く手を拭き、一度二階へ上がりかけたが、やましい気持ちがあるせいか、引き返してフローリングワイパーを取りに行った。万が一にも突然ヨンジェが帰ってきた場合、掃除をしていただけだと言い訳できるように。と同時に、自分の良心を説き伏せるために。

ボギョンは二階へ続く薄暗い階段を上っていった。居間のブラインドを下ろしているせいで、外光は入ってこない。壁をまさぐって明かりを点け、閉じたドアの前に立ってごくりと唾を呑む。怖がる必要はないのだとわかっていたが、中から聞こえる正体不明の物音は空耳ではなかったため、ボギョンは自分の感じる恐怖を否定できなかった。

ヨンジェが変なものを作っているはずもない。怖がることはないのだ。ロボットが大好きな子なのだから、あれからいろいろと手を加えたのだろう。

とめどなく浮かんでくる考えを整理してから、ボギョンはドアノブをつかんだ。よりによってそのとき、突然階下でドアが開く音が聞こえ、車椅子が敷居をまたぐ音が続いた。ボギョンは慌てて一階へ下りると、まだ熱っぽい顔をしたウネが無理を押して出てきていた。ボギョンは玄関へ向かうウネを捕まえた。そんな体でどこへ行くのかと。はじめは、薬でも買いに行こうとしているのかと思った。しかしウネの口から出た言葉は、ボギョンの目を丸くさせた。

「ちょっとだけ競馬場に行ってくる。すぐに戻るから」

毎日のように競馬場に出掛けているのは知っていたが、こんな体を引きずってまで行かねばならない差し迫った用事があるというのか。ボギョンはきっぱりと言い放った。

「今日はダメ。そんな体でどこに行こうって言うの」

「ほんとに、三十分もかからないから。熱も大してないの。さっきは寝てたからよ」

ウネがボギョンの手をつかんで自分の額にのせた。薬が効いているのか、ウネの言うとおり眠気で体が火照っていただけなのか、さきほどよりは熱くないようだ。だが、かといってすっかりよくなったとは言えず、この状態で無理をすれば変にこじらせるかもしれない。

「いい？　これはわたしが許す許さないの問題じゃないと思うの。あなただったら病気の娘を外出させると思う？　そんなに行きたいなら、一緒に病院に行ってからよ。そのあとなら車で寄ってあげられるけど」

そう言えば、ウネは諦めて引き下がると思っていた。だが、ウネは少し考えてから、うなずいた。病院に寄ってから車で行こうというのだ。駄々をこねないの、と言い聞かせることもできたが、ボギョンはまず朝食を食べるように促した。ウネはすなおにその提案を受け入れ、顔を洗いに行った。ボギョンはそのあいだに、鍋を火にかけた。ウネがあそこまで言うのには、それなりの理由があるのだろう。頭ごなしに反対するのではなく、まずはウネの望みどおりにしてやってから、この問題について話し合っても遅くはない。そもそもウネは、ああしたいこうしたいと口にする子ではなかったではないか。

ウネが小児麻痺と診断されて治療を始めたときも、ボギョンは泣かなかった。息苦しくなるほどの歯がゆさは感じても、それが涙につながりはしなかった。泣いて解決することではないのだから、いまできる最善を尽くすのだという一心だった。たとえそれが、身も心もずたずたになるほどつらいことだとしても。そして、その支えとなっていたもののひとつは、医者から聞いた、生体適合性に優れた義足だった。

お母さん、もしも状態が悪化して両脚が使えなくなっても、気を落とされることはありませんよ。最近は技術もよくなっています。生体適合性に優れた義足を使えば人と同じように歩けます。ごく自然に。病気も病気とはいえない時代ですよ。ほら、この動画を見てください。今後必要なときが来たら、この分野きっての博士をご紹介します。まだお金は少しかかりますが……徐々に一般化するはずです。負けないでください、お母さん。保護者がしっかりしないと。あらゆる病はけっきょくのところ、病気と患者、そして保護者の、三者の闘いなんですよ。

長患《わずら》いは家族間に負い目をつくらせた。お互いに少なからぬ傷を負わせたが、その傷が癒える間もなく新たな傷ができ、それまでの傷はおのずと埋もれて見えなくなった。いますぐにとはいかなくても、いつかはじゅうぶんにつぐなえる日が来るはず。そう自分を慰める日々だった。頑張れ、という言葉が魂のこもらない口癖のようになり、怒らなくていいところで声を上げ、悲しみに暮れてなどいないのに足を止めてベンチに座りこんだ。そのたびに医者の言葉を思い出して耐え忍んだ。終わりのない苦難ではないのだと自分を励ました。そしてボギョンを泣かせたのもまた、医者の言葉だった。

お母さん、これは保険が利かないんですよ。病気でも、患者でも、家族間の傷つけ合いでも、他人の視線でもない。お金さえあればできることが叶わず、さめざめと泣いた。消防士の死亡保険金をすべてつぎこんでしまっては今後の暮らしが心許ない。けっきょく、店と家を構えてしまうと、残った金でできることはなにもなかった。人生であれほど惨めでやるせない思いをしたことは後にも先にもない。消防士が事故で死んだときでさえも。事故ははじめからボギョンの手に負えるものではなかったから、恨みや悔しさをぶつける対象はこの世にごまんとあった。だが今回は、その矛先がボギョン自身に向いていた。切っ先は胸をえぐり、やっと癒えた傷痕をほじくった。その日、ボギョンが声を殺して泣いていた深夜、ウネが長いあいだドアの前を行ったり来たりした末に、静かに車椅子で自室に戻っていったことを、ボギョンは知らなかった。

その日からボギョンとウネのあいだには、晴らすことのできない負い目が積もっていった。誰のせいにもできないのだから、けっきょくはお互いが抱えるしかなかった。

そのころから、ウネには欲しいものはなくなり、ボギョンは反対することがなくなった。両者のあいだにはみぞが生まれた。傷つけ合わないよう距離を保つためのものだったが、その関係にヨンジェが不在であることを知りつつも、ボギョンは理解してくれることを願った。裸同然の状態でふたりの母親になったボギョンは、子どもが理解してくれることを願うしかなかった。

顔を洗って戻ってきたウネの熱をもう一度測る。三十六度九分。心配するほどではないが、安心できるほどでもない。ボギョンはウネの前に温めたおかゆを置いた。その隣には、取り出しておいた薬。「全部食べたら、ふた粒飲むのよ」と言うと、ウネはわざとらしく、スプーンいっぱいにおかゆをすくってうなずいた。

ボギョンが再び二階に上がったのは、ウネに着せる厚手の上着を探すためだった。まだ少し早いが、春にしまっておいた服をこの機会に出しておくつもりだった。季節の移り変わりは早い。旧盆が過ぎれば、秋を実感する暇もないまま、シベリアの寒風が鼻先をかすめるだろう。ちょっとぼんやりしていただけで取り残されてしまう時代だ。服にしても、事前に取り出しておけば、季節の変わり目に風邪をひかなくて済む。

ボギョンは二階にあるふた部屋のうち、ヨンジェが使っていないほうの部屋のドアを開けた。ときどき掃除はしているが、やはり人が入らない部屋はほこりが溜まりやすい。ボギョンは、手で鼻と口をふさいだまま窓を開けた。嫁入り道具として実家から持ってきた天然木のデジタルピアノと古い食卓、以前使っていた空気清浄機までが、すべてこの部屋にあった。特別な理由があったわけではないが、以前住んでいたマンションのゴミ捨て場に寂しそうに佇んでいる姿を見ていられず、一度は捨てたものを持って帰ったのだった。

衣装ケースを五つ開けてみたが、目当ての服は見つからない。持ち上げてみたダウンはいま着るには厚すぎ、ケースに戻した。真冬に着るような服しか見当たらない。ボギョンはそのときになって、別の部屋に衣装ケースがもう数個あることを思い出した。どうやら、この時期に羽織る服はそちらにあるらしい。ボギョンは開けっ放しだったケースのふたを閉めながら、最後にいちばん下にあるケースだけ確認しておこうと手を伸ばした。長い年月のせいか、ほかのケースにくらべて色も褪せ、上のケースの重みでふたがゆがんでいた。こんなケースがあっただろうか。整然と並ぶケースのひとつになにが入っているかなど思いも寄らず、ボギョンが無防備にケースのふたを開けると、それは油断した心になだれこんできた。

十数年間眠っていた消防服を前に、押しこめていた感情が、吹きつける風のようにボギョンをかすめた。水に浸せば溶けてなくなってしまいそうで拭くこともできなかった消防服が、あの日の痕跡もそのままにきれいに畳まれていた。その瞬間ボギョンが感じたのは、ケースを開けたとたんに吹き寄せた風に切りつけられた胸の痛みと、触ってはいけないという本能だった。ひとたび触れれば、あの日この服に押しこめた感情がよみがえってしまう。ボギョンはケースのふたを閉め、もとあった場所に押し入れた。ケースの中身を忘れたころになったら、再び開けることになるだろう。それまでは忘れて生きるのだ。そう胸に誓いながら。

ボギョンは最後のケースの衝撃に心を奪われ、ヨンジェが使っている部屋のドアを向こう見ずに開けてしまった。そこになにがあるのかすっかり忘れていた。だから、自分のほうを振り返り、緑色の光を点滅させながら話しかけてくる物体のせいで、危うくすっころんで頭を打つところだった。

「こんにちは。ぼく、ブロッコリー。コリーって呼んでください。おっと、ぼくのせいで驚かせてしまいましたか?」

ウネ

　ホームスクーリングを始めたのは十四歳のときだ。ウネはもっと早く始めたかったが、ボギョンが反対したのだった。みんなとなにも違わない、避ける必要はないと、ボギョンは毎朝呪文のように唱えてくれたが、ウネはそんな言葉に意味はないとわかっていた。それでも騙されるふりをした。騙されたと思って続けていれば、いつか本当に騙されるかもしれないと信じて。

　ホームスクーリングを始める前は学校に通っていた。学校は車椅子で家から三十分ほどの場所にあった。大通りに出てバスに乗ればほんの十分程度で着く。だが、ウネにとってはけっきょくバスのほうが時間がかかったため、車椅子で登下校した。冬は頬が凍り、夏は背中が汗だくになった。肉体的にはかなりつらかったが、それでもバスよりましだった。ウネも乗れる低床バスだったが、〝お荷物〟になっている感が拭えなかった。登校時は音楽を聴くこともできなかった。通りすがりの人たちに頻繁に声をかけられるからだ。そこ気をつけて。前になにかあるよ。後ろから車が来る……。ごくたまに、下り坂を進むウネの車椅子を、黙って〝助けてくれる〟人もいた。〝助けてくれる〟と表現したくはないが、彼らの立場からすればそうなのだ。彼らはウネが驚こうがどうしようが、一方的に車椅子を押しはじめた。彼らはハンドルをつかんでいるはずなのに、ウネはそのたびに、通りすがりに腕をつかまれた人のように心臓がドキリとした。

人はそれを善意だと考えた。ウネが「わかってます」と冷たく答えたり、なんらの反応も示さなかったりすると、人の善意を無視するひねくれ者扱いした。中にはむっと顔をしかめたり、目の前で舌打ちする人もいた。笑わなければならない。人々がウネに望むのは、どんな困難な状況にも笑顔で立ち向かう前向きなエネルギーだった。ウネもまた、なにを望まれているのかわかっている。けれど、そうやすやすと、彼らの人生の慰めや希望になりたくはなかった。自分の人生は自分だけで完結してよ。ときどき、マイクに向かってそう叫びたくなるほどだった。それでもさいわい、下校時はひとりではなかった。ジュウォンと一緒だったから。

ジュウォンとウネは家が同じ方向だった。とはいえ、家のはるか手前の交差点で別れるのだが、マンションが連立するこの近辺でマンション暮らしをしていないのは、同学年ではジュウォンとウネのふたりきりだった。

眼内レンズ挿入術を受けていないジュウォンは、学校で唯一メガネをかけている生徒だった。普通は十三歳までに手術を終える。なにか特異事項がない限り、レンズ挿入術はもはや通過儀礼のようになっている。眼圧や角膜の厚みとは関係なく、個々人に合わせて特殊制作されるため、副作用はほとんどないと見ていい。怪我の心配のあるメガネよりレンズを挿入したほうがずっと楽なうえ、近視と乱視の矯正が可能で、のちに新しいレンズに取り替えることもできる。なにより医療保険が利いた。さらには手術にかかる時間も十分ときて、目の悪い子で手術を受けない子はいない。メガネがこの世から消えたわけではないが、度数の強いメガネをかけている人間は淘汰の対象とみなされた。でも、ジュウォンは手術を受けなかった。いや、受けられなかった。遺伝性疾患であるフックス角膜内皮ジストロフィのために。角膜内皮細胞の減少が普通の人より何倍も早いジュウォンは、手術を受けられなかったのだ。

ウネはジュウォンと帰れてさいわいだと思う反面、ついてないのかもしれないと思うこともしばしばだった。確かに、ひとりで帰るよりジュウォンと一緒に帰ったほうがずっと楽しく、安全だった。言い換えると、ジュウォンがそばにいるおかげで人に親切にされなくて気が楽だった。だが、クラスメイトはたびたびふたりをくっつけようとした。くっつけようのないふたりを無理やりくっつけようとする単語はあまりにストレートで、あまりに幼稚だった。

「三次元のおれたちが一次元の言葉に傷つくのはやめようぜ」

ジュウォンは言った。そんなことが可能なのだろうか。ウネには自信がなかった。自分とジュウォンは三次元にいて、みんなはさらに上の次元にいるのではないかと思うことさえあった。ジュウォンは人とは違う頭で世界を説明し理解していた。ときにはなんのことだかちんぷんかんぷんの話もあったが、ウネはそんなジュウォンの表現法が好きだった。ジュウォンは、気の配り方も人と異なっていた。会話の途中であっても、歩道に上がるポイントに来るとおのずと足を止め、ウネを待った。その行動にはウネに配慮しようという善意のようなものは見られず、たんにそうすることを当然と感じているようだった。そんなジュウォンといるのは気楽だった。ジュウォンにとっては善意でないことが、ウネにとっては善意だった。ウネが申し訳なさや感謝など感じない程度に、当然かつ自然なこと。人と人のあいだにおのずと生まれるハーモニーのような。

高校に進学するとなると、共学でない限り、ジュウォンと離ればなれになってしまう。そう思うと、ウネの胸は痛んだ。学校が近ければ放課後に会うこともできるかもしれないが、新しい環境に慣れていくうちに連絡が途絶えるだろうことは目に見えていた。ジュウォンのような友だちには二度と会えないだろう、そんな漠然とした確信がウネにはあった。でも、それよりずっと早く別れが来ることがわかっていたなら、ジュウォンと一緒に過ごす時間を、そんなふうに思い悩むことに無駄遣いすることはなかったはずだ。

ジュウォンは夏休みに引っ越しをすると言った。隣町や隣の地区などではなく、飛行機で十二時間かかる所へ。実感はただちには伴わず、飛行機が発つ数時間前、ジュウォンが訪ねてきたときになって湧きはじめた。

「そんな所まで行ってなにするの？」

「英語の勉強だろうな」

「英語村ならすぐそこにもあるじゃん」

「全然別物だよ。本土はやっぱ違うんじゃない？」

ウネも行ったことがないだけに、違うのか違わないのか言いきれなかった。いずれにせよ、ジュウォン自身も引っ越しを嫌がっている様子はなく、すでに決まったことをひるがえすこともできなかった。ジュウォンは、連絡するね、と約束してくれた。ふたりは一緒に家を出て、そこで別れた。ウネは、何度も立ち止まって後ろを振り返った。ひょっとして、ジュウォンも後ろ髪を引かれる思いでウネを振り返っていないかと期待したが、ジュウォンは点となって消えるまで一度も振り向かなかった。

ジュウォンのことが好きだったのだろうか？　ウネはそれを、ジュウォンに別れの挨拶を告げられたあとになって悩みはじめた。これといって特別なところのない子なのに。ウネが思うに、男の子ジュウォンは同い年の子にくらべて背も低く、メガネで怪我をするかもしれないからと、男の子たちがスポーツの試合をする際にも仲間に入れてもらえなかった。そのためか、貧弱なほうだった。けれどこんなふうにジュウォンを評価すること自体が、ジュウォンを好きなわけではないのだと自分に言い聞かせたいというゆがんだ気持ちからきているのだ。ほどなくして、ウネは認めざるをえなかった。好きだという気持ちを認めまいとしてジュウォン自身を否定するようなことはしたくない。ジュウォンが好きだ。すると、すぐさま別の悩みが浮かんだ。自分はなぜジュウォンが好きだということを認めたくないのか。答えはわかりきっていた。

この恋は、ほかの人たちのような恋とは違って見えるから。ジュウォンの言うとおり、一次元の人たちは三次元に住む人の恋について深く知りようがない。あるいは、彼らがもっと上の次元にいるとしたら、その複雑極まる視覚ではわたしたちの恋を正しく捉えられない。でも、こんなことを悩んでなんになるだろう。そばにジュウォンがいないなら、ジュウォンがウネの気持ちを知らないなら、恋が実ることなどありえないのに。

ウネはジュウォンが離陸する前にこう伝えたかった。これまで一緒にいて楽しかったと。戻るのを待っていると。好きだとはどうしても言えそうになかった。でも、そう伝えるだけでジュウォンにはわかるだろう。ウネはジュウォンに電話をかけた。呼び出し音が聞こえたが、ジュウォンは出なかった。忙しいのだろうと思い、時間を置いて数度かけなおしてみたが空振りに終わり、そうしてジュウォンは電話に出ないまま飛行機に乗った。着いたら連絡が来るものと思っていたが、それもない。忙しいのだ、時差があるのだ、携帯が壊れたのかも……とありったけの理由を考えてみたが、どれもハズレだった。

ジュウォンの近況については、夏休み明けに聞いた。

「手術したんだって」

「なんの？」

「レンズ挿入の」

「え？　できないって言ってたのに？」

「アメリカでならできるって聞いて、それで引っ越したんだって。お母さんに聞いたんだけど、借金までして行ったらしいよ」

クラスメイトの話にじっと聞き入った。この国ではできずにいたが、アメリカではできたのだと言う。医療保険が利かないため大金がかかったが、そうまでしてでも手術を受けたのだと。ウネはぼんやりと席に着いたまま、よかった、と思った。心からそう思ったはずなのに、体は自分の意思とは無関係に震えはじめ、やがて顎がガクガクし、その震えの反動からか涙までこぼれた。ジュウォンはどうして本当のことを言ってくれなかったのだろう。どうしてジュウォンが自分を置いてけぼりにして、ひとりだけ別の次元に行ってしまったと感じるのだろう。遠い未来へ、あるいはメジャーな世界へ向かっていると感じるのだろう。実際にジュウォンがどう考えていたかは重要じゃない。ただ、ウネにはそう感じられた。ウネは自分だけがひとり、振り落とされたように思えた。あまりに高い所から落ちたせいで、感覚が壊れた。涙をポロポロこぼしながらも、泣いている自覚はなかった。そうまでして、そうまでしてでも周りに合わせていくべきなのだろうか？

ウネがそうしないのは、怠慢ゆえなのだろうか。

家までの帰り道、ウネは泣きつづけた。泣きたくなかったが、どうしようもなかった。いつもより腕に力が入り、車椅子は低い段差にも大きく揺れ、とうとうきつくもない傾斜にタイヤが引っかかった。前につんのめる事故は避けられたが、ウネは口からスラングが飛び出すのを禁じえなかった。何年経ってもなめらかに整備されない斜面に苛立ち、いまだにタイヤを両手で回さなければならないことに腹が立った。理由も、正体もわからない怒りが体の奥からこみ上げてくるようだった。ウネはなにかを吐き出すように悲鳴を上げた。普段ならウネに親切にしたがる人々も、そのときだけは誰も近寄ろうとしなかった。まるで、ウネがこん棒でも振りまわしているかのように。

家に着いてからも涙は止まらなかった。泣いている姿を見られたくないのに、思いどおりにならず、よけいに悲しくなった。ボギョンはウネの泣く理由を何度も尋ね、心配そうに部屋の前を行きつ戻りつしていたが、やがて仕事に戻った。食事も摂らずに泣きつづけ、真夜中に目覚めてからも泣いた。翌日、ウネは学校を休んだ。ボギョンは理由を問いつづけたが、やがて静かに担任に電話をかけると、今日は具合が悪いから休ませると伝えた。さいわい翌日は週末で、店にかかりきりのボギョンとヨンジェは終日家を空けていた。ウネはその間、ごはんも食べずにベッドに寝たきりでいた。まるで体の動かし方を忘れたように。身動きが取れなくなる悪夢のせいで、はっと目覚めることもあった。

ボギョンがウネに改めて話しかけたのは、日曜の夜だった。時刻は深夜零時に近かった。週末にかけて店の仕事に追われていたボギョンは疲れた表情だったが、どうにかしてウネの気持ちをほぐそうとした。「明日、お母さんも一緒に学校に行こうか?」と説得してみたり、「ひょっとして、いじめられてるの?」と尋ねてみたりした。ウネは口をつぐんだままだった。ボギョンに説明し、そうして慰めを得られればいいのだが、ウネ本人にも自分がわからなかった。ボギョンが腹を立てて部屋を出ていくのではないかと不安だったが、気持ちが言葉にならなかった。だが、そんな心配をよそに、ボギョンは冷静で粘り強かった。こうなることを予想していたかのように揺るぎなかった。背を向けて横たわっているウネを抱きしめながら、どうしたいのか言ってみろと言った。

「したいようにしてあげる。理由も訊かない。だから、なんでもいいから話して」

ウネは長いあいだためらったのちに、学校に行きたくないと告げた。ボギョンは驚きを隠せなかったが、いましがたの自分の言葉をひるがえすわけにもいかず、わかった、と答えた。もしも理由を訊かれていたら、ウネはこう答えていたはずだ。帰り道が寂しいの。つらくはないけど寂しい。孤独っていうものの意味はまだよくわからないけど、あの道はわたしにとって孤独なの。

ボギョンはひとりで何度か学校に赴き、間もなくしてウネに、もう学校に行かなくていいと言った。代わりに自宅で勉強するためのホームスクーリングサービスを申し込み、決まった時間に起きて授業を聴くと約束させた。ウネにとってはそれぐらい、苦労でもなんでもなかった。そのころになると、ボギョンに謝りたいと思う気持ちが浮かんだが、ついにそれを口にすることはなかった。

今度は心を落ち着ける番だった。泣いて解決するものなどない。泣きたいほど心は荒《すさ》んでいたが、泣けば火に油をそそぐだけだ。思い切り泣いたが、なにひとつ変わらなかったではないか。死ぬまで泣き通すのでなければ、このへんで泣きやむべきだ。これからは、今後なにをどうするかを考えよう。学校も辞めたのだから、悩む時間はじゅうぶんにある。

ウネ、さあどうする?

答えはすぐには見つからなかった。ウネは日記帳を一冊用意した。その一ページ目にこう書いた。

わたしは病気だ。

そうして自分に問いかけた。

そうだね、それで？　病気だからなに？　ほんとに、これからどうするつもり？

うん……わからない。

自分のことでしょ？

わからなくて当然じゃない？　答えなんて、解決の仕方なんてどこにあるのよ？　じゃあ言ってみてよ。方法があるならやってみるから。

……。

ほらね、ないじゃない。わからないから、ひとまずは一生懸命頑張る。

なにを？

なんでも！　ごはんを食べるのも、薬を飲むのも、運動も、勉強も。自分がやらなきゃいけないこと、自分にできることをとりあえず頑張ってみる。そうやって続けてれば、なにか方法が見つかるかもしれないし。いつまでもこうしてはいられないでしょ。

そう、わかった。

なにが？

自分にできることをやる。それがなにかはわからないけど、わたしもそうしてみる。それから、自分自身を応援する。

そうして応援が始まった。腹立たしくて泣けてくるとき、ウネがウネを応援した。送られるエールは、ボギョンが常日頃口にする「やればできる」とか「いつか治る」とかいうものとは少し違っていた。たとえば、「やらないで済むわけ?」「ぼやいたって自分が疲れるだけよ」という具合だった。どちらが効き目があったかというと、後者だった。心を鬼にすることは、時にやさしい言葉より効果的だった。

ウネの生活に他人の助けは必要なかった。初めての場所に行けば誰もが多かれ少なかれ迷うように、新しい環境では多少まごつくものの、それは時間の問題だった。しかし、かといってウネがすべての壁をクリアできたわけではない。不可能のない時代だというが、ウネにはたどり着けない世界だった。

避けてるの?

そうじゃない。

じゃあなんで隠れてるの?

疲れたくないから。

逃げてるんじゃなくて?

……。

ここで逃げたからってほかに手があるの？

どうして逃げちゃダメなのよ。

え？

わたしだって疲れるのよ。少しくらい休んでなにが悪いの？　どうしてわたしだけ毎回毎回、全力で挑戦しなきゃならないの？　みんなは違うじゃない。普通の人は疲れたら休むし、つらければ逃げることもあるでしょ。わたしだって思いどおりに生きたい。うんざりなのよ。


当時は逃げている期間を決めておくべきだということに気づかなかった。正確な日付を決めておかなかったから、いつまで経っても戻れなくなった。世界はときどき、ウネが入りこむ隙間のない歯車のようだった。はなからウネが入りこめないように組み立てられたロボットのようだった。そんな世の中を見返してやろうと思いながらも、世界はそれほど甘くないのだと実感するたび、たまらない気持ちになって競馬場を訪れた。トゥデイはウネにとって森の中の葦だった。けっして秘密が漏れ出ない、唯一本音で話せる場所。そんなトゥデイが、もう長くは生きられないという。

「泣かない」

重たい体を引きずってトゥデイに会いにきたウネは、自分に誓うように言った。

「泣いてもなにも解決しない」

トゥデイに言っているようでも、自分に言っているようでもあった。泣いてもなにも解決しない。涙がこぼれそうになるのを必死で抑えて、決意するように続けた。

「わたしはあなたを諦めない」

ウネはいまこそ殻から抜け出すときであり、世界に一発お見舞いしてやるときだと思った。その日、久しぶりに日記帳を開いたウネはこう書いた。

わたしは強い。

わたしは、護れる。

ヨンジェ

担任は、意外そうな表情を隠すつもりはまったくなさそうだった。ヨンジェがどれほど不快に思うかなどはなから気にも留めない様子で、ジスのほうだけを見て言った。すぐ隣にヨンジェがいるにもかかわらず。

「本当にウ・ヨンジェと参加するのか？」

ムカつく。なにも連れ立って申込用紙を提出しにくる必要はなかったのだ。ヨンジェは腹立ちを抑えるために、フウッと鼻息を吐いた。担任の気持ちもわからないではない。もしも自分が担任なら、学校で寝てばかりいる子と全国でもトップクラスの成績の子のタッグに納得しないだろう。もしや寝てばかりいる子に脅されたのではと疑われても仕方ない。だが自分なら、少なくとも生徒の目の前であんなにわかりやすい顔はしないだろう。担任がもう少し気が利くか、わたしたちふたりがもう少し親しかったなら、ジスのほうからヨンジェの才能について説明していただろうが、そのどちらでもなかったため、ジスは胸を張って「はい」と返事をするのみだ。

「大事な大会なんだがな……」

担任は言葉を濁した。あとに続く言葉を当てるなら、「大事な大会なんだが、そこにウ・ヨンジェと出るだって？　正気か？」といったところだろう。

「知ってます。だから彼女と出るんです」

ジスがずばりと言ってのけた。これ以上はヨンジェの眼前でなにも言えないと思ったのか、担任は渋い顔で申込用紙をファイルに綴じた。

「まあ、締め切りは明日だから、なにか訂正事項があれば明日にでも言ってきなさい」

担任はヨンジェとジスを交互に見比べながら言った。

「ふたりはもともと仲がよかったんだっけ？」

「いえ、でもそれが……」

それがいまなんの関係があるのかと訊こうとしたヨンジェの言葉を遮って、ジスが言った。

「はい、仲良しですよ。どうしてですか？」

「いや、一緒にいるところを見たことないなと思って」

担任はすっきりしない表情を浮かべている。

「学校は遊び場じゃなく、勉強の場ですから。ではそういうことで、失礼します」

ジスに手をつかまれて教務室を出た。ヨンジェは自分が言おうとしていたことより、ジスの返答のほうが適切だと思った。事実と異なるとはいえ、おかげで担任はそれ以上詮索できなくなったからだ。

教務室を出れば放せばいいものを、ジスはいまだに手をつないだまま、廊下をずんずん歩いていく。引っ張られる格好のヨンジェは手を振り払おうとしたが、わざわざ相手の気分を損ねる必要もないと思い、「手」と言った。一度で聞き取れなかったのか、ジスが振り返った。

「え？」

「手、放してくれない？」

ジスはつないだ手を見下ろすと、ハエでも振り払うかのように突き放した。こんなことなら自分から放せばよかった。ヨンジェは振り払われた手のやりどころがなく、ポケットにつっこんだ。

不備のないよう、申込用紙もふたりで一緒に提出した。あとは自由になれるものと思っていたが、ジスにそんな気はさらさらないのか、正門まで肩を並べて歩いた。明かりが点っているのは、放課後の自習に使われる教室だけだ。正門の前で子どもを乗せ、塾に直行する自家用車ももう見えない。ヨンジェはジスにも迎えの車が来ているものと思ったが、校門の前に車は一台もなかった。ジスは校門を出てからも、ヨンジェと並んで歩いた。

どうしてついてくるのかと訊こうとして、やめた。ジスの家を知らないだけに、同じ方向の可能性もある。その一方で、話しかけるタイミングを見計らってもいた。契約内容についてもう一度話し合うべきだと思っていたからだ。

ヨンジェは昨夜、申込用紙を二十分で完成させ、すぐさまコリーに必要な部品リストの作成に取り掛かった。大ざっぱに書けば違うものが届きそうだと思い、部品製造会社と品名まできっちり書いた。そのファイルはいま、携帯に保存してある。ジスに訊かれれば、すぐにも取り出せる状態だ。横断歩道と商店街を過ぎ、よく歩く莫渓川沿いまで来ても、ジスは付かず離れずの距離を保ちながら歩いた。ヨンジェは、ジスが家へ帰っているのではなく、自分についてきているのだと確信した。そこでぴたりと立ち止まった。ジスもそれにならって、すぐに歩みを止めた。

「あんたさあ、どこに行ってんの？」

ヨンジェが訊いた。

「あんたについてってんだけど？」

知らなかったの？　というようにジスが訊き返した。ヨンジェは運動中の人すらいない川辺を見渡して言った。

「なんで？」

ヨンジェは二度とジスを家に招く気はなかった。特別な理由からではなく、二度も入れる理由がないからだ。契約は成立したことだし、必要なことはメールでやりとりすればいい。まさか仲良くなろうとしているわけでもないだろうし、きっと分刻みのスケジュールを抱えているだろうこの子がどういうつもりでこんな所にいるのか、純粋に知りたかった。ジスは悩むことなく答えた。少しも予想していなかった返事だった。

「わたしもあのヒューマノイドに会いたくて」

「なんでよ？」

「会いたいのに理由なんか要る？　変なこと訊くわね」

「今日、塾は？」

ヨンジェは奥の手を出した。

「今日から一緒に大会の準備をするからって休んだ」

「成績落ちるわよ」

「このくらいで落ちる頭じゃないわよ」

ジスがフン、と笑みを浮かべた。余裕とうぬぼれの入り交じった表情だ。要らない心配をして嫌なものを見たと思い、ヨンジェは顔をしかめた。

「とにかく、わたしは呼んだつもりないけど」

そのひとことで、ヨンジェはジスから「どケチ」をはじめ、ありとあらゆる文句を聞くはめになった。それでもヨンジェの気持ちは少しも動かなかった。ひととおりまくし立てたあとも、ジスの怒った表情は消えなかった。かばんにぶら下がっているぬいぐるみと同じ顔をしている。目つきの悪いホッキョクグマ。

ヨンジェが家に友だちを呼ばないのは、なにか大きな心の傷があってのことではない。それは、ヨンジェがリレーでコースを外れた九歳ごろのことだった。ヨンジェはクラブ活動でマイクロボットを製作し、そこで同い年の子四人と仲良くなった。その子たちの家に遊びに行ったとき、生まれて初めて、みんなが自分と同じような暮らしをしているわけではなく、時にはくらべようもないほどの差があるのだと知った。ヨンジェの家にも行こうと言われて、ヨンジェは一日ばかり悩んだ末に快くみんなを招待したが、彼らはヨンジェの家にがっかりした様子を隠せなかった。新しいものが出れば古いものはとっとと姿を消すべきだというように、いまだに衣替えできていないヨンジェの暮らしを珍しくも不便なものとみなしているように見えた。当の本人はなんの不便もないというのに。彼らに悪気はなく、口に出して家を評価する子もいなかったが、その後二度と、ヨンジェの家に行こうという話は持ち上がらなかった。そのとき初めて、ぼんやりと思った。時には隠せるだけ隠したほうがいいものもあるのだと。

だがヨンジェは、契約によりジスから部品を援助してもらうことになっている。ジスがふてくされて通報でもしようものなら、たちまちコリーを押収されてしまうだろう。大会がかかっているだけに、ジスもそんなことはしないものと信じたいが、それはどこまでもヨンジェの考えだ。それに、ヨンジェにしたって、本人を目の前にして家に入れたくないと言い渡すほど人間味がないわけでもない。ヨンジェはようやく、怒ったホッキョクグマのようなジスに、今度にしようと提案した。前回はやむをえなかったが、二度も家族に前置きもなく客を連れ帰ることはしたくないと。土壇場でそれらしい理由をつけると、さいわいにもジスは了解した。

話ついでに、保存しておいた部品リストをジスに送った。ジスがリストに目を通しながら言った。

「とりあえずパパに言ってみる。万一用意できないものがあっても、わたしにはどうにもならないことはわかっててね。手に入れたら家に送る」

「それにしても、お父さん、よく許してくれたね」

「わたしよりパパのほうが張り切ってるのよ」

理由を尋ねていいものか悩んでいると、ありがたいことにジスのほうから続きを話しはじめた。

「あっち系でパパの言う科に進もうと思ったら、まず入賞は絶対だもん。もし優勝できたら、あんたの言うこともなんでも聞いてくれると思う」

「なんで?」

ヨンジェの問いに、ジスはあきれたように言った。

「それだけ必死だってことよ。なんでってなに。勘の鈍い人ね」

「違う。なんでロボット関連の科に進むのかってこと。あんた、ロボットに興味ないいじゃない」

図星をつかれたのか、ジスは反論しなかった。そのくらいは親しくなくてもわかった。ロボットに興味があるなら、さっきヨンジェが送った部品リストを見て、なんじゃこりゃ、といわんばかりに顔をしかめることもなかっただろうし、さらにいうなら、カーボンとアルミニウムを混ぜてヒューマノイドの目方を増やす理由を訊いたはずだ。

ジスは唇を突き出して、かばんの紐をつかんだ。かばんにぶら下がっているホッキョクグマがぷらぷら揺れた。そしてそれ以上は答えず、別れを告げた。

「ま、とにかく明日。じゃあね。あーあ、なにしにここまで来たんだか」

ジスの心中はわからなかったが、誰にでも事情はつきものなのだから、無理に知りたいとは思わなかった。それでも、川沿いを反対方向に歩いていくジスをなんとはなしにチラチラ振り返るうちに、これまでの強気で生意気なジスではないように思えて多少なりとも気になった。しかし、ぱっと振り返ったジスはヨンジェと目が合うと、「なに見てんのよ」と叫んだ。その姿に、ヨンジェは無言で向きなおって、家路をたどった。その足取りは速かった。はた目には、まるで走っているように見えるほどに。

ヨンジェは今朝、ロボットに〝ブロッコリー〟という名前を付けてやってから家を出た。ボギヨンが用意した朝食にブロッコリーがあったのだが、ヨンジェはちょうどその日の深夜から、ロボットに新しい名前が必要だと考えていた。共通点といえるのは緑色だけだが、〝ブロッコリー〃という名前を口の中でつぶやいてみて、悪くないと思った。どことなくアメリカっぽくもある。かならずしも英語がかっこいいというわけではないが、それでもヨンジェは、自分のヒューマノイドに親しみやすくスマートな名前を付けてやりたかった。そういう意味で〃ブロッコリー〃という名前は、クールであると同時に、あまり凝りすぎていないとっつきやすさがあった。ヨンジェは朝食の途中で二階へ駆け上がり、設定されている名前を制御装置で変更した。

ブロッコリー。

ブ-ロ-ッ-コ-リ-ー。

赤い光が点っているあいだ、正確な発音で言った。ついでに〃ブロッコリー〃でなくても反応できるよう、設定に〃コリー〃も追加した。ニックネームというわけだ。

コリー

「コリー」

ヨンジェはコリーの電源を切らなかった。おかげで、コリーは好きなだけ自分の名前をつぶやくことができた。飽きるまでくり返したかった。だが飽きるという感情を知らないため、コリーはみずからやめるしかなかった。残念がることもなく、パソコンの電源を切るようにパタッと。

ヨンジェは、学校に行ってくるから、次に会えるのはおよそ十時間後だと言って出ていった。コリーは部屋にひとり座っていたが、この部屋はそれまでいた騎手房のように狭苦しくない。自分のようなヒューマノイドがゆうに十五台は座れるだろう。天井はあまり高くないが、頭を下げればトゥデイもじゅうぶん入れるはずだ。部屋には大きな窓があり、壁は緑色にペイントされ、一方の壁には棚が置かれている。その中には本とアルバム、ほかにも雑多な物が入っていた。薄汚れたグローブ、額に入れられた賞状とほこりの積もったトロフィー、レゴで作ったお城や使っていないドローンなど。それらはなぜか温もりをもっているように見える。そういった材質ではまったくないのに。ここにいると、以前より時間が速く流れる気がした。コリーは、自分の製造過程でなにか問題があったに違いないと思った。そうでなければ、時間の流れがこんなに伸びたり縮んだりするだろうか。

コリーはそこに座ったまま、これまでこの家で会った人を数えてみた。この家にはボギョン、ウネ、そしてヨンジェの三人の女性が暮らしており、ジスはヨンジェの友だちだ。コリーはこの家のさまざまな音を床と壁からの振動で感じ、そのデータによると、この家は生きていた。トゥデイが時速八十キロで走っていたときの振動と響き。それと変わらない速さで生きている振動が、この家からも感じられた。コリーはこの家に暮らす人間をひとりひとり観察した。それぞれに異なっていてユニークな、たとえば、黄色と青の空、ピンク紫や赤緑の空のような人間たち。千個以上の単語を知っていたら、彼らを表現するのになんの苦労もなかっただろうに。

三人のうち、ボギョンはピンク紫のような人間だった。コリーと鉢合わせたとき、驚きを隠せなかったボギョンだが、いつからか日に一度は二階に上がってきてコリーの様子をうかがうようになった。目が合ってコリーが挨拶すると、ボギョンはぎこちなく「うん、うん」と言ってそそくさと階段を駆け下りていった。時には「窓開けたほうがいい?」とおそるおそる訊いたかと思うと、「あなたにもなにかしてほしいことなんてあるのかしら……?」と茶化すこともあった。

コリーを見るボギョンの目をどう表現すればいいだろうか。抵抗、反感、屈辱、幻滅……?

いや、幻滅ではない。わずかな恐怖心。うん、そんなところだろう。抵抗、反感、わずかな恐怖心。それから、ある程度の好奇心。ボギョンが意識して表情に出しているわけではない。ボギョン自身は、自分がどんな顔でコリーを見ているか知らないはずだ。ボギョンはなぜああいう表情を浮かべるのだろう。コリーのなにが、抵抗感と敵愾心《てきがい》、わずかな恐怖心を抱かせるのだろう。

新しい脚ができるまで、ヨンジェがいないあいだにコリーが対面できるのはボギョンだけだった。必然的に、ボギョンの表情からそれらの感情を取り除く方法について悩むことになった。常に一定距離以上は狭まらないボギョンとの距離を縮めたかった。コリーにはふたつ、気になることがあった。ひとつは〝どうすればボギョンとの距離が縮まるのか〟、もうひとつは〝自分はなぜボギョンとの距離を縮めたがっているのか〟だった。どちらも答えは出ない。人間の顔面筋肉を分析するにあたって、ある部分の筋肉が動いた場合にそれを元に戻させるべきだと内蔵装置にインプットされているのかもしれない。そのぐらいの結論に収まった。

ボギョンが働くのは、正午からほぼ夜の零時まで。出ていくときの足取りと戻ってくるときの足取りはまるで違った。仕事上がりのボギョンは、まるで両足に二十キロの砂袋を下げて歩いているようだった。「ただいま」と口癖のように言うと、ソファに腰掛ける間もなくまっすぐにシャワーを浴びに行き、ベッドに横たわるときには床がへこみそうなほど重いため息をついた。そして、死んだように朝まで眠った。朝は七時に起きて朝食をこしらえ、ヨンジェが登校したら家の掃除に取り掛かる。ある日は居間だけ、ある日は各自の部屋も、ある日は二階とトイレの掃除まで、ごくたまに「今日は無理」と言ってソファに横たわっているだけの日もある。

まるで競走馬のエースのようだった。休まず、速く、強い。疲れはまた別問題のようだが。

ボギョンはコリーとふたりきりのとき、話し相手を見つけたかのように口を開いた。コリーに脚ができて、一階と二階を自由に行き来しはじめてからのことだ。反感は消えていなかったが、誰でもいいからいてくれてよかったというふうに。しかし、十歩の距離は縮まらない。ボギョンが食卓に座っていれば、コリーは居間に立っている。ボギョンがソファに座っていれば、コリーは階段に立っているという具合だ。しばらくおしゃべりに花を咲かせていたボギョンが、ふとそれまでとは違う目になってこう言った。

「あの人がそばにいたら、こういう話もみんなあの人にしてたんでしょうね」

「……」

「娘がふたりもいるのに、言えないのよね。ただでさえつらい目に遭わせちゃってるのに、よけいにつらい思いをさせるんじゃないかって。わたしのことにまで気を遣わせちゃうんじゃないかって」

「……」

「あら、ごめんね。とりとめのない話しちゃって。人間なんてこんなものよ。でも、あなたには恋しさなんてないんじゃない？　羨ましいわ」

「恋しさがどんなものか、説明してくれませんか？」

ボギョンはコリーに訊かれ、考えこんだ。コリーはふちが欠けたカップの中で冷めていくコーヒーを見つめながら、ボギョンの言葉を待った。

「記憶をひとつずつ捨てることよ」

ボギョンはコリーではなく、台所の窓を見つめながら言った。

「ふとした拍子に思い出すんだけど、そのたびに、もう元には戻れないんだって認めるの。そうやって心に抱いてる塊をひとつずつ切り離していくの。全部なくなるまで」

「心を切り離すことが可能なんですか？　死んじゃいますよ」

「そう。こうしてわたしも死んでいくんだろうな、死んだらすべて終わるんだろうな、そう思いながら生きるのよ」

ミンジュはコリーにわかりやすい言葉で説明してくれたが、ボギョンの言葉はコリーにとって難解で複雑だった。どういうことなのか尋ねたかったが、窓を見つめるボギョンの眼差しの角度と沈んだ呼吸が会話を望んでいないことを代弁していたため、コリーは口を閉ざした。

だが、もう戻れないと認めることについてはある程度納得できた。コリーもまた、メモリに保存されている瞬間に戻ることはできないことを知っていた。まねすることはできても、その瞬間に戻ることはできない。コリーは黙ってその場に佇んでいた。食卓の端っこに落ちていた夕陽が伸びてゆき、やがて食卓を真っ二つにわけた。

「懐かしい時代に戻れる唯一の方法は、いま幸せを感じることよ」

ボギョンの瞳が夕陽のようにきらめいた。きらめくのは美しいということだが、コリーの目にはそのきらめきが悲しみに近いものに映った。

「幸せは万能薬なの」

「……」

「幸せな瞬間だけが恋しさに勝てる」

恋しさとはそういうものなのか。コリーにも恋しいと思う瞬間が浮かんだ。トゥデイとコースを走るときだ。トゥデイが幸せそうにしている振動を感じながら。

ボギョンはコリーにそんな私事まで語ってしまったことを後悔していたが、それと同時に、コリーへの抵抗感がずっと和らいでいたことには気づかなかった。だが、コリーには見えた。とりとめのない話をしてしまったとはぐらかすボギョンの表情に、これまで見たことのないわずかな和やかさを見つけた。コリーはこうして、ひとつの方法を習得した。会話だ。会話をすればするほど、ボギョンの中にある後ろ向きの感情が薄皮のように一枚一枚はがれていくのだ。

ボギョンの表情からそれをすっかりはがしきるには、どれだけの会話が必要なのだろう。どれほどボギョンの話を聞けばいいのだろう。どれほどの時間がかかるのだろう。自分にはそれだけの時間があるのだろうか。

コリーはもうひとつ、ボギョンの特異な点を見つけた。ボギョンは体ではウネの面倒を見ながら、口ではヨンジェの名ばかり呼んでいた。口と目、手と心が見事に別々に動いた。ボギョンは、コリーとヨンジェがふたりでいるときになにを話しているのか知りたがった。

「あの子、わたしにはずいぶん前から口を利かなくなったのよ」

ボギョンの口調はやさしかった。だが、自分たちの会話を誰にも漏らすなというヨンジェの命令があったため、コリーは教えてあげられなかった。

ボギョンはじれったそうに詰め寄ったが、コリーは命令には背けないよう設計されているので不可能だとくり返した。

「ふうん、そういうものなのね。人間が目を開けたまま眠れないみたいに」

しかしボギョンはその後も、暇さえあればコリーに探りを入れた。いつかコリーが自分の口車に乗って話し出すものと信じている様子だった。作り変えられない限り、コリーには無理な話だというのに。さいわいだったのは、ボギョンは絶対に口を開かないコリーに苛々するどころか、むしろその状況を楽しんでいるようだったことだ。教えてくれない？　ダメです。今日こそ教えてくれない？　ダメです。今日は教える気になった？　いいえ……。何度でもくり返される会話に、どちらも飽くことを知らなかった。

また、ボギョンはヨンジェの友だちのジスが来るときも楽しそうだった。普段は店にいる時間であっても、ちょこちょこ家に戻っては果物やお菓子でもてなした。どうやらボギョンにとって、ジスが来る日は特別な日のようだった。ソ・ジス。コリーにとっても興味深い人間だ。彼女が来ると、ボギョンは妙に浮かれ、ヨンジェはいつになく口数が増えて落ち着きがなくなるからだ。ジスがいるとき、ヨンジェは普段とは表情も、声のトーンも、行動範囲も微妙に変わった。これについてはもう少し注意深く観察する必要があるように思われ、コリーはメモリに〝ヨンジェとジス〟というカテゴリーをつくった。

ジスが家に来るようになってから、ヨンジェがいちばん明るい笑顔になったのは、トラック一台分の部品が家に届いたときだ。ヨンジェはその夜、二階には一度も顔をのぞかせずに庭でトンカンやっていたかと思うと、翌朝早く、３Ｄ設計図面とコリーの体を作る部品を持ってきた。両腕いっぱいに部品を抱え、庭と二階を何度も往復するヨンジェの額には汗が光っていた。すべての準備を終えたヨンジェは、人間ならぞっとするようなことを笑顔で言った。

「週末、ボディをバラバラにして、こういうふうに組み立てなおすわよ」

一大プロジェクトを控えたヨンジェの態度は決然としていた。それから二日間、ヨンジェはそれまでのようにコリーのそばで徹夜しながら、設計図面の修正を重ねた。そして合間合間に、手術の方向性を伝える医者のごとく、コリーに図面を見せながら説明した。

「脊髄と骨盤をつなげる中心軸にエアリングを入れて、下半身が回るようにするわ。でも回りすぎてもおかしいから、回転率を調整するつもり。それと、モーターはそれほどいいやつじゃないの。ただでもらう側の立場で、あんまり高いのも頼みにくくて……。隙間《クリアランス》が大きいからモーターの振動はあると思う。その点は許してね。カタカタ震えながら歩くのは、ちょっと不格好かもしれないけど。おっとそれから、今回はボディをアルミニウムで作るわよ。カーボンのときより重くなるけど、もう軽い必要はないもの。そうでしょ？　金銭的な問題もあるけど、これはどっちかというと好みの問題かな。アルミニウムから感じられる、ひんやりした異質な感じがいいのよね。これはわたしがいくら説明したって、コリーにはわからないかもしれないけど。油圧モーターもあえて入れない。これからは、そんなに大きな衝撃を吸収する必要もないから。足首には別途、衝撃吸収装置を付けるつもりよ。スプリングの中には空圧シリンダーを入れるんだけど、ほら、これよ。シルバーの棒。先っぽに引っ掛けるところが付いてるの。ボディが重いから、下半身はなるべく歩くためだけの設計にしようと思って。なにか不満は？」

「ないです。完璧です」

コリーの言葉に、ヨンジェが鼻先でフンと笑った。

「完璧？　コリーからそんな言葉を聞くとは思わなかった」

「でも、本当に完璧な説明でした。安心して任せられそうです」

「そんな言葉、どこで覚えたの？」

「管理人のミンジュさんから。トゥデイをいつも、安心してぼくに任せてくれました」

「あの人もほんと変わってるわよね」

「あなたもです」

レース後のトゥデイは疲れている。コリーがエネルギーを得る手段は外部にあるが、あらゆる生命は体内に動力源を持つ。だからエネルギーの消耗が一定レベルを超えると、生命は休まなければならない。エネルギーを回復させる代表的な方法は、食事や睡眠だ。しかしヨンジェは週末前の二日間、眠りもしなければ、食事もろくに摂らなかった。図面を見せながら何度となくコリーに説明した。コリーはヨンジェの言葉、自分の体の一部になる部品についての説明を聞きながら、ひときわ輝くヨンジェの目を見ていた。人間というものは、時にみずから光輝く。

トゥデイの近況を聞くことになったのは、ヨンジェがコリーの脚をこしらえるために電源を切ろうとしたときだった。

「下半身が出来上がったら、またトゥデイと走れますか？」

コリーの質問に、ヨンジェは一瞬答えに詰まってから、首を振った。

「トゥデイとレースに出るには、コリーはもう重すぎるの。それにトゥデイの脚も、もう走れるような状態じゃないし」

「トゥデイはどうなるんですか？」

「え？」

「走れないトゥデイは使い道がないと聞いたことがあります。使えなくなったトゥデイはどうなるんですか？」

ヨンジェは唇をそのまま食べてしまうのではないかと思うほどガジガジ噛んでから、やがてため息をついて言った。

「死んじゃうだろうね」

「どうして？」

「使えなくなったから。コリーがレースに出られなくなって廃棄されそうになったみたいに」

「それなら」

「……？」

「ぼくを直すみたいに、トゥデイも直してくれませんか？　お願いします」

返事は聞けなかった。ヨンジェに電源を切られたからだ。だがコリーは、唇を噛みしめて顔をしかめているヨンジェの表情を見た。

コリーはここから動きたくなかった。自分に選ぶ権利があるなら、できるだけ長くここにいようと心に誓った。そのうえで自分になにができるか、なにをすべきかはなにひとつ決まっていなかったが、トゥデイも一緒にいられたらという〝恋しさ〟を嚙みしめながら。

なにより、ウネのことをもっと知りたかった。ウネは不思議な人間だ。ほかの人間とは異なり、器具を利用して動く。巧みに、力強く。ウネのあらゆる動きが、コリーにはそう映った。

ウネ

トゥデイの退出が、二日後の日曜日に決まった。

かろうじて歩けるまでには回復したものの、以前のようなスピードは絶対に出せない、いま走ったところで時速三十キロが限界だろうというポッキの診断から下された結論だった。ウネには、退出後のトゥデイの行き先がよくわかっていた。やっと座れるぐらいの小さなトラックで郊外へ向かい、ウネが行ったことのない〝どこか〟へ着いたら、そこで一日おいしいものを食べてから、自分の意思とは関係なく目を閉じることになる。そうならないためには誰かがトゥデイを引き取るしかないが、まともに歩くこともできない馬を必要とする人はいない。人間が必要としない以上、死ぬ。それが、ポッキが話していた、この惑星に棲む動物たちの位置づけだった。

ウネはまるでそんな話など聞かなかったかのように、家から持ってきたアーモンドをトゥデイと分け合って食べた。馬は賢くていけない。もう少し鈍くてもいいのに、犬や猫と同じぐらい人間の近くにいたせいで、人の心の動きをすべて読み取ることができる。ひょっとしたら、表現できないだけで、人間の言葉をそっくり理解しているかもしれない。どちらにせよ、悲劇であることには変わりない。ウネは、今日に限っておとなしいトゥデイの鼻筋をよしよしと撫でてやった。

ポッキから直接話を聞いたわけではない。ウネは、競馬場に着くなり不穏な空気をキャッチした。普段なら携帯をいじっているはずのダヨンが、出入り口の前でウネを待っていたことからしておかしかった。ダヨンは最初、今日は帰るように言った。次に、もう少ししてから来いと言い、ウネが十七歳であることを改めて思い出したように、ポッキと競馬場の代表が馬房で話しているところで、いまは入れないのだと正直に言った。そこまで聞いただけで、どんな会話がなされているのか想像に難くなかった。喜ばしい会話ではないはずだ。平凡な会話でもなく、あえていうなら、とても悲しく絶望的な会話だろう。ウネはなにも言わずに、ダヨンと一緒にバラエティ番組を観た。芸能人が笑い泣きしていたが、ダヨンとウネは空笑いひとつしなかった。そうして時間をつぶしてからトゥデイのところへやって来た。なにも知らないふりをしなければならないのに、うまくいかなかった。

小さな一手でも見つかれば、ウネは迷わず打って出ていただろう。しかし人生に立ちはだかる壁は、ウネが飛び越えたりよけて通ったりできないほど大きく重かった。いっそ方向を変えて、別のルートを通るしかなかった。そんなふうに多くの道がふさがれていた。生まれてこのかた数えきれないほどの壁にぶつかり、回りまわってここまで来たのだった。この道がどこまで続くのか知れず、知ったとしてそこまで行けるのかもわからない。ウネはそんなとき、自分の限界について考えた。限界など決まっていないと耳にタコができるほどボギョンに聞かされてきたが、本当に限界がないのなら、限界というものさえ知らなかったのではないか。

ウネはトゥデイの黒いビー玉のような瞳を見つめて言った。

「思ったより早いわね。トゥデイもそう思うでしょ?」

言葉がわかるかのように、トゥデイがフウッと鼻息を吐いた。ウネの髪がなびくほど強い鼻息だった。

「うちに、あなたと一緒に走ってた騎手がいるの。あなたの背中から落ちて、下半身がボロボロだった」

ビニール袋に残っていたアーモンド五粒を手のひらにのせ、トゥデイに差し出す。トゥデイは顔を寄せてクンクンにおいを嗅ぎ、真空掃除機のごとく、吸い込むようにアーモンドを食べた。

「で、うちの妹はロボットいじりのエキスパートなわけ。何日か前にトラックがやって来てあれこれ置いてったと思ったら、庭でそれらを叩いたり壊したりくっつけたりしながらロボットの脚を作っちゃったの。ほんとに天才なのかもしれない」

マンションや住宅街に住んでいなくてよかった。下校後、夜中までトンカンやっているヨンジェを理解してくれるお隣さんなどいないだろうから。一軒家はそういう意味でありがたかった。

人里離れた砂漠のただ中に立つあばら屋のように、砂漠を横切る者たちがときおりひと休みしていくが、最後には誰もいなくなる場所。人は人と共に生きるものだというが、ウネは人に疲れていた。

「わたしもトゥデイを助けてあげられる人間だったらよかったのに。お互い、なんだってこんなに苦労しなきゃならないんだろうね」

ウネは嘆くようにそうつぶやいた。だがすぐに、なにげなく口にした今し方の言葉を否定した。

「でも、だからって脚を治したいってわけじゃないのよ。そりゃあ治るに越したことはないけど、治らないからって不幸なわけじゃないわ。それでも生きていけるんだし」

トゥデイがウネの頭に鼻を埋めて、フンフン鼻息を浴びせた。

「ただ、不便なだけ。このタイヤじゃ、上れない階段や行けない場所が多すぎるもの。テクノロジーが発達して、ロボットだって馬に乗れる時代なのに、どうしてわたしはまだこんなものに乗ってるのかなって。そう思わない？」

ウネがトゥデイの顔を両手で包んで抱き寄せた。悔しかった。その悔しさが自分のものなのか、トゥデイの悔しさを代わりに感じているのかわからなかったが、胸が詰まるようなじれったさを感じていた。

「あなたもわたしも、自分でちゃんと生きていけるのにね。かならずしも助けが必要なわけじゃないのに、そうでなきゃならない、助けがなきゃ生きていけない……勝手にそんなふうに思われることにはもううんざり。お母さんは、いい大学に入って、立派に生きていけるんだってことを知らしめてやれって言うけど、どうしてわざわざそんなふうに自分の存在を証明しなきゃならないんだか。あのね、わたし、旅をしながら暮らしたいの。カメラを手に、行ったことのない場所がないくらいたくさん」

厩舎に誰かが入ってくる気配に、ウネは振り向いた。ミンジュだ。馬房を閉める時間だから、それを知らせに来たに違いない。ウネは自分から、帰ろうとしていたところだと口火を切った。だが、ミンジュはまったく別の話を切り出した。

「トッポッキの出前を取ろうかと思ってるんだけど」

ウネはちょっと悩んでから答えた。

「揚げ天《オムクトゥイギム》も追加で」

ミンジュのオフィスは、厩舎からさほど離れていない室内馬場の隣にある。職員用のセメント造りの平屋だ。ＩＨ調理器と電子レンジ、チラシとクーポンが並ぶ中型冷蔵庫、四人掛けの食卓が置かれた給湯室と、横になって休める休憩室がある。シャワーだけの浴室とトイレも。携帯のアプリで注文を終えたミンジュが、冷蔵庫からアロエジュースをひとつ取ってウネのほうへ差し出した。

「おまえ、お母さんとそっくりなんだな。ヨンジェとは全然似てないけど」

ミンジュは数日前、ウネがボギョンと競馬場を訪れたときのことを思い出していた。ウネから家族だと紹介されなくても、ひと目で血のつながりがわかるほどそっくりだった。ボギョンは、風邪気味のウネがまだ開場前の競馬場を訪れる理由がわからないという顔で、ミンジュに挨拶した。

「ヨンジェはお父さん似なの」

ウネが言った。記憶の中の父を引っ張り出そうとすると、途中でヨンジェと重なり、父の顔が立ち消えてしまうことも多い。覚えている瞬間は限られていたため、しばしヨンジェの姿を忘れたいと思うこともあった。記憶の中の父は、ウネが初めて車椅子に乗ったとき、隣で自分も車椅子に乗って、病院の廊下でどちらが速いか競争していた。

ミンジュは、アロエジュースの瓶に巻かれた紙を爪で少しずつ剝ぎながら物思いにふけっているウネを見て、しばらく口を閉ざしていようと考えを改めた。本当のところ、ミンジュはトッポッキを食べたい気は少しもなく、今晩も海苔巻き《キンパプ》とインスタントラーメンで済ませようと思っていた。心中複雑なのはミンジュも同じだった。ポッキと代表の話をそばで立ち聞きしながら、なにも口出しできない自分がほとほと情けなかったからだ。だがその苦しみは、自分をいっそう追い詰めるだけだった。今更？　いままでなにもしなかったくせに？　そんな思いがあとに続いたからだ。

これまでも走れなくなった馬の最期を見てきたこともあり、トゥデイをめぐる彼らの会話は、衝撃や失意を覚えるほどではなかった。ミンジュはいつものように、苦々しい気分をぼんやりと抱いているにすぎなかった。かわいそうだからといって、なにかしてやれるわけではない。金にならない馬を世話することは競馬場の損害につながり、そうして競馬場の運営がいきづまれば、その逆風はミンジュに及ぶはずだった。ミンジュは馬の管理人であるとともに、見えない檻に閉じこめられたもう一頭の馬だった。社会において個々人は網の目のようにつながっており、その網の先は互いの首に巻きついている。生きるためには必要に応じて、それをえいと切り捨てねばならない。死ぬか生きるかの問題ではない。殺すかどうかの問題だった。

いずれにしても、ミンジュは彼らの会話を避けるように厩舎へ赴き、そこでトゥデイとウネの会話を耳にした。トゥデイの顔を抱いてつぶやくように話しているウネを見つけ、タイミングを見計らいながら、この年頃の子はトッポッキが好きだったっけ？　と悩んだ末に、わざとらしく音を立てながら中へ入ったのだ。さいわいウネは、ミンジュの夕食への招待に応じてくれた。

問題はこれからだ。黙りこんでいるウネにどんな話を振るべきか、ミンジュは悩むのをやめた。頭の中にいくつか質問が浮かんだが、どれも陳腐でつまらないものだった。悲しむなと言っても通じない気がしたし、慰めるのも場違いな気がした。かといって、受験勉強はしてるのかなんていうジジくさい質問をする気にもなれなかった。いちばん訊きたいのは、トゥデイがいなくなってもここに通うのかということだったが、絶対にしてはいけない質問だった。どうしてトッポッキの出前に一時間もかかるのかと恨めしくなった。しかしそんなミンジュの苦悩をよそに、ウネはあまりに単刀直入に言った。

「死ぬんでしょ?」

用もないのに携帯のアプリをいじっていたミンジュは、どきりとして振り向いた。それから、うんまあ、とゆっくりうなずいてから、いや、かならず死ぬわけじゃないと言ったほうがよかったのでは、と後悔した。ウネは顔色ひとつ変えず、ミンジュの返事を受け入れた。

「もう少し遅らせることはできないの? 二日なんて短すぎない? ひとつの命がかかってるのに」

「うん……どうだろう。あの人たちは二日でも長いと思ってるんじゃないかな」

ミンジュの気持ちとは裏腹に、口は真実ばかりを吐き出した。

「関節以外はどこも悪くないって、あの人たちも知ってるの?」

「知ってるよ。ポッキさんが伝えてる」

「まだ若すぎるってことも?」

ウネがミンジュを見据えながら訊いた。ウネは糸口を探しているようだった。ひょっとしたらあの人たちは、重要な事実を見落としているかもしれないと。膝以外は健康だとか、トゥデイがまだ三年しか生きていないことなんかを……。

「もちろん知ってる」

ウネが知っていることを彼らが知らないはずがない。

「でも、どうして二日なの？」

「……」

「ああ、ムカつく。ムカつくムカつくムカつく」

ウネの声が熱をおびた。目頭が赤くなっていく。ウネにしても、ミンジュにやりようがないことは百も承知のはずだ。ミンジュの過ちはただひとつ、いまこの瞬間、ウネの前にいるということだった。ミンジュがティッシュペーパーを差し出したが、ウネは受け取らなかった。涙をぎりぎりのところでもちこたえたウネの目は、めらめらと燃えていた。トゥデイの運命と、この世界の無責任さと無理解への怒りが限界を超えたようだった。

「この世界で、ううん、この宇宙でここまで残忍になれるのは、きっと人間だけだわ」

大丈夫、ちょっと不便だからって、それがあなたを縛ることにはならないのよ。そうボギョンに言われるたび、ウネはむしろこう言いたかった。普通の人に向かって、あなたが普通なのは大丈夫なことで、それがあなたを縛ることにはならないとわざわざ言わないように、ウネもまたそんな言葉をかけられる理由はないと。ボギョンの温かい励ましが、時に、自分は〝普通〟の枠から外れているのだと思い知らせる、冷たく尖った槍のように感じられるのだと。歩けなかった人々が車椅子のおかげで動けるようになった裏で、バスや地下鉄、歩道、階段、エスカレーターに移動を制限されているのだと。技術が発達していく一方で、ウネは徹底的にはぶかれた。人々は地下へ沈んでいたウネを無視していたかと思うと、あるとき突然車椅子に座らせ、痛ましげに憐れむような眼差しを向けながら、この技術があなたを救ったのだといわんばかりにふるまった。この身をもって生きていけないのなら、最初からこの世に生まれることもなかったはずだ。宇宙は自分の手に負えないものを誕生させたりはしない。この地に存在するものはそれぞれに生きる力をもって生まれたのだということを、〝普通の〟人たちは知らないようだった。

出前のスタッフがドアを叩いた。よりによってこんなときに。ふさわしい言葉を見つけられないでいたミンジュが、誰かに追い立てられるかのように急いで立ち上がり、ドアへ向かった。一時間もかからないのなら、なんだって一時間かかるというメールをよこしたのだろうか。ミンジュがドアを開けた。給湯室のすぐ前に、トッポッキを手にしたスタッフと、

「あれ、ヨンジェじゃないか」

壁にもたれかかっているヨンジェがいた。

「……わたしも、食べてっていい？」

ヨンジェがそっけない表情で訊いた。ミンジュは慌てて、割り箸をもうひとつ探した。


帰り道、ウネは、ヨンジェが自分の話をどこまで聞いたのか気になって仕方なかったが、尋ねはしなかった。泣いていなかったのに、声のせいでそう思われたのではないか。誤解をといておきたい……。でも、じっと黙りこくっているヨンジェに、わざわざ自分からその話題を持ち出したいとは思わなかった。

ヨンジェとウネは、仲がいいとも悪いともいえない姉妹だった。親友とまではいかないが、かといって赤の他人というほどでもない関係。同じクラスで名前と顔ぐらいは知っているが、お互いの好みや関心事はよく知らない、教室の端と端に座っている者の距離感といえばちょうどいいかもしれない。

ウネがヨンジェについて知っていることといえば、短いヘアスタイルが楽なのだろうということ。シャワーは朝と寝る前の二度浴びること。おかずにけちはつけないが、同時に、なにが食べたいとも言わないこと。ロボットが好きだが、どういうわけかあるときからいじるのをやめたこと。それがすべてだ。学校生活や最近観た映画、好きな音楽、近ごろの悩み、最近目をつけているアイドルがいるのかさえ、ウネにはわからない。時には、教室の両端に座っている者同士の関係にも及ばないと思うことさえある。同じ学校でもなく、同じ国に住んでもおらず、とびきり運命的ななにかが起こらない限り、お互いの存在に気づかないまま生涯を終える他人のような関係。メディアで見かける姉妹は一緒に買い物したり旅行に行ったりしているのに、ヨンジェとは永遠にそんな日を迎えそうな気がしない。兄弟姉妹は、生まれながらにして限られた愛情を分け合わなければならない関係にある。よほど時間に余裕があっても、愛情を分かつことはやむにやまれぬ競争を生む。相手より多くの歓心を得るため、悪意なき競争の中で成長するのだ。だがもちろんこれは、理想的な関係においての話だ。

ヨンジェの場合は、競争を放棄した。ウネがいる限り、親の関心を半分のそのまた半分でさえ得られないだろうことを、自分がなにをやってのけても、ほんのわずかなあいだも関心をひとり占めできないだろうことを早々に悟ったかのようだった。ヨンジェは不平を言わなかった。やれと言われたことを黙ってやり遂げる、手間のかからない子。言い換えれば、なにも望まず、なにも言わない子だった。

ヨンジェが必要以上に沈黙していることをボギョンも知らないわけではなく、その点すまなく思っているようだったが、そう思うだけで、ヨンジェへの気遣いを行動で示すことはできなかったらしい。そうすべきだったとき、つまりヨンジェが六歳ぐらいのとき、機械に強い興味を示し、ロボットについてフレキシブルな思考を備えていることに気づき、その才能を生かしてあげようとしかけたまさにそのとき、夫婦の片割れが亡き人になってしまったからだ。

父の死後、ヨンジェの役割はいっそう大きくなった。友だちと遊んでいても、ボギョンに呼ばれれば走って帰ってきて、ウネの食事を準備したり髪を洗ってくれたりと、ウネの手足になった。ヨンジェは一度も母の呼び出しを無視したり拒んだりしなかった。自分がやらなければ、二本腕のボギョンが四本腕の怪物にならなければならないことを知っているかのように、助けを求められれば黙々と手伝った。これまた言い換えれば、一度も自分から手伝おうと言ったことはなかった。

「友だちと遊んできなよ。自分で洗えるから」

「いい。お母さんがうるさいし」

「お母さんには、わたしがいいって言ったんだって言っとくよ」

「お母さんに呼ばれるのはこうゆうときくらいだもん、平気だよ」

ウネはヨンジェの無条件の順応が、けっきょくは母の関心を引くための最後の手段だったことに気づいた。それ以降、ウネはヨンジェに手伝わなくてもいいとは言わなくなり、代わりにありがとうと言った。ヨンジェにその言葉が届いているかはわからなかったが。だがその共生関係も、ウネが身の回りのことを自分でできるようになると途絶えた。ウネにはもうヨンジェの助けが必要なくなった。その解放がヨンジェにもたらしたのは、自由ではなく虚脱感だった。

その虚脱感の上に積もりに積もったヨンジェの孤独は、ウネが学校を辞めたころにピークに達し、限界を超えた。

ボギョンはすんなり、なんの問題もないかのようにウネの自主退学を許したが、それが演技であることをウネも知っていた。学校を辞めた理由を尋ねることができずに、悪い想像ばかりが膨らんでいるだろうこと、そしてその想像が芳《かんば》しいものでないだろうことを知りながらも、ウネは自分から理由を話そうとはしなかった。ジュウォンは目の手術のためにアメリカまで行ったのに、自分は韓国でも可能な手術を受けられないのだと駄々をこねていると受け取られそうで。そうじゃない、絶対にそんな理由からではなく、あの子が好きだったからだと説明しても、ボギョンは自分なりの解釈をするに違いなかった。そうしてつらい思いをする。そんな姿を見たくなかった。時には沈黙が正解だと思えた。しかしまさか、自分の沈黙が回りまわってヨンジェの足かせになるなどとは思ってもみなかった。

週末の午前中は外で遊び、午後はボギョンの仕事を手伝っていたヨンジェは、ウネが学校を辞めると同時に不思議なほど出掛けなくなった。はじめはさほど気にしていなかった。毎週約束があるわけではないだろうし、翌週にはいつものように朝から友だちに会いに出掛けるものと思っていた。だが翌週も、ヨンジェはこれといってなにをするでもなかった。テレビを点けっぱなしにして日がな一日携帯をいじり、短い昼寝をすると、またもや携帯をいじりながら、ときおりウネのほうをちらりと見るだけ。退屈で所在なげだった。ちょうどテレビで流れていた、飼育場に閉じこめられたホッキョクグマの表情にそっくりだった。いや、違う。それよりも、情熱を失った飼育係の表情に近い。閉じこめられているホッキョクグマを退屈そうに見つめているだけの。

ボギョンがヨンジェに頼んだのだろうということは悩まずともわかったが、ウネはその事実からあえて目をそらした。おそらく、このところウネがふさぎこんでいるから、外へ出掛けずに一緒にいるよう言われたのではないか。それとも、ウネが自暴自棄な行動に出ないよう監視するように言われたのか。どうであれ、ウネのほうから出掛けてかまわないと促す必要もないだろう。家にいるのが嫌なら、ヨンジェがみずから断っていただろうし……。そのぐらいで考えるのをやめた。

しかし、ヨンジェが週末に出掛けなくなってひと月が経ったころ、ソファに寝そべって通話していたヨンジェはがばっと起き上がると、だしぬけにウネの部屋のドアを開けた。部屋で本を読んでいたウネはその物音に驚いたが、さらに驚いたのは、ヨンジェが有無を言わさずウネの車椅子を引っ張ったからだ。

「なに？　なにするのよ！」

「外で散歩でもしてこいってさ」

ヨンジェ自身にも、その行動がどれほど無礼であるかわかっていたはずだ。だがそうでもしなければ、溜まりに溜まった鬱憤を晴らせなかったのだろう。ウネはのちになって、ヨンジェの行動を思い出しながらそう思った。傷つけたいがための意図的な行動。ウネはまんまとそこに巻きこまれた。

居間まで引っ張り出されたとき、ウネはもう我慢ならないと後ろを振り返り、ヨンジェを押しのけようとした。やすやすと引き下がらないヨンジェの腕をつねり、叩いた。ヨンジェは痛いと叫んで手を離した。ウネは怒りと困惑、悔しさの入り交じった涙をこぼし、どういうつもりかとヨンジェを問い詰めた。その瞬間のウネは、ヨンジェのことがひどく恨めしく、うとましかった。なんといおうとすべての非はヨンジェにあり、意地悪な気持ちから自分にこんな乱暴を働いたのだと思った。ウネは自分の涙は正当なものであり、ヨンジェがそれを見て罪悪感に駆られることを、自分の過ちに気づいてただちに謝ることを望んだ。しかしウネを見つめていたヨンジェは、しだいに目を真っ赤に充血させたかと思うと、ほどなく静かに大粒の涙を流しはじめた。ウネはヨンジェが泣くのを初めて見た。涙とは縁のない、きつい性格の持ち主なのだと思っていた。

ヨンジェは涙と言葉を押し殺しているようだったが、やがてウネに「ごめん」と謝った。泣きやんだウネは、ヨンジェの頬をぽろぽろつたう涙をぼんやりと見つめた。ヨンジェは自分の行動を後悔したのか、すぐにウネに謝ったものの、ひどく悲しげだった。ウネは、逃げるようにその場をあとにするヨンジェの背中を見つめることしかできなかった。その後のウネは、毎日忙しく動きまわった。部屋に引きこもるのをやめ、週末には競馬場をうろついた。そうしてヨンジェは、週末ごとに家にいる必要がなくなった。しかしあのとき、謝るなり逃げるように出ていったヨンジェを、ウネはよびとめるべきだったのかもしれない。なぜそんな顔をしているのかと訊ける最後のチャンスだったかもしれないからだ。

家までもう少しというところでヨンジェが口を開いた。

「あの馬」

はじめは聞き間違いかと思った。ウネはヨンジェのほうを振り向いた。そろそろ冷たくなってきた風がうなじを撫でた。

「トゥデイのこと。安楽死になるの?」

「そう聞いた」

「いつ?」

「二日後」

そっか、とヨンジェがつぶやいた。ウネはヨンジェの反応を冷たく感じたが、馬には大して興味のなかったヨンジェのことだから、そんなものだろうと思った。

「助けたい?」

だがこの質問は理解できなかった。かっと怒りがこみ上げ、ウネはつっかかるように言った。

「当然でしょ?」

「お姉ちゃん。コリーとちゃんと話したことないでしょ?」

怒りのこもった自分の声が気恥ずかしくなるほど、ヨンジェはすかさず訊き返した。ウネはうなずいた。

「行こう。お姉ちゃんと同じくらい、ううん、もしかしたらそれ以上にあの馬を助けたいと思ってるのがコリーなの」

ヨンジェは玄関を開けると、ウネが先に入れるよう玄関のドアを押さえて脇によけた。

「それと、さっきの、聞いてないから」

ヨンジェはふっとため息をつくと、自分の言葉を訂正した。

「いや、聞くには聞いたけど、ほとんど聞こえなかった。だから、気にしなくていいよ」

「……気にしてない。聞かれててもかまわないし」

ヨンジェがためらいがちに言った。

「でも、もしわたしに聞いてほしいなら、話してくれてもいいよ」

「え?」

「聞くことはできるから。答えは見つけてあげられないかもしれないけど」

言い終えて自分だけそそくさと家へ入ってしまったヨンジェは、慌てた様子でもう一度玄関を開けた。

人ではないものが、人のように二本足で階段を下りてきた。足を下ろすたびに、膝と関節も一緒に動いた。不自然だが、動きそのものはなめらかだ。足の裏に取り付けられた緩衝材が弾力をもって床に着いては離れた。階段を下りたコリーがウネのほうを振り向いた。傷だらけのヘルメット、胸に書かれた文字も薄くなって見分けられない。コリーが、ウネとヨンジェのほうへゆっくりと歩み寄った。そばまで来てやっと、ウネはコリーの左胸の辺りに虹のシールが貼られているのを見つけた。小指の爪ほどの小さなものだ。

何度見ても見慣れないコリーに向かって、ウネは小さく手を振った。コリーはそんなウネをじっと見つめてから、同じように右腕を振り、ウネの前に立った。ウネが見上げると、コリーは視線が並ぶように膝を曲げた。これほど間近でコリーを見るのは初めてだった。ロボット自体に興味がないこともあったが、なによりヨンジェの作業部屋が二階にあったからだ。よほどのことがない限り、二階へ上がることはない。ウネはコリーをゆっくり、まじまじと見つめたのち、手を伸ばして肩を触った。冷たくて硬い。トゥデイを抱きしめたときのような体温は感じられない存在。生きていないのに生きているかのように行動する不思議な存在。地球上で、その出どころが最もはっきりしている唯一の個体。アルミニウム製の、薄くて軽い、冷たい外皮。それを撫でていた指が虹のシールに及んだ。中は空っぽのはずなのに、どういうわけでトゥデイを助けたいなど言っているのだろう。それがどんな感情かもわからないはずなのに。だが万が一救える方法があるのなら、喜んでこの冷たい存在の言葉に従うつもりだった。ウネの心に、不信と希望が同時に浮かんだ。熱くも、冷たくもなかった。

コリーはウネを見つめて、感情の混ざらない落ち着いた口調で言った。

「ぼくはトゥデイを助けたいんです。ぼくのパートナーですから」

コリーはヨンジェから、トゥデイが安楽死させられるかもしれないこと、走れない馬は死ぬしかないからだということ、人間はもともと効率性の劣るものをすぐに見限るため、効率性の高いコリーのようなロボットが生まれたのだという話を聞いていた。

「わたしもよ」

ウネが答えた。

「トゥデイを助けられる方法があるんですが、お聞きになりますか?」

コリーの問いに、ウネはうなずいた。ヨンジェがウネを迎えに行っているあいだにひとり頭の中でまとめたのだという質問と答えを、コリーが話しはじめた。

トゥデイは死ななければならない。
なぜ？
走れないから。
なぜ？
関節が駄目になって痛むから。
なぜ？
速く走りすぎたから。
なぜ？
人間が望んだ。
なぜ？
足の速い馬だけが人間に快楽を与えるから。
なぜ？
……
トゥデイを治療できないか？
現在の人間の医療技術では、すり減る前の完璧な関節には戻せない。
ほかの方法は？
過去へ戻ること。痛くなる前へ。

コリーの話を聞いていたウネは、ややあきれたように尋ねた。

「戻る方法は？」

過去へ戻ることほどパーフェクトな解決法はないだろう。過去へ戻れるならこの世にはどんな痛みも悲しみも存在しないはずで、それと同時に、誰もいまを大切にしようとは思わないだろう。

コリーが人差し指を立てながら口を開いた。なぜわざわざあんなふうに指を立てて話すのだろう。

「トゥデイを幸せにするんです」

どういうことか理解できず、ウネはヨンジェと一緒に目をしばたたかせることしかできなかった。次の言葉をコリーは少しボリュームを上げて言った。確かな解決策があるという自信の表れのようだった。コリーがみずから考えついたり本で読んだりした方法ではなかったが、どんな本よりも正確で賢いといわれる、人間の生から得た真理。

「幸せだけが過去に勝てるんです」

ポッキ

病院を訪ねてきたのはヨンジュとウネ、そしてリヤカーの上でシーツに身を隠したコリーだった。

「なにこれ？」

とシーツをめくったポッキは、その奥で光を放つふたつのくぼみと目が合い、驚きのあまり悲鳴を上げて後ずさりした。そして、ウネに「シィー、シィー！」と制止されると、慌てて口をふさいだ。はじめは、この姉妹がなにかの犯罪をもくろんでいるのではないかと疑った。人間の病院ではなく、わざわざ動物病院を訪れてくる理由はそれしかなさそうに思われた。ポッキは、リヤカーに隠れているヒューマノイドがトゥデイと走っていた騎手だということを知らされ、ほどなく〝コリー〟という新しい名前を得たことも知った。

ポッキは自分のコートと帽子でコリーを隠して、三人を診療室に押しこんだ。自分がドアを開けるまで絶対に出てこないよう念を押し、後片づけをしていたスタッフにあとは自分に任せて退勤するようにと言った。ほかのことはいざしらず、出退勤だけは一秒の遅刻も夜勤も許さないポッキのその発言に、スタッフは多少の戸惑いを浮かべて「本当ですか？」と訊き返し、もう三回確認してやっと、晴れやかな顔になって服を着替えた。ポッキは診療室の前で腕組みをして立っていた。スタッフと目が合うたびにわざとらしく笑いかけ、さあ早くとやさしく急かし、スタッフが病院を出ていくのを手を振りながら見送った。

ポッキは正面玄関を閉め、待合室の明かりを消した。診療室へ戻る前に大きく深呼吸した。トゥデイの騎手ヒューマノイドはとっくに廃棄されたとばかり思っていた。ミンジュもそう言っていたはずだ。すでにどこかへ売られていったと。それがどうしてここにいるのか？　あの騎手をあの子たちに売ったということだろうか。もしもあの子たちがコリーを盗んで来たのなら、自分はどう対処すべきだろう。ポッキは一度ぎゅっと目をつむってからドアを開けた。診療室には姉妹と、いつの間にかリヤカーから出て椅子に座っているコリーがいた。

「なにか飲む？」

返事も聞かずに、ポッキは飲み物を取りに急いで冷蔵庫へ向かった。

今朝、ポッキは、なんとか引き延ばしにしてきたトゥデイの死刑執行日を言い渡した。それがポッキの仕事だから。数日前に偶然出会ったソジンとの会話を、ポッキは再度噛みしめていた。動物たちに、彼ら自身の生を営んでほしいと誰よりも願っていたが、そうはいかなかった。すでに、人間のためだけにつくり変えられたこの惑星では。死を目前にしながら、狭苦しい馬房で部位別に売られていくという話を聞かされているトゥデイにとって、この惑星は存在そのものが地獄に違いなかった。

トゥデイの安楽死を決める場は、そこにいるだけでもポッキを苦しくさせた。中でもいちばんつらかったのは、ニコチンがこびりついた黄色い歯を見せながら笑う代表の顔を殴りたいという衝動を抑えることだった。なにが嬉しくてヘラヘラ笑っているのかと詰め寄りたかった。あなたに稼がせるために軟骨をすり減らした動物に、少しも申し訳なく思わないのかと。だが代表の本音は、尋ねるまでもなくわかりきっていた。代表は新しい馬をすでに三頭買い入れており、その馬たちへの期待を隠さなかった。怒りを静める唯一の方法は、できるだけ早く話を終えることだった。もはや意味のなくなってしまった栄養剤をトゥデイに打ってやり、競馬場を出ようとしたとき、北口の管理室にダヨンと一緒にいるウネを見つけたが、わざと気づかないふりをして通り過ぎた。合わせる顔がなかった。なにもできない臆病な大人に育った自分が恥ずかしかった。ウネのあんなにかわいがっていた馬が、軟骨がすり減ったという理由で死に追いやられるのを、黙って見ていることしかできない自分が。

年に一万匹以上の動物が、みずからの意思とは関係なく世を去った。ここは人間が暮らすにも手狭だという理由で葬られるのだ。こんな生態系は異常だ、そう考えない人間はいない。皆が口をそろえて、動物の生存権を守るべきだと言う。しかしそう唱える人間のほとんどが、いまだに、子犬工場で生まれてペットショップに売られた子犬を買い、ゴミ捨て場を漁る猫を足蹴にした。毛玉だらけの老犬を汚らしいと感じ、まだ乳離れもしていない生まれたばかりの子犬だけが家族に迎えられる条件を備えていると考えた。猫についての最低限の知識ももたずに飼いはじめたかと思うと、抜け毛が多いとか妊娠したとかいう理由で捨て、ひとつのケージに詰めこまれて殺し合うハムスターに気色悪いものでも見るかのような視線を向け、水温と塩分を間違えて大量死した熱帯魚を便器に流した。鳥のために空の見えるベランダに鳥かごを置き、その年に流行した動物は一気に個体数を増やしたかと思えば、やがてひそかに消えていった。家畜となったか、人間と親しいいくつかの動物を除いて、あらゆる動物は数世紀のうちに地上から消え去るだろう。わたしたちの知らぬ間に。

ポッキは冷蔵庫から、今日ウェルシュ・コーギーの飼い主からもらったオレンジジュースを二本取り出した。散歩が大好きなのに、一週間前の散歩中に、ガラス瓶のかけらで足の裏が裂けてしまったのだと言う。ダラダラ血を流しながら来院したその子の足を縫合して包帯を巻き、残念ながら散歩禁止令を下すしかなかった。

「人間って勝手ですよね。ガラス瓶をポイ捨てするなんて。まったく、法律でどうにかできればいいのに」

そう愚痴をこぼす飼い主に、ポッキは笑いながら言った。

「方法があるにはありますよ。人間もはだしで歩けばいいんです。そうすれば道だって、家の中みたいにきれいになりますよ」

ポッキは診療室に戻った。椅子に座っているコリーがポッキに向かって挨拶した。

「こんばんは」

「ああ、うん……」

ジュースを姉妹に渡しながら、コリーを横目で盗み見た。これまでポッキが見てきた騎手とはどこか違っていたが、どこがどう違うのかを見極める観察眼は持ち合わせていなかった。コリーはポッキの動線を追って頭を動かした。

「トゥデイを診察している獣医さんですよね？」

「……よく覚えてるのね」

「覚えてるんじゃなく、保存してるんです。データは削除しない限り消えません」

「削除しなかったことにお礼を言うべきなのかな」

ポッキはひとりごとのようにつぶやき、ウネを見た。こんな遅くにコリーを連れて訪ねてきた理由を、そろそろ聞きたかった。ウネはいきなり本題に入った。

「トゥデイを助けてください」

ちょっと間を置いてから、「どうやって？」とポッキが訊いた。不可能だと言いかけて、いったんこらえたのだった。

「旧盆明けの、二週間後にあるレースに出場するんです」

「それはつらいんじゃないかしら。トゥデイにとっても」

ポッキは冷静に答えた。ウネが誰よりも切実な思いでいるだろうことはわかっていたが、不可能を可能にすることはできない。

ポッキはウネに、それらしい慰めの言葉をかけようとした。トゥデイはいまでもじゅうぶん幸せだと。常套手段だが、悲嘆に暮れてもがいている子どもを慰めるには、大人として正しい態度だと思った。トゥデイの小さな馬房に世界を吹きこんでやったのはウネだったではないか。トゥデイもきっとわかっていたはずだ。ウネが話して聞かせる世界の話を、ウネが伝えてくれた愛情の温度を。

「出場どうこうの問題じゃなく、トゥデイはもう前のようには走れないの。ウネちゃん、それは無理よ。トゥデイはいまでもじゅうぶんあなたの気持ちを……」

「前と同じように走れなくてもいいんです」

ウネは決然とした表情でポッキの言葉をさえぎった。意味深だった。なにかたくらんでいるに違いない。

「出場さえできればいいんです。そうすれば二週間、時間稼ぎができるでしょう？　出場が決まった馬を追い出すことはないはずだもの。ひとまずわたしたちを信じてくれませんか？　先生だって、二日は短いと思うでしょう？　本当に、あまりにも短いと思いませんか」

出場権さえ得ればそれまではトゥデイを生かしておける。ポッキはウネの目的が、ひとえに二日を二週に延ばすことにあるのだと気づいた。たった二週間にどんな意味があるのかまではわからなかったが。

トゥデイを出場させるには、獣医と競馬場の総括マネージャーの承認が必要だった。総括マネージャーの承認はさておき、この姉妹とヒューマノイドはまず獣医を説得しに来たというわけだ。無理な頼み事ではない。トゥデイがもう二週間馬房に居座ったからといって、競馬場のスケジュールに大きな影響はない。つまり問題は、どうやって彼の承認を得るかだが……。ポッキはちょっと悩んでから答えた。

「いいわ」

トゥデイをもう少し長生きさせることについては、長く悩む必要もなかった。しかし、ポッキがこうして承諾したからといって、事はそう簡単に解決しない。なにより、総括マネージャーの承認も必要なのだ。

「でもそのあとは？　いくらわたしが頼んでも、マネージャーはうんと言わないと思うけど」

「それなら手は考えてありますから、いまはそこまで気になさらなくて大丈夫です」

強い確信に満ちたウネの顔を見ていると、ポッキはすなおにうなずくしかなかった。自分にもできないことを、どういうわけでウネはできると言ってのけるのだろう。

ポッキは自分を見ている姉妹と一台のヒューマノイドを見つめ、もう一度言い含めるように言った。

「でもねウネちゃん、もう一度言うけど、トゥデイが以前のように走るのは本当に無理よ。それはトゥデイにとってつらいことだから。せいぜい、ゆっくり走ることしかできないわ」

「大丈夫。心配しないでください。トゥデイを苦しい目には遭わせませんから」

そこまで話し合うと、コリーの存在理由は訊かずともわかった。呼吸の合う相手がいいに決まっている。ポッキはコリーを見つめた。レースの途中で落馬したと聞いていたから、本来ならこんなにピンピンしているはずがない。競馬場側が壊れた騎手を直すはずもなく、個人に修理を任せたとしても私設のセンターは値が張るはずだ。誰が騎手を直したのだろう……。

「妹が直したんです」

ウネが口を開いた。

「妹さんが？」

ポッキはびっくりしてとっさに訊き返した。ヨンジェが「なんでそんなこと」とウネに向かってぼやいたことからも、その言葉は嘘ではないようだ。それでも、内心では誰かに手伝ってもらったに違いないと疑ったが、それさえも見抜いたようにウネが重ねて言った。

「材料をそろえて、最初から最後までひとりで直したんです」

下半身が粉々になっていた痕跡はどこにもなく、新しい部品に取り替えた脚は、むしろ以前よりも丈夫そうだった。ポッキはコリーを指しながら訊いた。自分の知る限り、ヒューマノイドは簡単に売り買いできるものではなかった。

「それって、タダでもらったの？」

「コリーです」

ポッキの言葉に、コリーがただちに言い返した。

「あ、ごめん」

ポッキは謝りながらも、なんでわたしがヒューマノイドに？　と思った。この間ずっと黙っていたヨンジェが口を開いた。

「いえ、買ったんです。全財産をはたいて」

「どういうわけで？」

「……ちょっと変わった子なんで」

ポッキは、ロボットは売り買いできないのではないのかと訊こうとしてやめた。それはいま、さして重要なことではなさそうだ。ウネは、承認をもらいに改めて出なおすからと言って席を立った。先に姉妹が出てゆき、コリーが一定の間隔で脚を動かした。ドアの前でコリーが振り返ったとき、ポッキは体を走った緊張感に思わずつばを飲んだ。本能はどうしようもない。人間は長いあいだ、金属でできた個体を恐れてきたのだから。コリーはポッキに言った。

「ぼくは長いあいだトゥデイと息を合わせてきました。ぼくは息をしませんが、慣用的な意味で。わかりますか？」

「ええ、もちろん」

「ぼくはトゥデイが幸せな瞬間を知っています。トゥデイが幸せになれるようご協力いただきありがとうございます。これだけは言っておきたくて」

いったいこの金属の塊は、なぜ自分に感謝を伝えるのだろう。ポッキはある種のはかりしれなさと戸惑いを感じながら、まるで焼酎を一本空けたときのようなぼんやりした頭でうなずいた。ヨンジェの言ったとおりだ。このヒューマノイドは変わっている。コリーがリヤカーに戻り、体をこごめると、ヨンジェが毛布の端を折りこんで冷たい風からベビーカーを守るように、リヤカーの隅々までシーツで丁寧に覆った。ポッキは、気をつけて、と何度もくり返した。もう遅いから夜道に気をつけろという意味と、そのヒューマノイドが見つからないように気をつけろという意味で。姉妹はいとまを告げて帰っていった。リヤカーを引っ張るヨンジェと、その横で車椅子をこぐウネの後ろ姿は、戦《いくさ》に向かう戦士のようでもあった。

その姿がかすむまで見送ると、秋風に白衣の襟元をかき合わせながら踵《きびす》を返した。本当なら、朝からの疲労もあったため、早めに帰宅してバスタブにでも浸かろうと思っていた。だが、すでに退勤時間はとっくの昔に過ぎており、自分もゆっくり休んではいられない気がした。専門書籍と最新の論文を読んでみよう。きっと、トゥデイを少しでも好転させられる方法がどこかにあるはずだ。たとえ二週間しか延ばすことのできない命だとしても。回復とはいかなくても、せめて苦痛をなくす方法だけでも。

「ポッキ先生?」

ドアを閉めていたポッキは、つと止まって振り返った。耳慣れた声だった。

「あら、こんばんは」

グレーのパーカーに黒のトレーニングパンツを穿き、黒いクロスバッグを肩にかけた、仕事上がりのミンジュだった。見飽きた顔だろうに、外で鉢合わせたのを奇遇に感じたのか、普段はそっけないミンジュの声が華やいだ。

「いまお帰りですか」

ポッキがうなずく。

「そちらも?」

「ええ、はい。いま帰りです」

ポッキは、気をつけてという挨拶もそこそこに背を向けたが、その瞬間、いましがた自分を訪ねてきた姉妹を思い出した。ミンジュも知っているのだろうか。あの子たちと騎手が一緒にいることを。ひょっとして、あの子たちに騎手を引き渡したのはミンジュなのだろうか。

ポッキは振り返ってミンジュを呼んだ。ミンジュが振り向いた。

「かまわなければ、ちょっと話さない?」

さいわいミンジュはうなずいた。多少面食らった表情だったが。

ポッキが着替えて後片づけを終えるまで、ミンジュは大人しく待合室のソファに座っていた。病院の内部はこざっぱりしていた。片側にはえさやおやつ、衣類その他の販売コーナーがあり、別の側には動物たちの入院室がある。透明なケージの中に、点滴を打っている子や包帯を巻いた子たちがいる。普段着に着替えたポッキは病院を出る前に、入院中の動物たちの状態をもう一度確認した。頭と顎を撫でてやり、また明日ね、ぐっすり寝るのよと声をかけた。ミンジュはそんなポッキを見つめていたが、ポッキが顔を上げるとあたふたと視線をそらした。ポッキがミンジュのほうへ歩み寄って尋ねた。

「カフェにする?　それともビールでも?」

「仕事上がりなんで、やっぱりカフェインよりアルコールじゃありませんか?」

「オーケー、すぐそこのビヤホールにしましょ」

近くにある行きつけの店にミンジュを誘った。

ポッキが獣医になろうと決めた理由のひとつは成績、もうひとつは、同じ命を救うなら人間より動物を救いたかったからだ。それほど動物を愛していたのかと訊かれれば、そういうわけでもない。ポッキはこれまでただの一度も伴侶動物《ペット》を飼ったことはなく、高校時代にボランティアの課題のため、友人四人と動物保護センターで三十時間働いたのがすべてだ。しかし振り返ってみれば、登下校時に野良猫のえさと水をちょいちょいやったり、迷子犬を探すチラシを携帯で撮ってクラスのトークルームで共有したりもした。訂正が必要だった。関心がないからペットを飼わなかったのではなく、怖かったからだと。生けるものの命を丸ごと背負う勇気がなく、命のともしびの消えた動物をいつまでも忘れられないことも怖かった。ポッキは自分がひどい臆病者だということを、獣医になってから認めた。ここにやって来る飼い主たちを見ながら、おのずとそう悟った。ひとつの命を、しかと受け止める者の姿勢。それはすばらしく、尊いもので、自分にはとうていできそうになかった。

ビールジョッキをいじりながら、ポッキはどう切り出そうかと悩んだ。だがけっきょく、時間をかけて悩んだわりにはあっさりと、単刀直入に訊いた。

「ひょっとしてあなた、ヒューマノイドをあの子たちにあげた？」

どう考えても、ヨンジェに騎手を譲ったのはミンジュだとしか思えなかった。ミンジュもまた、そんなことをする競馬場の職員は自分しかいないと認めているのか、少しも否定することなくうなずいた。

「そういうのって、違法じゃないの？」

通報するという脅迫ではなかった。ただ、ミンジュがあまりにすなおにうなずいたので、ポッキは自分の常識が誤っているのではないかと思い、確認がてら訊いたのだった。

「確かにそうだけど、中古取引ぐらいに受け止めてもいいんじゃないかな」

「危険じゃないの？」

その問いに、ミンジュが噴き出した。ポッキは眉をしかめた。ミンジュは慌てて、ばかにしたわけじゃないと謝った。

「騎手は乗馬用に作られているから、危険はありません。機能を変えるにはソフトウェアのチップを丸ごと入れ替える必要があります。そうなると当然、刑務所行きですが……」

「とにかく、危険じゃないならひと安心だわ」

ポッキはすねたように言った。

「じゃあ、あの子たちがいまなにをやらかそうとしてるのかも……？」

自分の言わんとするところを理解できないのではと思い、ポッキは言葉を濁した。しかしさいわいにも、あの一味（この表現がぴったりだと思われた）はポッキのもとを訪れるより先にミンジュに接触していた。ミンジュは彼らの次のターゲットがポッキであることも知っていたと言い、なんの動揺もなくうなずいた。

ミンジュにしても、止めなかったわけではない。「マネージャーを相手に取引するだって？」自分の耳が信じられず、何度も訊き返した。ミンジュからすればとんでもない計画だったが、彼らはためらうことなくうなずきながら、自分たちの計画をじっくりと説明した。聞いてみると、ただならぬ計画だということに気づいた。一歩間違えば、自分が職を失う可能性もある。ミンジュはこれを応援すべきか止めるべきか迷ったが、もはや自分の手には負えそうになかった。彼らがミンジュにこの計画を話したのは、一種の通告だった。もうすぐ起こる出来事を知っておけという意味の。彼らの計画は緻密で、ミンジュが飯の種を守るにはその取引が成功する必要があった。

「あの子たちのいとこに記者がいるそうですね」

ミンジュが言った。ポッキはソジンを思い出しながらうなずいた。

「そのいとこがマネージャーの弱みを握ってるから、それをダシに取引するそうです」

「取引？」

「記事を公表しない代わりにトゥデイの出場権をもらうってことで。詳しいことはぼくにもわかりません。ぼくの飯の種がかかってるとだけ、事前に教えてくれたんです」

それ以上のことは自分にもわからないと、ミンジュは話に区切りをつけた。

それ以上わからないという人間を問い詰めるわけにもいかず、ポッキもそこで話を切り上げるしかなかった。いま重要なのは、対策があるということだった。それならポッキもトゥデイのために、もう少しなにかしてあげられるかもしれない。

話はポッキが思っていたよりも早く終わったが、ビールはまだ半分も残っている。そろそろ腰を上げようかとも思ったが、帰宅中の人間をひっつかまえておいて、用件を聞いたとたんハイさよならというのも気が引けた。ポッキはミンジュの様子をうかがった。疲れていそうなら、もう帰ろうと切り出せばいい。だがミンジュはさっきのビールをたちまち飲み干し、メニューを見ながらポッキに断った。

「久しぶりなもんで……。お疲れなら先にどうぞ。ぼくはもう一杯だけ飲んで帰ります」

ポッキはしばし悩んだ。内心では、疲れていたのでそろそろ帰ると言いたかった。だが、この状況で先に席を立つほどの図々しさはポッキになかった。ビールも半分残っていることだ、これだけ飲んで帰ろうと思い、もう少しだけと答えた。

ミンジュが生ビールをもう一杯頼み、ふたりのあいだには静寂が流れた。平日の夜ということもあり、ポッキとミンジュのテーブルを除くと、あと二席ほどしか埋まっていない。客の声よりテレビのボリュームのほうが大きかった。ふたりとも黙ってテレビ画面を見つめていた。気まずさに耐えかねて口を開いたのはポッキのほうだった。

「うちの科でよく言う冗談に、獣医になろうと思ったら、これからは機械科に行かなきゃならないってのがあるの」

さほど人の興味を引きそうな話題ではなかったが、さいわいミンジュは、ポッキが会話を続けられるだけの反応を返した。

「機械科ですか？」

「ええ。テッド・チャンの小説に、ソフトウェアがペットの代わりになる話があるの。タイトルは……たしか「ソフトウェア・オブジェクトのライフサイクル」だったと思う。そこに登場するＡＩは、生物の進化を学習した遺伝的アルゴリズムを備えている。発達できるのよ。発展でもあるわね。病気にもならないし、死にもしない。ときどき故障することはあっても」

ポッキはもう少しあらすじを話したかったが、お酒のせいか、読んで久しいせいか、うまく思い出せなかった。

「とにかく、ずいぶん前に発表された小説なんだけど、ああ、これは遠くない未来だって思ったわ。当時は工業用ヒューマノイドが普及したばかりで、ＡＩプログラムがサイバー犯罪をごぼう抜きにしたって話や、ひとつの細胞から完全な臓器をつくり出したというニュースを聞いていたから」

「それが事実ならちょっと悲しいですね」

じっと聞き入っていたミンジュが言った。口先だけの言葉ではなかったのか、ミンジュの顔にさっと陰が差した。

ポッキはビールを数口飲んでから、ぽつりと言った。

「いつか、救いたくても救えないときが来そうで怖いわ」

意味をつかみかねたのか、ミンジュは黙って続きを待った。

「もちろんすぐにというわけじゃないけど、遠い未来、動物はこの惑星を捨てるかもしれない。ここではもう生きられないと判断した動物の遺伝子が、みずから死を選択するのよ。一度も陽射しを浴びることなく、狭い檻に閉じこめられて搾取されることのくり返しなら、いつか遺伝子は、生存の手段として死を選ぶかもしれない」

ポッキは自嘲するように笑った。テクノロジーの発達と動物の絶滅は同じ速度で進んでいる。人々がもう少しだけ、毎日のようにニュースで見る新しいテクノロジーと今後迎える未来への関心と同じぐらい、虐待され地上から消えていく動物に関心を持ってくれたら。暗い会話になるのが嫌で、ポッキは立て続けに言った。

「それでも、わたしたちが不幸な未来を想像するからこそ、その不幸を避けることもできるんだって信じたい。わたしたちが考える未来はいつだって、想像よりましなはずだもの。たとえば、動物が消えてＡＩを飼う時代が来ると同時に、動物と心を通わすことのできるＡＩが生まれて、人間だけじゃカバーできない部分を補ってくれるはずよ。動物たちの栄養状態を毎日チェックして、必要な栄養素を教えてくれたり」

「それも悪くないけど、獣医の仕事を奪われちゃ大変ですね。先生も気をつけてください」

ふたりはヒューマノイドに望む追加機能をひとつずつ挙げながら飲んだ。ビールをおかわりするまでもなさそうなぐらいに会話がひと段落ついたころ、ポッキがひと口飲んでから、胸の奥にあった悲痛な声を吐き出した。

「でも、やっぱり少し怖いな。動物が痛がらないように殺せる獣医になりそうで」

この恐怖は消えないだろう。仕事を辞めるまでつきまとうことだろう。あるいは、引退したのちも長らく自分を苦しめるかもしれない。人が面倒を見きれないからという理由で命を奪われた子たちを胸に抱いたまま、いつかこのすべての罪をつぐなうときが来るのだろうと想像した。だが、ミンジュが投げた慰めの言葉が、現在よりもう少しましな未来を期待させてくれた。

「さっき言ってたじゃないですか。不幸な想像が不幸な未来を避けることにつながるって。それなら先生は、動物を救う医者になるんじゃないですか」

飲み代はポッキが払った。慌てて財布を取り出すミンジュを外へ追い出し、素早く支払いを済ませた。

店の前で、ふたりは向き合った。ポッキが手を振りながら言った。

「トゥデイを救う方法を一緒に考えてくれない？　わたしが手伝えればいいんだけど、あの子たちがやろうとしてることはまったくの畑違いだから……。とにかく、手伝ってくれると助かるわ」

ポッキはそのときまで、彼らがなにをたくらんでいるのか予想できていなかった。数日後に出なおしてきたウネから、総括マネージャーがトゥデイのレース出場を許可する書類にサインしたことを知らされた。どうやってサインをもらったのかという質問に、ウネはフフ、と笑いながら、ひと芝居打ったのだとだけ答えた。

二日から二週間に命が延びたトゥデイのために、ポッキは二日に一度、栄養剤を手に競馬場に立ち寄り、木曜日には学会に出て、動物に対するナノボット内視鏡技術の導入を改めて訴えた。腹立たしさがつのり、なにも減るもんじゃなし、優れた技術ならもったいぶらずに動物と共有すればいいじゃないかと、思わず声を荒らげてしまった。叱られはしたが、その甲斐あってか、検討してみるという返答を聞けた。そしてその夜、ソジンに会った。

ソジンの口から総括マネージャーのサインをもらうまでの過程を聞き、ポッキはがくりと肩を落とした。

「ソジンさん、大丈夫?」

言葉が口をついて出ていた。ソジンは苦笑いしながらうなずいた。

「仕方ありません。スクープはまたつかめばいいし……。なにより言うことを聞かなければ、ぼくを、動物虐待を幇助した人間呼ばわりしようと言うんですから」

ありがたいと言うべきか、それにしたって例の情報をそんなふうに使うのはばからしいと言うべきか。ポッキはどっちつかずの表情でソジンを見つめ、あきれたように笑った。あの子たちとトゥデイが、再び走る練習をしているという知らせもソジンから聞いた。練習は夕方と週末、旧盆の連休にも続けられたと言う。ウネにも言い聞かせたが、ポッキはソジンにも念押しした。

「心配だから言っておくんだけど、一度でも以前のような走り方をしたら、立ってるのもつらいほどの状態になるわ。トゥデイを大切に思ってる子たちだから心配は要らないと思うけど、いったいどうやって走らせるつもりなのかしら」

しかしソジンの口から出たのは、なんとも意外な言葉だった。

「ちょっと変わった練習をしてましたよ」

「え?」

「できるだけゆっくり走る練習です」

ウネ

「で、なにをくれって？」

ソジンはウネの言葉が理解できず、問い返した。

「ソジン兄さんがこれまで調査した資料。競馬場の出来レース」

ウネはソジンが二度と問い返せないよう、はっきりと正確に言った。居間の食卓に腕をのせていたソジンは、ホウッと息を吐いて椅子にもたれた。

「どうしてそれを？　出来レースについてのことは……」

「どうしてって。このあいだ自分の口からポッキ先生に言ってたじゃない」

あ、無理ってわけじゃ……出来レースに関する、まあそんな話です。

そう、あのとき同じテーブルにウネがいたのだ。それを覚えていたなんて。ソジンは自分の口を縫いつけてしまいたかった。

ウネから突然家に招かれたのには驚いたが、数日前に偶然出くわしたことを思えば不思議でもなかった。だから、理由も訊かずにオーケーした。おじの葬式以来、この家族との交流はほとんど途絶えていた。初めてのお呼ばれを記念して、果物とお肉を両手いっぱいに提げてやって来た。ソジンが来るとは聞いていなかったのか、屋外テーブルを拭いていたボギョンは突然現れたその人がソジンとは気づかず、ずいぶん遅れてびっくり仰天し、持っていた布巾を落とした。

ソジンはゆっくり落ち着いてこれまでのことを話したかったが、ふたりのあいだに割って入ったのはウネとヨンジェだった。今日は自分たちの招待で来たのだから、まずは自分たちと話すべきだと主張した。話が終わったらふたりの時間をあげるからといかにも気前よく言い放つと、ソジンを引っつかんで家へ連れていった。そうしていま、ソジンはこの食卓に着いていた。客なのに水一杯ふるまわれることなく、いきなり、これまでソジンが調査した出来レースの資料を渡せと脅迫されているのだった。ウネとヨンジェは脅迫ではないと言うが、ソジンにとっては脅迫でしかない。

ソジンはゆっくりと息を吐いてから言った。

「どういうわけかは知らないが、それはダメだ」

「どういうわけか知ればそう言わないと思うけど」

ヨンジェが自信満々に応じた。ソジンは腕組みをして言った。

「ほう、じゃあ聞くだけ聞いてみようか」

ソジンには、絶対に要求を呑まないという自信があった。あれがどれほど大切な資料だと思っているのか。この三カ月、競馬場の周りをうろつきながら、どこにでも痰を吐くようなギャンブラーたちにひとりひとり探りを入れてやっと入手した資料だ。優勝が確実な馬の番号を高額な金を賭ける勝負師に横流しし、金を受け取って勝負を操作したという内容がたんまり詰まっていた。来月のドキュメンタリー特集のネタなのだから、たとえ宇宙人が現れて渡せと言われても、ソジンはそうするぐらいなら舌を噛むほうがましだと思っただろう。

ヨンジェが、コリー、と誰かを呼んだ。ソジンは腹を据えたように腕を組み、誰でもかかってこいという姿勢で待ち受けた。誰かが二階から階段を下りてくる音がした。ソジンは自分の揺ぎない姿勢を示すために、そちらを振り向かなかった。トン、プシュー、トン、プシュー……人間のものにしてはなんとも風変わりな足音が近づいてきたかと思うと、ソジンのそばに立った。ソジンが振り向いた。明るく光る二つの穴がそこにあった。

「こんばんは。ぼくはコリー。トゥデイと息を合わせていた騎手です。トゥデイを救ってくれるという方ですよね？」

コリーは嬉しさと感謝の意味で手を差し出した。ソジンは自分の前に立っている騎手を呆然と眺めた。コリーが説明を添えた。

「トゥデイを救えるかもしれない、最後の鍵を握る方だと聞きました」

「……」

「本当に感謝します。あなたはヒーローです」

「ヒーローじゃなくて、恩人」

ヨンジェがコリーの言葉を訂正した。コリーはソジンのほうへ手を差し出したまま、ヨンジェを振り返った。

「でも、昨日あなたたちが見ていた映画では、命を救ってくれた人をヒーローと呼んでましたよ」

「そりゃそうだけど、ソジン兄さんがヒーローってのはちょっと……」

ヨンジェが言葉を濁した。ソジンは相変わらず、彼らの会話をパニックの中で聞いていた。パニック状態から救ってくれたのはウネだった。

「ソジン兄さんの資料をダシに、競馬場の総括マネージャーを脅迫するつもりなの。わたしたちの望みは、トゥデイという馬がもう一度レースに出られる出場権を得ること。出場権と引き換えにその資料を削除するって持ちかけるのよ。だからって、ソジン兄さんが調査した内容がすべてムダになるわけじゃないわ。尻尾をつかまれてるんだから、今後はやめるわよ」

「ちょ、ちょっと待った」

ソジンが慌てて訊いた。

「出場権を得たからってなんの得になるんだ?」

「トゥデイの命が、二日から十四日になる」

ソジンは頭痛がしてきた。彼らの要求はあまりにシンプルで、わかりやすく、はっきりしていた。トゥデイの命だ。それも、わずかに延長されるだけの。だが、短い命を少しばかり延長できたとして、トゥデイが喜ぶのだろうか。けっきょくは死んでしまうのに……。ソジンには言いたいことが山ほどあった。この調査がどれほど大変だったか、どれほど恥をかき捨てたかわかっているのかと。取材に応じようとしないおじさんたちをなだめすかし、ご機嫌をとっていたときの気持ちを思うと涙が出そうだった。できるものならきっぱり断りたかったが、自分の顔を穴の開くほど見つめている彼らの眼差しがソジンの口をふさいだ。断るにしても、もっと強力な理由が必要だった。自分の行く手をはばむかのように立っているコリーをもう一度見つめてから、ソジンはそろそろと席を立った。逃げるとでも思ったのか、ヨンジェが目をむいた。

「ちょっと、裏庭でたばこを吸ってきてもいいか?」

こうしてソジンの禁煙は、またもや三日坊主に終わった。

競馬場の出来レースは、単純に詐欺という悪事だけには留まらない。生きた命が競技に出るのだから、仕組んだ結果に合わせるには、その命に虐待が加えられることになる。レース当日にまともに走れないよう、人間の騎手を買収して食事を抜くという具合に。それは、騎手がヒューマノイドに替わってからも同じだった。むしろ、裏でヒューマノイド騎手の体重を増やすなど、いっそうあくどい手を使うようになった。ソジンが出来レースの実態を調査しはじめたのには、後者の理由が大きかった。馬が人間の娯楽のために虐待される姿を、これ以上黙って見ていられなかったのだ。ソジンは手のひらで顔を覆った。そう、突然の招待を受けたときに気づくべきだったのだ。

たばこが短くなってきたころ、ヨンジェが出てきた。ソジンは人の気配に振り向き、それがヨンジェだとわかるとそそくさとたばこをもみ消した。吸い殻を捨てられそうな所が見当たらず、仕方なくポケットに入れた。いま戻ろうとしていたところだというソジンの言葉を聞いても、ヨンジェは準備してきた言葉を呑みこもうとはしなかった。

「姉さんは一日も欠かさず競馬場へ出掛けていくの。トゥデイって馬に会いに」

「ん？　ああ……そうか」

「昔から、トゥデイが走る姿を見るのが大好きでね。詳しいことはわたしにもわからないけど、姉さんにとってはそれが慰めだったみたい。あるいは、とてもシンプルな幸せだったか」

ヨンジェが話せば話すほど、ソジンのため息は深くなった。

「それなのに、ひどすぎるじゃない。走れないから殺すだなんて」

「……ヨンジェ」

ヨンジェはとどめを刺すように、ソジンの言葉を切って続けた。

「大人のくせに、これぐらい聞いてくれたっていいじゃない。馬を助けてほしいの。けち臭いこと言わないでよ」

……けち臭い。そうだ、命を前にしてなにをけち臭いことを言っているのだ。ソジンは呻きながらその場にへたりこんだ。

「でも、二日の命が十四日に延びたからってなにか変わるか？　運命を変えるチャンスが訪れるのか……？」

ソジンがいじましい声で訊いた。取材資料を奪われたくないという最後のあがきだった。だが、ヨンジェの声は決然としていた。

「当然よ。生きてくってことは、そういうチャンスにめぐり合うってことでしょ。生きてて初めてなにかを変えることができるんじゃない」

ソジンはけっきょく、台所のテーブルに戻ってコリーの手を握った。部長にはこっぴどく絞られるに違いないが、最後にはソジンの判断を理解してくれるだろう。記者とはなにかを救ってなんぼの職業だと言っていた人なのだから。

コリーはソジンの手を握ったまま言った。

「あなたの決心のおかげでトゥデイは幸せになれます。そして、トゥデイが幸せだと感じたら、ぼくも幸せだと感じるんです」

それにしても変わった騎手だった。

ソジンの次は、ミンジュの番だった。冷静に見れば、ウネたちがあえてミンジュに会う必要はなかった。ミンジュが反対したとしても、この件を中止するつもりはなかったからだ。ミンジュに会って、これから自分たちがやろうとしていることを前もって伝えておくのは、これまでに築いた情があるからだ。

ウネとヨンジェの計画を、ミンジュはぽかんと口を開けたまま聞いていた。

「幇助罪《ほうじょ》にあたっちゃうけど、仕方ないわよね。有無を言わさず従わせるのが社会のシステムなんだし。だからって罪がないわけじゃないってことは知ってるわよね?」

ミンジュは手に持っていた、排泄物用のちりとりを下ろした。

「おれ、クビになるの?」

ウネがじれったそうに首を振った。やれやれ、ここまでなにを聞いていたのやら。

「内部告発したわけじゃないでしょ。クビになんかならないわよ」

「……そうか、そうだよな」

ミンジュもそうして、協力者となった。ウネはついでに言った。勝負の操作に関して尻尾をつかまれているのだから、今後は総括マネージャーも下手なまねはできないはずで、もしもまた同じようなことがあればあなたが止めるべきだと。弱者が泣き寝入りするのは事実について誰も知らないときのことで、皆の知るところとなった以上、けっして屈してはならないという耳の痛い話も添えた。

ソジン、ミンジュ、そしてポッキまで、ウネとヨンジェはクエストをクリアしていくように話をつけていった。ふたりはお互いを優れたパートナーだと思ったが、どちらもそれを口にはしなかった。

「ぼくたちはとてもいいチームのようです」

ただひとり、コリーだけがその事実を口にした。

決戦の日にはソジンとジスも加わった。ソジンはウネに頼まれて合流し、ジスはふとしたきっかけでこの計画を知ると、自分から進んで合流した。先頭に立ったのはウネとソジンだった。ソジンの手には、これまでの調査資料がどっさり抱えられていた。小さなオフィスに四人で押しかけても気が散るばかりだからと、ヨンジェとジスは建物の前で待機することに決まった。

ウネは先陣を切って廊下を進むと、マネージャー室のドアを叩いた。ソジンが緊張を静めるように深呼吸した。中から応答があった。

椅子にほとんど寝そべるようにして携帯に見入っていたマネージャーは、突然現れたウネを見て腰を上げた。

「ど、どちら様？　なにか……？」

若い女の子の訪問に戸惑っている様子だ。ウネはデスクの真ん前まで進み、かばんから準備してきた承認書を出して机の上に置いた。マネージャーはちらと横目で見てから、文字がよく見えないのか、ぐっと目をこらして読みはじめた。

「獣医師から、トゥデイがもう一度レースに出られるという確認をもらいました。ここにサインさえしてくれれば、もう一度レースに出られます」

訪問の目的がわかると、マネージャーは一気に肩の力を抜き、もうなにも聞くことはないというように手を振った。出ていけという合図だとわかっていたが、ウネは動かなかった。マネージャーは再び携帯を手に取りながら、微動だにしないウネに気づくと、苛立ちをおびた声で言った。

「くだらん。出てってくれ」

ウネは負けじと、書類をマネージャーのほうへ押しやった。

「走れるのに走れなくするのはどうかと思います」

問答無用で罵倒してやろうと構えていたマネージャーは、ふと相手が若い女の子であることを思い出したのか、怒りをこらえながら、いかにも親切な大人を装った笑顔を見せた。糸切り歯は古臭い金歯だ。

「いいかいお譲ちゃん、競馬は大人のやるもんだ。走れるからって誰でも走ってかまわないんなら、それは競馬場じゃなく遊園地だ。馬はほかにいくらでもいるんだよ。それに、あいつは病気だ。そんな馬が走れるわけないだろう。わかったかい、え？」

マネージャーは書類を突き返し、ウネの顔を見ながらあきれたように笑った。どうやら、何時間ねばっても結果は変わりそうになかった。マネージャーからすれば、〝かろうじて〟走れるトゥデイよりも、足取りの軽い若くて速い馬が出場するほうが妥当と考えるのは当然だろう。ウネにももちろんわかっていた。だから準備してきたのだ。その妥当性を放棄してまで承認するしかない理由を。

マネージャーの視線はここで、ウネの一歩後ろに立っているソジンへ移った。誰だか知らないが、とっととこの子を連れて出ていけという無言の圧迫だった。しかしソジンは、すかさず胸ポケットから名刺を出して机に置いた。マネージャーがちらと名刺を見やった。Mテレビ局時事企画部記者。ただならぬ字面に、マネージャーは名刺を手に取ってソジンを振り返った。どういったご用件で、というやや改まった眼差し。ソジンは持ってきた資料を机に置いた。どさり、という重々しい音とともに机が揺れた。マネージャーが椅子から背を離した。

「この三カ月間で集めた資料です」

「どういう……」

「あなたがこれまで、大金を賭ける勝負師から金を受け取って勝負を操作していたという証拠です。ここにある内容は、来月の特集で放送される予定です」

マネージャーがソジンとウネを見比べた。出来レースは事実だったため、こんなことをしても無駄だと言えるはずもない。マスコミに騒がれでもすれば、自分の立場が危うくなるのだ。そればかりか、しばらくは動物保護団体の叫ぶスローガンに頭を悩まされることだろう。

「なんなんだおまえら？　いきなりやってきてどういうつもりだ？　おれを脅迫してるのか？」

マネージャーの声が高くなった。こういうときほど冷静さを失ってはならない。ウネは手短に、核心だけを述べた。

「トゥデイの出場を認めてくれさえすれば、マスコミ報道は防げます。悪くない取引じゃありませんか？　たった一頭、馬を走らせるだけでいいんですから」

「なんだってんだ？　あの馬のなにがそんなに大事だってんだ？」

本当に理解できない様子だった。そんなマネージャーにとって、レースに出場できなければトゥデイが二日後に死んでしまうことなど、どうでもいいことに違いないはずだった。よけいなことを口走って、無神経なマネージャーの言葉に傷つきたくなかった。

「そんなこと、いまはどうでもいいでしょう？　どうしますか？　ええと、出来レースの刑罰はどのくらい重いんでしたっけ。いや、それ以前に、何度となく法廷に引っ張り出されることになるでしょうけど、体力に自信はおありですか？」

マネージャーはそれ以上悩む必要もないというように書類にサインをし、急いでソジンの持ってきた資料をかき集めた。ウネはそんなマネージャーをよそに、目的を果たした喜びににんまりと笑いながら、書類をかばんにしまった。

オフィスを出る間際、ウネはマネージャーに最後の忠告をした。

「悪さをすれば、かならず誰かがそれを見ています。今日わたしたちが来たことは、おじさんにとって最初で最後のラッキーだと思ってください。もう悪いことはしないでくださいね」

ボギョン

旧盆を明日に控えてひとしきり雨が降ると、分厚いセーターを重ね着したいぐらい肌寒くなった。鼻の奥が乾き、改めて季節を感じた。なにより、目覚めたときに感じた喉のイガイガと頭がぼうっとする感じに、季節の変わり目にやってくる風邪の気配を感じた。いつもならアラームが鳴ると同時に体を起こすが、今日は体が思うように動いてくれない。ボギョンは布団の中で丸くなった。体はこのうえなく休みたがっていたが、頭ではそろそろ分厚い綿《わた》布団を出さねばと考え、店を開ける前に布団を出してはたこうと決めていた。連休に入って、夜の団体予約は日に一組きりだった。昨日までは普段より少ない予約にため息が出ていたが、いまの体の調子からすると、かえってよかったと思えた。だが、体はそれさえも拒むように悲鳴を上げている。

ボギョンはがばっと起き上がった。体の欲求に従っていてはいつまでも起きられないと思ったからだ。こうなるとわかっていれば、得意客にロボット掃除機のセールの話を持ちかけられたとき、騙されたと思って買っておけばよかった。いまどきロボット掃除機のない家がどこにあるのかとけなされたときも、人間の手には及ばないだろうとごまかしたのだが、本当はたんに気が乗らなかったのだ。後れを取れば、けっきょく淘汰されるのは自分だった。

ボギョンは重たい足取りで居間に出て、テレビを付けた。旧盆連休の始まりを告げるかのように、朝番組の司会者たちは韓国の伝統衣装である韓服《ハンボク》をまとっている。今年は帰省ラッシュによる移動が去年より二割ほど減少しているという。平均速度を保っている高速道路が見えた。ボギョンはコップにお湯を注ぎ、ソファに座った。ニュース速報では、乾燥した天気に備えて、連休に多発する山火事や家庭でのガス火災に注意するようにというテロップが流れた。ボギョンは長いあくびをすると、目元に浮かんだ涙をそでで拭った。

玄関のインターホンが鳴った。朝九時。こんな時間に誰だろう。それも連休の初日に。ボギョンが重い体を起こすよりも早く、二階からヨンジェが駆け下りてきた。当然寝ているものと思っていたのに、すでに洗顔も済ませたようだ。ボギョンが誰かと尋ねる前に、ヨンジェが勢いよく玄関を開けた。手にナシと韓牛《ハヌ》の箱を持ったジスだった。

「なにそれ?」

ヨンジェが訊いた。

「なにって、旧盆の贈り物でしょ。おばさん、おはようございます。これどうぞ」

ジスがボギョンに向かって笑いかけながら、手に持っていた箱を渡した。ボギョンはまだ寝起きの顔で、おたおたとそれを受け取った。やっと気がついたように、朝食は食べたのかと訊くと、ジスは食べたと答え、ヨンジェはすぐに出掛けるのだと言った。

「果物だけでも食べていったら？　どこに行くのよ、こんな朝から」

「外で食べる」

ヨンジェが二階へ駆け上がっていった。本当にすぐに出掛けるつもりなのか、ジスも靴を脱がずに玄関に立っている。上がって果物でも食べて行くよう勧めたが、ジスは笑いながら遠慮した。ヨンジェは服を着替え、コリーと一緒に下りてきた。ちょうどそのとき、出掛ける準備を済ませたウネも部屋から出てきた。ボギョンは状況が理解できなかった。三人は競馬場へ出掛けるから、昼ごろに帰ってくるかもしれないし、もう少し遅くなるかもしれないと言い残して出ていった。もともと歩くのが遅いコリーはゆっくりと玄関へ向かいながら、ボギョンを振り返って挨拶した。

「おはようございます」

「あなたたち、朝からどこへ……」

「競馬場です。トゥデイの訓練のために」

いったいなんのために？　頭の中でハテナが増幅していく中、こちらに一歩近づいたコリーが、まったく違う話を持ち出した。

「今日はどこか違いますね。肌が荒れて、疲れて見えます。家で休んだほうがよさそうですよ。

人間は具合が悪いと、体より心のほうがつらいと聞きました」

その瞬間、わっとこみ上げてきた感情があった。ボギョンはそれを認めるのが嫌で、その感情の中身をのぞいてみようとしなかった。外からコリーを呼ぶヨンジェの声が聞こえた。コリーはぺこりとお辞儀しながら行って来ると言い、ゆったりした足取りで玄関を出ていった。娘たちも気づかないボギョンの様子に、コリーは気づいた。統計による状況判断にすぎないのだろうが、休んだほうがいいという言葉を他人の口から聞くのは実に久しぶりだった。正確にいえば他〝人〟ではないが。

誰もいなくなった玄関でいまの出来事をもう一度思い返してから、ボギョンは踵を返した。コリーの言うとおり、家で休めればどれだけいいだろう。だが、ボギョンにはやるべきことがある。時間を確かめると、急いでトイレへ向かった。顔を洗って、ごはんを食べ、掃除をしたら、店に出なければ。

コリーは思ったよりいい話し相手だった。ボギョンはコリーがどのようなシステムで会話しているのかわからなかったが、スマートフォンのチャットボットやAIと似たような原理だろうと推測するのみだった。性能をいうなら、スマートフォンには及ばなかった。スマートフォンはボギョンに必要な情報とボギョンの要求事項を最新トレンドに合わせて提供したが、コリーはアップデートされなければ情報がそこでストップしている。学習することは可能だが、習得する情報の客観性や正確度はチェックできない。だから今日の天気や最新の曲、交通情報などは提供できないのだ。

だが、コリーはうなずくことができたし、自分が知らない情報ならそれはなにかと尋ねた。対話だった。コリーに共感する能力はなかったが、共感するかのごとく動く設計になっていた。どのみち、人間であってもまともにできないのが共感だ。ボギョンはコリーをそばに座らせてみて初めて、自分が本当に必要としていたのは、聞いてくれる耳とうなずいてくれる頭だったのだと悟った。死ぬまでボギョンの話に耳を傾けてくれると約束した人の空席を、思わぬものが埋めてくれた。

「コリーでしょ。コ、リー。コール・ミーと似てませんか？　いつでも呼んでください。コール・ミー」

「そんなのどこで教わったの？」

「面白いですか？」

「ううん、大して。聞いていられないことはないけど」

消防士はヒーローですから。いつでも必要なときに呼んでください。あなたの一一九番です。

誰かに聞いた冴えないせりふを思い出した。コリーのシステムを作ったのも、ひと昔前のロマンチストだったに違いない。泥の中でも輝きつづける真珠のようだと口にする、そんな時代遅れの愛を信じる人。

　ボギョンは風邪薬をビタミン剤よろしく飲み込むと、店へ向かった。風がやけに身にこたえ、腕を組んだ。乾いた咳が店に着くまでやまなかった。ボギョンは足を止めて競馬場のほうを振り返った。このところ、ウネとヨンジェはよく一緒にいる。それはあの競馬場で起こっていることのためらしかったが、それがなんであれ、悪いことでなければそれでいい。ふたりのあいだに、微妙な距離が生まれたのはいつからだろう。だがそこには、自分のせいもあるはずだった。ここへきてまたとない友愛が生まれるのを望むのは自分勝手な気がした。ボギョンは唇を噛んで悩んでいたが、やがて店を通り過ぎ、そのまま競馬場のほうへ向かった。なにをしているのかだけ確かめて戻ろう。仕事着につっかけというふうでたちだったが、かまわなかった。いくら出来の悪い母親でも、そのくらいは知っておいて悪くないはずだ。

　ボギョンは子どもたちに、かつて短編映画に出ていたことを話していなかった。もう終わった過去だという気がした。過去をほじくり出すことは、未練を捨てられないことのように感じられた。もう少し胸を張って生きられたらと思うことはあっても、消防士と出会って恋に落ち、結婚したことは後悔していない。俳優としてひたむきに挑戦していたころのボギョンとは別の強さも手に入れた。この世に命を産み落とし、責任を持って育て、家庭を守るという、経験しなければけっして威張れないことだらけだった。

だが、世間とボギョンの考えは違うようだった。結婚をして子どもを生んだというだけで、ボギョンは映画界で注目を浴びていた俳優から、どこからも声のかからない俳優へと転落した。一緒に映画を撮ったことのある監督たちは、演技をしたくなったらいつでも連絡しろとくり返し言ってくれたが、ボギョンは育児で忙しいからと連絡を避けるようになった。そう言ってくれたのは、彼らが同じ女性だったからだろう。女性同士の強い絆が切れることを案じ、ボギョンをつなぎとめようとしたのだろう。そう思うと、ボギョンはよけいに連絡できなかった。自分から絆を切らねばならないと考えた。自分より余裕もあれば情熱もある新人俳優もたくさんいるのだ。かならず自分でなければならない役でない限り、もう演技はしないと誓った。

消防士の態度は、監督たちと同じだった。

「やりたいことはなんでもやればいい」

そのたびに、ボギョンは笑いながら言い返した。

「じゃあ、あなたが代わりに妊娠して、育児をやってくれる？　三人目もほしいんでしょう？男も妊娠できるらしいわよ」

そうしようと言う消防士を止めたのはボギョンだった。いくらオープンな世の中になったとはいえ、他人の視線にどう耐えるつもりなのかと。いま思えば、消防士を連れて病院に行くべきだった。彼が三人目を産めばよかったと心から思った。彼が妊娠して育児をしていれば、あの火災に出動することなどなかったのだから。どこで歯車が狂ってしまったのだろう。世間の偏見と錆びついた考え方のために、絶望の淵から救えなかった人々がどれだけいるのだろう。少しだけ違っていたら、じゅうぶん変わりえた運命だったかもしれないのに。他人の視線がどうしたというのか。

ボギョンは夢を手放すと同時に消防士を失い、その夢は永遠に取り戻せないものになった。独立した個々の出来事かと思いきや、時が経つにつれ、すべてはつながっているのだと悟った。人生は水面に浮かぶさざ波のようだ。広く穏やかな波が絶え間なく交差しては連続し、そのエネルギーがついには大きな流れを生み出す。どうせなら今後はいい波だけが生まれますようにと、ボギョンはたびたび祈った。中でも切実だったのは、娘たちとの距離が少しでも縮まることだった。お互いに負い目があるだけに、なおさら難しかった。ウネが痛む指先だとしたら、ヨンジェは神経の傷ついた指だった。ある日ふと見ると、いつからあったのかわからない傷がいびつな形でふさがっている。かさぶたをはいで薬を塗るわけにもいかない。傷が傷痕になっていくのを見ていることしかできなかった。

ボギョンは競馬場の北口付近をうろうろしていた。入り口は開いていたが、入っていいのやらわからない。子どもたちはここから入ったのだろうかと立ち往生していたとき、地面にうっすら残っていたタイヤの跡とコリーの足跡を見つけた。監視カメラは正門を向いていたが、もしも捕まれば開いていたから入ったと言えばいい、そんな気持ちで踏みこんだ。

競馬場は思ったよりも広大な、遊園地のような場所だった。道しるべがなければ競技場を見つけることもできなかっただろう。喉はますますイガイガし、深く息をすると咳が出た。もう一枚羽織ってくるべきだったと後悔した。しばらく歩くと競技場が見えてきた。大きな外観を眺めながらまたも入り口を探したが、今度は見つからず、中をのぞき見られるフェンスに近寄った。

そこから子どもたちが見えた。一頭の馬とコリー、前に一度会ったことのある馬房の管理人もいる。ボギョンはそこに立って、風邪が体じゅうを蝕んでいくことにも気づかないままその様子を見つめていた。奇妙なレースだった。

〝速く〟ではなく、〝ゆっくり〟と叫んでいた。

そこでなにをしているのかは、ついにわからなかった。そろそろ店に戻って支度をしなければならなかったからだ。

店に戻ったボギョンは急いで料理の支度に取り掛かったが、力が出ず何度も手が滑った。手伝いのおばさんは呼んである。連休のときだけ手伝いに来てもらうのだ。普段は別の軽食屋で働いているが、そこは盆正月は休むらしい。ボギョンの店はさほど忙しくないため、連休や週末だけ働いてくれる人のほうが都合がよかった。おばさんが来るまであと二時間ほど。材料を下ごしらえし、今日の分の浅漬け《コッジョリ》キムチも漬けねばならない。だが頭に反して、体は椅子にへたりこんだ。ボギョンはテーブルにうつ伏せた。五分だけ休めばすっきりしそうだった。そう、五分だけ。ボギョンは目を閉じた。

そんなわずかな時間にも夢を見るとは不思議だった。ボギョンは消防士と一緒に暮らしていたマンションの前で、出動したきり帰らない消防士を待っていた。あれはいつのことだろう。帰りを待つあいだ、五分ごとに膨らんでいく心配と不安をもてあましていたころだ。心配と不安がとうとうボギョンの体と同じぐらいにまで膨らんだころ、消防士が帰ってきた。約束の時間より二時間遅かった。消防士は鶏二羽分のフライドチキンを手に提げていた。火災現場の後始末で帰りが遅くなったと言い訳しながら、どうにかしてボギョンの気持ちをほぐそうと努めた。顔には、落としきれていない煙の跡が黒く残っていた。ボギョンは手のひらで消防士の顔をごしごしこすり、消えないものはつばを付けて拭きながら言った。

子どもたちはもう寝てるわよ。なんだって二羽分も買ってきたの?

あちゃあ、という胸の内がみえみえだったが、消防士はすぐにそらとぼけて言った。

ひとり一羽が普通だろ。一羽はきみの、もう一羽はぼくの。

ボギョンと消防士はテーブルを挟んで座り、フライドチキンを一羽ずつ食べた。食べて食べて、もう食べ飽きたと投げ出すまで。夢でもいいから、あのときのように現れてくれればいいのに。

ボギョンは夢の中でマンションの前の道に立ち、暗い路地をじっと見つめていたが、消防士が現れそうな気配はなかった。街灯がぽつりぽつりと点るばかりの寂しい一本道の先には、誰の影も見えない。ボギョンはしゃがみこんで、じっと目を凝らした。

消防士がもういないという事実より、これからふたりの子を背負って生きていかねばならないという現実のほうが、ずしりとボギョンにのしかかってきた。悲しみを取り除くにも時間制限《ゴールデンタイム》があったのに、それを逃してしまった。体は現実の重みに押しつぶされ、悲しみは内側に留まりつづけた。それは体の中で流れることも、捨てることもできない水としていつまでも淀んでいた。生臭いにおいがした。深夜まで眠れず寝返りを打つときも、内に溜まった悲しみがたゆたいながら生臭いにおいを放った。悲しみが生臭さに変わると、のちには取り除こうにも思うようにならなかった。だから放っておくしかなかった。淀んで生臭くなるのを。最後には腐って干上がるのを待ちながら。

そのにおいは夢の中を漂いつづけた。道の周辺は水びたしだった。辺りが貯水池に変わった。魚も棲まず、深さもはかりしれない真っ暗な貯水池だ。しばらくすると、道の向こうからなにかが近づいてきた。ダルパだった。ダルパはトラのような動きでボギョンのほうへ近づいてきた。口に黒く焼け焦げた手袋をくわえて。

あなたじゃない。

ボギョンが言った。

あなたじゃなくて、あの人に来てと伝えて。

ダルパが立ち止まり、ボギョンを見つめた。ダルパの目はもともとこうだったかしら。コリーみたいな穴が開いてるようだけれど。それとも、遠すぎて見間違えているのかしら。

うんざりしない？

ダルパは答えない。

ねえ、うんざりしないのってば？

ボギョンがわめいた。

わたしはうんざり。もううんざりなの。だからもうやめましょ。

なににそれほどうんざりしているのか、その実体を考えてみたことはなかったが、ボギョンは毎度のようにうんざりした。すでにいない人なのだ。どれだけ泣きわめいても戻らない人なのだ。ボギョンは自分が消防士を諦めきれないのか、消防士がいまだ黄泉の国をさまよっているのかわからなかった。忘れたくなかったが、かといっていつまでも留まりたいとも思わなかった。ダルパはそこに手袋を置いて、来た道を戻っていった。数歩歩いては振り返ってをくり返しながら。

さよなら、気をつけてね。

ダルパがすっかり闇の中へ消えてしまったとき、目が覚めた。店のテーブルに伏せていたはずなのに、自分の部屋の天井が見える。ボギョンはびっくりして、飛びはねるように起きた。どうしてここにいるのか考える暇もないまま、あたふたと上着を羽織って出ようとすると、部屋のドアが開いた。コリーが保安官のように立っている。

「四時間眠っていました」

ならばよけいに困る。もうすぐ団体客が来る時間だ。

「どこへ行くんですか？」

コリーが訊いた。ボギョンはコリーの脇をすり抜けようとしながら、店に、と言った。

「心配要りません。ヨンジェとウネ、それからジスが手伝っていますから。さっき来た女性から競馬場に電話があって、戻ってきたんです。料理はその方がして、ヨンジェが運んでいます。うまく回っていますからなんの問題もありません」

「でも、とりあえず行ってみないと……」

ひとまずその目で確かめようと思ったが、コリーに肩をつかまれた。つかんだというより手をのせたというほうが合っているかもしれない。それほどやさしい手つきだった。

「店に来させないようにとヨンジェに命令されました」

「……」

「休んでほしいと言っていました。来たら腹が立つかもしれないとも」

「……」

「ぼくはヨンジェを怒らせたくありません」

コリーを押しのけようとしていた体から力が抜けた。もしもなにかあれば、誰よりも先にボギョンに知らせるだろう。メニューはおばさんが熟知しているのだから、料理を運ぶぐらいヨンジェに任せても無理はない。しかしそれでも湧き起こる不安はどうしようもなく、部屋でゆっくり休んでいられそうにない。ためらっているボギョンに、コリーが尋ねた。

「なにか問題が？」

……問題。問題があるだろうか。不安は仕方ないこととして、問題はないだろう。ボギョンはコリーと話すのをやめてベッドに戻った。コリーはボギョンの暗い表情をじっと見つめてから言った。

「わかりました」

コリーの言葉にボギョンが振り向いた。

「部屋にいると時間が進まないんでしょう？　ぼくにもわかります」

コリーが周囲を見まわして、ドアのすぐ脇を指した。

「かまわなければ、ここに座っていてもいいですか？　迷惑なら部屋から出ていますが」

ボギョンはすぐに答えられなかった。ヒューマノイドが怖いとか嫌いだとかいうわけではなかったが、いまだにどこか馴染めない存在だった。ボギョンの身近にあったテクノロジーは家電製品の内部に埋めこまれたＡＩがすべてで、それが表へ出て形を持ち、動くことはなかった。ヒューマノイドが普及するというニュースを聞きながら育ったものの、自分とは関わりのないことだと思っていた。自分は、テクノロジーの発展という偉大な文明に属さないものと思いながら生きてきたのだ。ボギョンは一瞬、ロボットが人間を攻撃するといったタイプの昔の映画を思い浮かべたが、すぐに頭を振った。コリーとはときどき、食卓を挟んで会話を交えたではないか。体調がすぐれないせいで神経質になっているらしい。

「……いてもいいわ。椅子を持って来て座って」

ひとりで部屋に寝ていれば、体が水に沈んでしまいそうだった。コリーは台所から食卓の椅子をひとつ持ってきて、ドアの脇に置いて座った。膝の上にきちんと手をのせて。

「目が明るすぎるわ」

ボギョンの言葉に、コリーが目の照度を下げた。部屋が暗いせいで、その目はまるで、彼方に浮かぶ惑星のようにほのかに光っている。ベッドに横たわったボギョンがコリーのほうへ向きなおった。コリーとの会話を思い出しながら、ひとつの疑問が浮かんだ。部屋にいると時間が進まないことを、コリーはどうして知っていたのだろう。気になって、ボギョンはコリーに尋ねた。正面を向いていたコリーが、ボギョンのほうへ少しだけ頭をよじった。

「ぼくに与えられていたのは、窓のないセメントの部屋でした。体をこうして——」

コリーが胸まで膝を引き上げて抱えた。

「こうして座っていられるくらいの空間です。それがすべてでした。ドアが開くまで待っていました。向かいにはほかの騎手がいたけど、そこに来て一日で、不良品として回収されていきました。ところがその騎手がいなくなってから、驚くほど時間が経つのが遅くなったんです。その部屋に入る前はトラックに何時間も乗っていたんですが、そのときは窓がありました。窓越しに、朝陽が昇る様子や、世界が色で満ちていくのを見ていたときは、一時間が一分くらいに感じられました。でも、その部屋では反対に、一分が一時間に感じられたんです」

「退屈だったでしょうね」

「いいえ。ぼくには退屈というものがわかりません。ただ、時間の流れが遅いということだけはわかりました」

コリーが脚を下ろしてまっすぐな姿勢に戻った。

「時間はそれぞれに流れ方が異なるのだという理論は、ヨンジェに聞きました。そう感じるのではなく、実際にそうなのだと。ぼくがトゥデイと一緒に走るときに感じた、時間が縮むかのような現象は実際のものなのだと。命を持つものはみんな、それぞれの時間の中に生きているようです」

「……そうね、違うわね」

「とすると、人間は一緒にいても、みんなが同じ時間を生きているわけではないんですね」

「……」

「同じ時代を生きているだけで、互いに交わらないそれぞれの時間を送っている。合ってますか？」

　ボギョンはうなずいた。風邪のせいか喉がつぶれて、うまく話せない気がした。コリーがのんびりした声で訊いた。

「あなたの時間はどんなふうに流れていますか？」

　コリーはボギョンが口をつぐんでいるあいだも、退屈そうなそぶりをすることもなければ、よそ見をしたり訊きなおしたりすることもなかった。ボギョンの時間を侵すことはできないのだと理解しているように、ひたすら待った。

　ボギョンは初めて自分の時間について考えた。ゆっくりゆっくり、思い出せる最初の記憶から丹念に振り返った。時速百キロで疾走する車に、安全装置もなしに乗っているような気がすることもあった。少しでも後れをとれば脱落してしまうレースをしているかのような。ゴールはどこなのか、完走賞品がなんなのかも知らないが、ひとたび生を受けたからには走り出すしかないレース。ボギョンはうなずいた。ボギョンの一日は一年よりも速く過ぎた。なにかしていなければ不安で、疲れ果てて気絶するようにベッドに横たわって初めて一日が過ぎたのだと思えるほど。

　だが、じっくり考え、何度も思い返した末に、ボギョンは言った。

「わたしの時間は止まってるの」

　火災の起きたビルから消防士が帰るのを待っていた、あのときで止まってるの。かならず生きて帰ってと信じていたあのときで。

時が経ち、そこから抜け出したものと思っていたが、実際には、そこから一秒たりとも流れていなかった。ボギョンが毎朝早起きし、休まず動きつづけるのは、そのうんざりするような時間から抜け出すためだったことを、そこから逃れるために走りつづけていたのだということを、認めないわけにはいかなかった。時間は速くも、遅くもなかった。静寂だった。風ひとつない水面に帆を立てているのだった。

「なぜですか？」

コリーが訊いた。

「流れさせる方法を忘れてしまったから」

いったん淀んだ時間は動こうとしなかった。もう大丈夫、と思っても否応なしにあの日に引きずり戻された。

悲しみを経験した人たちの時間はどんなふうに流れるのだろうか。本当はみんな、止まっているんじゃないだろうか。地球上にはもうひとつ、そんなふうに時間の淀んでいる世界があるのではないか。その時間を流れさせるためには、いったいなにをすればいいのか。

「それなら、ゆっくりゆっくり動くことですね」

コリーがボギョンのほうへ、もう少し体を向けた。

「止まった状態から速く走るためには、瞬間的に大きなエネルギーが必要ですから。あなたが言った、恋しさに勝つ方法と同じじゃないでしょうか。幸せだけが恋しさに勝てる、ってやつです。一日の幸せをゆっくりゆっくり積み重ねていけば、いつかは現在の時間が、止まった時間をゆっくりゆっくり流れさせるはずです」

ボギョンの視界が白くぼやけた。涙を拭おうとした手を止め、流れ出るままに放っておいた。生臭い涙が顔をつたって枕に落ちた。

「そんな言葉、どこで覚えたの？」

「覚えたんじゃありません。つまりこれは、空を見て〝青黄色〟を思い浮かべていたのと似ています。ヨンジェがぼくのことを、変わっていると言うのと同じです」

「すべてのヒューマノイドがあなたみたいなわけじゃないでしょう？」

「ぼくはなにかのミスで生まれたのだとヨンジェが言いました。ぼくを決定する内蔵チップのひとつが、ほかのヒューマノイドとは違うそうです」

「……」

「ヨンジェは、ミスはチャンスと同じだと言いました」

ヨンジェはいつの間にそんなことを言える子に育っていたのだろう。自分の心配をよそにたくましい子に育ってくれたことに、ボギョンは胸を撫でおろした。

「そろそろ眠たくなってきたようですね」

「ええ、眠いわ。もう寝ようかしら」

「出ていましょうか？」

「好きにして、どちらでも」

「それがいちばん難しいのですが」

　ボギョンは笑いながら目を閉じた。コリーがそこにいるのか出ていったのかは気にならなかった。コリーは静かにしていることに長けていたからだ。ボギョンはしばらく、ぐっすり眠った。夢を見ることもなく。

　次に目覚めたとき、そこにいたのはコリーでなくヨンジェだった。様子を見にそっと入ってきていたヨンジェは、目を覚ましたボギョンを見て、こそ泥のようにびくっと身を震わせた。ヨンジェは、店は問題なく営業を終えたと報告した。ボギョンはとっさに、携帯で時間を見た。深夜二時を少し回っていた。「ごはんは？」と訊くと、手伝いのおばさんが茹でてくれた麵《ククス》を食べたと言う。

「ジスちゃんも手伝ってくれたんでしょう？　悪いことをしちゃったわ……先に帰ってもらっていれば……」

　習慣のように流れ出てくる言葉を止めた。いまは小言を言っている場合ではない。相変わらず表情のないヨンジェの顔を見て、ボギョンは言いなおした。

「ありがとうって伝えておいて。今度うちに来たときはもっとおいしいものをごちそうするから、かならず連れてきてね」

ヨンジェの表情がやや晴れた。少し悩んでから、すぐにわかったとうなずくと、その場でもじもじしている。出ていくタイミングを探っているか、言いたいことがあるようだった。ボギョンは自分から口を開いた。

「それと、コリーって本当に変わってるわね」

「うん。あの子、ほんとに変わってる」

「うまく直したのね」

「……」

「ヨンジェは本当にロボットが得意なのね。知ってはいたけど、これほどとは思わなかった」

コリーの言ったとおり、時間を再び流れさせるには、幸せをもって恋しさに打ち勝つように、現在の時間も流れさせなければならない。あの日に縛られて前進できなかった関係からほぐしていってはどうだろう。ボギョンは、あまりに近すぎて先延ばしにしていたことから始めようと思った。ヨンジェはなんの反応もない。適当な言葉が見つからず戸惑っている様子だった。

「とにかく、ごめんねヨンジェ。わたしが……」

「いいよ」

ヨンジェが言葉を切った。

「どうしたの急に」

ヨンジェはボギョンの言葉がこそばゆいのか、腕をポリポリ掻いた。

「わたしは平気だから。気にしなくて大丈夫」

ヨンジェの成長過程をしっかり見守れなかったために、ボギョンはこの日突然、ヨンジェがもう子どもではないことを受け入れなければならなかった。もちろん、子どもでないからといって、大人になったわけでもない。ただ、世界は自分の思いどおりにならないことを知り、それを認めたにすぎないのだ。ボギョンはまだ、その世界をそっくり背負い、ひとり悲しみを押し殺さなければならない大人の世界へヨンジェを送り出すつもりはなかった。

「気にしないなんて無理よ」

「……じゃあ、少しだけ気にして」

ヨンジェはそう答え、休むように言って部屋を出ていった。ヨンジェの顔にふっと笑みが浮かんだような気もしたが、見間違いかもしれなかった。ボギョンは部屋にひとり横たわり、今日の競馬場で目撃した子どもたちを思い浮かべた。ゆっくり、ゆっくり。速く走ることはない。ゆっくりでいい。それはまさしく、この世でいちばん可笑しな競馬の練習だった。

ヨンジェ

「ヨンジェ、あんたってほんととろいのね。それ貸して！　わたしが拭くから、あれをおばさんとこに運んでよ」

ジスがヨンジェの手から布巾を奪いながら、積み重ねられた食器を指した。ヨンジェはジスに帰ってほしかったが、ジスがいなければ接客がこれほどスムーズにいかなかったことも事実だったので、言われるままに動いた。

ジスは要領がよかった。料理をてきぱき運び、客が必要とするものを察して運ぶ瞬発力もあった。問題はそんなジスが気になって、かえってヨンジェのほうがもたもたしてしまうことだった。おしぼりや水をひとつずつ運び忘れるたびに、ジスはヨンジェに向かって片腹痛そうに舌打ちし、不足分を持っていった。週末はしばしばホールの仕事を手伝っていたのに、そのキャリアはたちまち無残に踏みにじられた。悔しかったが、人前でそれを訴えることもできず、そのせいで集中できずにたびたび物を落とし、ジスの鼻はどんどん高くなっていった。早いところあの鼻をへし折っておかなければ、ますますいい気になるのは目に見えていた。

ジスは単純な子だ。三週間ほど一緒にいてわかった。感情が顔に出やすく、表情と発言が食い違っていることも多い。そんなジスが変だとか嫌だとかいうわけではない。ヨンジェは浮かべたこともない表情だから、不思議に思ってじっと見入ることが増えただけだ。ひとりっ子のジスは、きょうだいなどいても奪い合いやけんかをするだけだからひとりっ子のほうがよっぽどいいと言いながら、きょうだいに関する質問は尽きない。ひとりっ子ならひとり占めできる物をどうやって分け合うのか、普段一緒にしていることはなにか、一緒にお風呂に入ることもあるのか、同じ血が通っていること以外は完全な他人だが、友だちと住んでいるような感覚なのか、などなど。

ジスは自分のことを、寂しいと思ったことがないのだから寂しがり屋ではないと言うが、ヨンジェから見れば、いつも寂しいから寂しいと思わないだけだった。寂しがり屋なのに、気は強い。このふたつが合わさるとなにが起こるか。来るなと言ってもけっして引かず、三歩後ろを家までついてくるという状況が生まれる。ジスは、自分がなにを尋ねようとヨンジェは「嫌だ」の一点張りなのだと悟って以来、家に行ってもいいかと尋ねもせずにヨンジェのあとをついてきた。はじめは両者のせめぎ合いもあったが、いつからかヨンジェのほうが降参した。

ヨンジェがそんなジスを冷たく追い払えなかったのは、ジスが約束の部品をすべて持ってきたからだ。そのせいで、ジスが自画自賛する周到さと頼りがいについて黙って聞くしかなかった。

勉強以外のことには興味がないものと思っていたが、ジスは意外にも好奇心旺盛だった。

「あんたが作ってるとこ、そばで見てる」

「見られてると思うとうまくできない」

「それならわたしがいないと思えばいいでしょ」

ジスは塾を休むにあたって、ヨンジェとロボットについて研究しているという証拠が必要なのだと言った。ヨンジェの違法取引を通報することもなく、むしろ手を貸したということは、すでに運命共同体であることを意味し、つまりは自分にもコリーの修理過程を見守る権利があると言うのだった。そもそも、人に見られているとうまくいかないというのはジスを追い払うための言い訳だったため、面倒だと思う気持ちよりジスの強情さのほうが勝《まさ》ったとき、ヨンジェはとうとうすべてを諦めてジスを家に招いた。

招かれたからには手ぶらで行けないという信念に従い、ジスは毎日のように両手におみやげを抱えてきた。お菓子セットのときもあれば、飲み物や果物かごのときもあった。おやつにハンバーガーやピザを買ってくることもあった。ジスと行動を共にするようになって、数週間で三キロ太ったのもそのせいだ。太らない体質だというのは、勝手な思い込みだった。一緒に過ごした時間が体に積もっていく気分だった。

見ていてもいいが邪魔はしないでくれとヨンジェに頼まれ、ジスはいつも離れた所に座っていた。ヨンジェにはその日の修理を終えるまで声をかけなかったが、かといってジスが沈黙を守っていたわけではない。なぜなら、コリーがひっきりなしにジスに話しかけていたからだ。

「ジスはどうしてそんなに離れた所にいるんですか？」

「あんたの前にいる子が近寄らないでって言うからよ」

「なぜですか？」

「さあね。訊いてみてくれない？　わたしは話しかけられないから」

ジスの図々しさもすごいが、ヨンジェのマイペースぶりもすごかった。コリーとジスが目の前で自分について話していても、瞬きひとつしなかった。ジスはジスで、退屈すぎて床で居眠りすることはあっても途中で帰ることはなく、ときおりヨンジェの背後から、腰を伸ばせ、猫背になってる、ちょっとはストレッチをしたら？　などと注意した。いちいち気にしたくはなかったが、ヨンジェはそのたびに凝り固まった体をほぐした。おかげで、以前のように肩が凝ることは少なくなった。

ジスは遅くとも九時には腰を上げた。あまり遅くまで人の家にお邪魔するのも礼儀にもとるという理由からだ。ほんと、守らなきゃいけない礼儀だらけで大変そうね、とヨンジェが皮肉を言うと、ジスは笑いながら、そうよ、少しは見習えば、と言い返した。ヨンジェはジスを見送ったあともコリーの脚にかかりきりだったが、コリーはそんなヨンジェにしばしば無駄口を叩いた。

「ジスとあなたの関係は、ぼくとトゥデイの関係のようなものですか？」

「どういう意味？」

「呼吸を合わせるチーム」

「……チームはチームだけど」

「じゃああなたも、世界でいちばんジスが大事ですか？」

「んなわけないでしょ」

「ぼくはチームというものをそう捉えています。もちろん、トゥデイは自分の気持ちを言葉で表現できないし、ぼくには感情がないけれど、百頭の馬が海でおぼれていたら、真っ先にトゥデイを助けます。けっきょくはすべての馬を助けると思いますが、それでもいちばん先に。それは、大事だってことです」

「そんなのどこで聞いたの？」

「ボギョンと見ていたテレビ番組で。そこで、海でおぼれている人の中で誰を最初に助けるかと質問していました。大切な人の順を知るためのものでした……でも、なんともおかしなたとえです。どうして絶望的な状況でしか気持ちを確かめられないと思うんでしょう？　大好物のケーキを誰に最初にあげるかというたとえでもいいのに」

「好きなものを分け合うのは簡単でしょ。でも、差し迫った状況で助けるのは、特別な人でない限り難しいわ」

「なぜでしょう?」

「わたしにもよくわからない」

「じゃああなたは、十人の人が海でおぼれていたら、その中からジスをいちばんに助けますか?」

「残りの九人がわたしの知らない人なら、かな? でも、わたしはそもそもあの子と海なんかに行かないけど」

「ぼくもトゥデイと海に行ったことはありません」

コリーと話していると、ヨンジェは思ってもみなかった悩みにぶつかることがあった。この話題のせいで、ヨンジェはその夜、眠りに落ちる間際まで、海でおぼれているジスのことを考えていた。だがコリーに答えたように、やはり残りの九人が知らない人ならジスをいちばんに助けると思った。ボギョンがいたならボギョンを、ウネがいたなら、泳げないウネをいちばんに助けるだろう。

それでも三番目か。

ヨンジェは布団の中で、三番目や四番目になりそうな人はほかにいないか考えた。ミンジュも候補になったが、ミンジュは犬掻きをしてでも生き残りそうな気がした。ダヨンかジスかでずいぶん悩んだが、ふと、ダヨンが趣味で水泳を習ってることを思い出した。だから、やっぱり三番目だった。認めたくなかったが、いまのところは。このことはけっしてジスに言うまい。言う理由がないばかりが、下手に口にすれば、死ぬまでからかわれるのは火を見るより明らかだ。だがここで、ひとつ疑問が浮かんだ。果たして自分は、ジスにとって何番目なのだろう。

疲れたらいつでも帰っていいと言っても、ジスは店の後片づけまで手伝った。そして最後のお皿を食器洗い機に入れると、やっと腰を下ろし、足の裏をぎゅうぎゅう揉んだ。ヨンジェは冷凍庫からいろんな味のアイスを出してきて、ジスの前に差し出した。デザート用に千ウォンで売っている棒付きのアイスキャンディだ。ジスはチョコ味を選んだ。バリッと袋を破いてかじりつくジスの隣に座り、ヨンジェもバニラ味を開封した。

「ああ疲れた」

ジスがアイスを口に入れたままつぶやいた。ひとりごとではなく、半分ヨンジェに言っているようだった。

「だからいつまでも残ってないで、疲れたら帰れって言ったのに……グエッ」

言い終えてアイスを口に入れた瞬間、ジスがヨンジェの背中をバシッと叩いたのだった。そのせいで、アイスの先が喉の奥に当たった。ヨンジェはアイスを持ったままジスを見た。どういうつもりか問い詰めたかったが、その前にジスが口を開いた。

「あんたってやつは、それがいまわたしに言うせりふ?」

「……」

「ほら、ほかにあるでしょ？」

言うべきことならあるに決まっているが、出てこないだけだ。プライドが傷つくわけでも、言えない理由があるわけでもない。それを聞いて肩をそびやかし、鼻高々になるジスを見たくないからだろうか。ヨンジェが言いよどんでいると、ジスが諦めたようにコクコクうなずきながら言った。

「わかったわかった。死ぬほどありがたいって？　心の声が聞こえたわ」

ジスはすでに感謝の言葉を聞くのを諦めたのだから、もう言う必要はない。ジスもそれ以上は待っていない様子だった。でもヨンジェは、うやむやにしたくなかった。

「ありがと」

言い終わると同時にアイスを口につっこんだ。

「なんて？」

アイスをくわえようとしていたジスは、手を止めて訊いた。

「はひはと」

口いっぱいにアイスを含んだせいで、それは言葉になっていなかったが、ジスが聞き取るにはなんの支障もなかった。ジスはにやりと口の端を上げると、今度はヨンジェの頭をクシャクシャと撫でた。ヨンジェがその手を払って顔を上げると、ジスがにっこり笑っていた。

「友だちじゃない」

ジスがアイスをかじりながら豪快に笑った。

アイスを食べ終えたころ、ジスの母親がやって来た。母親は車から降りず、助手席の窓を開けて「あなたがヨンジェちゃん？　よろしくね」と挨拶した。ヨンジェはぶっきらぼうに、ぺこりと頭を下げただけだった。そのとき初めて、ジスがうちに来るたびに大声でボギョンに挨拶することが、とてつもないコミュニケーション能力から来ているのだということに気づいた。ジスは車に乗ると、窓を開けてヨンジェに手を振りながら、今日も会議おつかれさま、と言った。今日は一度も会議をしていなかったため、ヨンジェは不覚にも「え？」と聞き返した。ジスが歯を食いしばって、お・つ・か・れ・さ・ま、とくり返した。ヨンジェはやっと、ジスが母親の前ででまかせを言っているのだと悟り、しどろもどろにおつかれさま、と返した。

ジスが手を振りつづけていたため、ヨンジェは車が見えなくなるまでその場に立っていた。ウネの車椅子のタイヤが敷居に引っかかっていなければ、もうしばらくはそこに立ちつくしていただろう。ヨンジェは、ウネの車椅子を後ろから押した。タイヤは難なく敷居をまたいだ。

「いつもは平気なんだけど、ときどき言うことを聞かないのよね」

ウネが要らない弁解をした。

深夜二時近くになって、ようやく横になれた。いつもボギョンがベッドに入る時間だ。休まず後片づけをしたのに、すでにこんな時間だった。ボギョンがのろまだとかものぐさなわけではなく、精一杯急いでこの時間なのだということを、ヨンジェはいまになって知った。寝つけず、寝返りを打った。できるだけ楽な姿勢を見つけようと何度も寝返りを打ったが、楽な姿勢はおろか、眠れそうな姿勢も見つからなかった。ジスのことが思い出され、さっきのボギョンとの会話も思い出された。へんなの、急にごめんだなんて……。

考えれば考えるほど深みにはまっていき、こうして眠れないまま横になっているよりは、いっそ生産的なことをしようと思った。ヨンジェは迷わず起き上がり、二階へ向かった。コリーが怖がるようなことはないと知りつつも、コリーの部屋にはかならずスタンドを点けておいたため、ドアの下から漏れ出る明かりを頼りに進んだ。部屋のドアを開けると、座って窓の外を見ていたコリーが振り向いた。

「こんばんは。いまは寝る時間でしょう?」

「うん、でも眠れなくて」

ヨンジェはコリーの隣に座った。スタンドもそばに引き寄せた。学校で使っているディスプレイの電源を入れ、練習帳を開く。ジスが部品を入手してくれるという約束を守ったのだから、ヨンジェもかならず、入賞以上の成績を収めるという約束を果たさねばならない。ジスはヨンジェの家に来て、部屋の隅に座っているだけではなかった。合間合間に大会に向けて話し合い、その結果として、練習帳にはたくさんのアイデアが書きこまれていた。ふたりがテーマに選んだのは、日常に活用できるダルパだった。ヨンジェはデザインしたモデルのひとつを拡大した。

「ウネが乗ってるものと似てますね」

隣で見ていたコリーが言った。ヨンジェはうなずいた。デザインしたモデルをいろんな角度から見たり、3Dに変換してみたりしながら、その中で起こりえる小さくも大きな革命を想像した。ヨンジェは長いあいだ、コリーの隣でひざまずくようにして、ディスプレイになにか書きこんだり描いたりしていた。

コリーは、そんなヨンジェの丸まった背中をひたすら見つめていた。ヨンジェはなにかに熱中するとと輝きはじめる人間だった。体から噴き出すエネルギーが光として発散されるのだ。人間の目には見えなくても、熱を感知できるコリーの目にはそれが見えた。ヨンジェがいちばん輝くのは、コリーのボディを修理しているときだった。額に汗がにじむほど熱中してコリーの脚を組み立てる瞬間や、お皿に入ったシリアルをすくって食べながら、どの部分がうまくつながっていないのかと図面に見入るときも。いまもヨンジェの体からは、とてつもない光があふれ出ている。

コリーはヨンジェの背中にそっと手をのせた。ヨンジェは「なに？」と訊いたが、コリーの手をのけたり体を起こしたりすることはなかった。だから、コリーはしばらくのあいだ、ヨンジェの振動を感じるまで手をのせていられた。振動だ。幸せに包まれているヨンジェの体が振動していた。ヨンジェは生きている。いつも生きていたが、いまこのときがいちばん生きていた。なにがヨンジェをここまで胸躍らせるのだろう。トゥデイのように走るのでもなく、あの小さな画面で機械を構想しているだけなのに。

「トゥデイが走ってるときと同じです、いま」

ヨンジェはコリーを肩越しに見ながら、どういう意味？　と訊いた。

「幸せを感じています。トゥデイが走るときのように、あなたも」

「コリーに幸せがどんなものかわかるの？」

ヨンジェはからかうように言ったが、内心では、コリーがいったいなにを基準に幸せを語っているのか心から知りたかった。トゥデイをもう一度コースに立たせようと言い出したのも、コリーだった。

「幸せとは、生きていると感じる瞬間のことです。生きているということは呼吸をしているということで、呼吸は振動として感じられます。その振動が大きいときこそが、幸せな瞬間です」

コリーの言葉が理解できず、ヨンジェはあいまいにうなずいただけで、ディスプレイに視線を戻しながら言った。

「でも、コリーには感じられないでしょ？」

幸せというものはけっきょく、自分が感じられなければこの世でいちばん無駄な単語ではないか。

「ぼくも感じます」

それを聞いて、ヨンジェは上半身を起こした。コリーは人差し指を立てていた。真剣な話をしているときの合図だ。ヨンジェとジスは、重要な話をしている最中に神経が昂ぶってくると、これは当てつけで言っているわけじゃないという意味で、人差し指を立てるというルールを作っていた。それを見ていたコリーが、ふたりのまねをしているのだった。

「ぼく自身は呼吸できないけど、間接的に感じます。そばにいるヨンジェが幸せなら、ぼくも幸せです。ぼくを幸せにしたかったら、ヨンジェが幸せになればいい。どうですか？」

それは本当の意味でコリー自身が幸せなのではないと言いかけたが、ヨンジェは言葉を呑みこみ、うなずいた。どうもこうも、いいことだと思う。

「そばにいる人の不幸せは？」

「それは感じられません」

「どうして？」

「ぼくが感じようとしていませんから」

「羨ましい」

「人間はそばにいる人の不幸まで感じるんですか？」

ディスプレイの画面が省エネモードになっても、ヨンジェはタッチペンを手の中でもてあそんでいた。そして、ゆっくりとうなずいた。

「知らないふりをすればいいじゃないですか」

簡単なことだというようにコリーが言った。ヨンジェは依然、手の中のタッチペンを見つめながら答えた。

「わたしもやってみたけど、ダメだった。向き合ったら自分にもうつるんじゃないかって、ほんとに悪いことだけど、知らないふりをしようとしたの。でも、無理だった」

「どうして?」

「目を背けようとしても、そうはいかないのよ」

「ヨンジェは、誰の不幸から目を背けようとしたんですか?」

ヨンジェがコリーを見つめた。

「誰にも言わない?」

コリーが人差し指を立てながら答えた。

「はい。絶対に」

「家族よ」

「ボギョン? ウネ?」

「ふたりとも」

「理由を訊いてもいいですか?」

コリーはヨンジェの返事をしばらく待った。図面を描くときとはうってかわり、ヨンジェの呼吸が遅くなるのを感じた。ヨンジェはふっと鼻から息を吐いた。

「さっき、人間の不幸は知らないでいたいって言ったよね？」

「ええ、そうです」

「それならわたしの答えも聞かないほうがいいと思う」

「どうして？　あなたが知らないふりをしようとした不幸の話じゃないですか」

「それって、裏を返せば、わたしの不幸でもあるから」

コリーには理解できなかった。

「家族の不幸と向き合うことは、わたしが目を背けてた自分の不幸と向き合うことでもあるのよ」

なんだか話がしみったれてきたようだと後悔しながら、ヨンジェは作業を締めくくり、腰を上げた。コリーが眠ることはないだろうが、口癖のようにおやすみ、と言い、部屋を出た。これ以上いれば、ありったけの感情をコリーにぶちまけてしまいそうだった。コリーにはもう過ぎたことであるかのように言ったが、ヨンジェはいまだに目を背けつづけていた。でも、どうすればこの流れを断ち切り、不幸と真っ向から向き合えるのかわからなかった。

ヨンジェは天井を見つめながら、しばし悩んだ。少しだけ、と思っていたのに、いつの間にか夜が白んでくるのを見て、ハアとため息をついた。

今日の訓練にはふたりの参観者がいた。ポッキとソジンだ。ポッキは馬房で、トゥデイに栄養剤を打ってやった。一時間ほどかかると言う。

「わたしもあれ、よく打つなあ」

ジスが栄養剤を見ながら言った。

「塾の合間にさ、元気がないときとか、くらくらするときなんかに」

どこか得意げに言ってのけるジスに、ヨンジェが言った。

「ごはんを食べればいいじゃない」

「点滴のほうが即効性があるのよ。それに、ごはんを食べると、眠くて勉強にならないでしょ」

ヨンジェはもう少し言ってやろうと思ったが、やめた。どうせジスの人生が自分に理解できるはずもなく、よけいな口出しをすれば、そんなふうにちんたら暮らしている暇はないと反撃に遭うに決まっている。

トゥデイのそばにいるというウネを馬房に残し、ヨンジェは外へ出た。ジスがヨンジェのあとを追ってきた。

「どこ行くの?」

競馬場の木々はいよいよ赤く染まりはじめていた。秋は、競馬を観に来る客のほかにも、遊びに来る家族連れが増える時期であると同時に、店が繁盛する時期でもあった。旧盆を過ぎればぐっと忙しくなるだろう。学校は普段どおりにあるから、その多忙さはそのままボギョンにのしかかる。だが近ごろ、ボギョンは思うように体が動かない様子なので、否が応でも心配になるのだった。ボギョンは今朝も、もう大丈夫と言ったそばから咳きこんでいた。ヨンジェはベンチに座りながら、ジスに尋ねた。

「栄養剤の点滴っていくらするの?」

ヨンジェはジスが通っている病院と栄養剤の値段を教えてもらった。コリーを買うのに今月のアルバイト代を使い果たしたから、次のお小遣いを待つしかない。ジスはヨンジェの隣で、足で土をかき集めて小さな山を作っていた。なにか言いよどんでいる様子だった。

「それとさ、わたし、来週の大会が終わったら、平日には来られないと思う」

ジスが言った。

「もうじゅうぶん遊んだだろうから、週末以外は遊びに行くなってさ。塾もこれ以上は休めなさそう」

「そう」

ヨンジェは平然と答えた。本当に平気だったわけではない。本音を言えば残念な気持ちのほうが大きかったが、かといってジスがいつまでも塾を休むわけにはいかないのだから、このくらいの反応が適当だと思った。しかしそれは、ジスが求めていた反応ではなかったようだ。ジスの顔に、裏切られた人の怒りのようなものが浮かんでいた。ジスはなにか言おうとして、「あんたさあ」と話しかけたが、もういい、とそれきり口をつぐんでしまった。

ふたりはしばらく黙りこんだままベンチに座っていた。ジスの長い沈黙が気まずく、ヨンジェは自分から声をかけるべきか悩んだが、どう考えてもジスはいま自分と口を利きたがっていないように思われ、沈黙を貫いた。

そのとき、ヨンジェは厩舎から出てくるコリーを見つけた。コリーは厩舎の前の芝生へ歩いてゆき、地面に腰を下ろして脚を投げ出した。投げ出したといっても、人間のようにまっすぐに伸ばせる構造にはなっておらず、脚は六十度に曲がっている。コリーはその状態で顔を上げ、空を仰いでいた。風が吹くたび、そばにある木が揺れ、木の葉の影がコリーの無機質なボディをかすめた。ヨンジェは、コリーが空を見ていて落馬したことを思い出した。命を持たないものだけが抱ける危険な欲望。だが、この表現は間違っている。命を持たないものにいかにして欲望が宿りえるのか。空を見たいというコリーの欲望はいったいどこからくるものなのか。

トゥデイをもう一度コースに立たせようというコリーの意見に、最初は全員が反対した。走れなくて死を迫られているトゥデイを再び走らせることは、拷問のように思えた。だがコリーは、過去に戻るためには過去と同じぐらい幸せな瞬間をつくらねばならないと言った。その突拍子もない主張に、最後には皆が折れた。トゥデイは走っているときが幸せなのだ。生まれてこのかた、ひたすらコースだけを走りつづけてきた馬は、けっきょくのところ、走ることで自分の存在価値を実感する。残された時間、馬房に閉じこめられて死を待つよりも、関節が砕ける恐れはあっても、コースを走ることがトゥデイを幸せにすることなのだ。その言葉に、うなずくしかなかった。

そして数日前、この数週間を馬房で過ごしてきたトゥデイが再び外へ出てきたとき、立つのもままならないだろうというポッキの言葉に反し、トゥデイは歓喜の声を上げながらコースを闊歩した。むろんそれはつかのまのことで、その後は苦痛にあえいだが、馬房にいたときとはうってかわって、トゥデイは笑っていた。そう、トゥデイは確かに笑っていた。コリーの言うとおりだった。数万本の針に刺されるような苦痛を伴うとしても、生涯走りつづけてきたトゥデイにとって、走ることは幸せそのものだった。

トゥデイは、視野を遮られた状態でコースに出て、速く走るよう訓練された馬だった。以前のようなスピードは出せなくても、時速七十キロで走ろうとした。はじめは、コースを見るだけで興奮するトゥデイを落ち着かせるのに苦労した。ミンジュでさえ手綱ごと引きずられるほどだったのだから、それがどれほど危険な試みだったかは言うまでもないだろう。ポッキによれば、トゥデイは閉じこめられねばならなかったつらい時間に戻るのが嫌で、普段よりよけいに興奮するのだという。そんなトゥデイを、コリーがなだめた。トゥデイの首筋をポンポン叩きながらこう言った。

よろしくね。

それを聞いたトゥデイは、嘘のように落ち着きを取り戻した。コリーの言う、息を合わせたチームのなせる業だった。コリーが自分のパートナーだったことを覚えていたのだ。

トゥデイはブリンカーをせずにコースに立った。コリーはトゥデイの背に乗らず、横に立って手綱を引いた。コースを見ても走らない練習をするのだ。もっぱら、レースに出場できるだけのスピードで。速く走らずとも、その現場にいられるだけのスピード。完走しても関節に無理がいかないぐらいのスピード。

目標は時速三十キロだった。

ジスはすっと席を立つと、ヨンジェに止める隙も与えず、厩舎へ入っていった。コリーはジスの足取りを見守ってから、ヨンジェのいるベンチへやって来た。

「いままで見たどんな空よりも広くて高いです」

「秋だからね」

「秋だとどうして空が高いんですか？」

科学の時間に学んだ知識を引っ張り出そうかとも思ったが、ヨンジェは「うーん、そういうものなの」と短くまとめた。コリーが、向きを変えてベンチに座ろうとした。一瞬、体がバランスを崩してぐらりと傾いたが、ベンチをつかんだため倒れることはなかった。

「なに、急に？」

ヨンジェが驚いて言った。コリーはなんでもないというようにベンチに座った。

「さあ。最近、ときどきこうなんです」

三日前から、コリーの体に不具合が生じていた。重心を失っていきなり近くの物にぶつかったり、立ち上がったと思ったらすぐにしゃがみこむこともあれば、ときどき動作がぎこちなくなることもあった。しかし生活できないほどではなく、日に何度も起こる現象ではなかった。微々たる欠陥はあるが、生活にはなんの支障もない。コリーはそう判断しているようだった。いまも同じだった。中を見てみようというヨンジェにひょいと背中を向けながらも、口では問題ないとくり返す。ヨンジェはボタンを押して、コリーの背中のふたを開けた。すべては正しく作動しており、目視では欠陥を見つけられなかった。

「直すべきところが見つからないなら、直さなくて大丈夫です」

コリーが前方を見つめて言った。コリーの目には、厩舎の中で入り口のそばを右往左往しているジスが映っていた。ちらちらとこちらを見ている様子まで。

「一回、全部バラバラにしてから組み立てなおそうか」

「ぞっとするようなこと言わないでください」

「なにがぞっとよ」

ヨンジェがふたを閉めた。コリーの言うとおり、いますぐ修理が必要そうには見えず、今度、時間があるときに解体して一から組み立てなおそうと思った。コリーが正面に向きなおった。そこには依然、青い世界があった。

「世界は本当に青々としていますね。空は青、葉は緑」

「何週間かしたら、葉っぱはすっかり赤く染まるわよ」

ヨンジェの言葉に、コリーが振り向いた。コリーにも表情があるとしたら、いまの表情をこう説明できるだろう。信じられない、という表情。

「なぜですか?」

「……秋だから。秋はそういう季節なのよ」

ヨンジェはまたも面倒くさそうに答えた。だが、今度はコリーが納得しなかった。いったいなぜ、緑色だった葉が秋には赤くなるのか。三月に生まれたコリーには、九月の変化が理解できないようだった。ヨンジェに出会っていなければ、木の葉が緑から赤に変わる姿を見ることもないまま、騎手房で過ごしたのち、夜のあいだに下請会社のトラックで見知らぬ工場団地に運ばれ、解体される運命にあったのだ。ヨンジェはここでも、そういうものなの、とあいまいに答えたが、コリーは引き下がらなかった。

「なぜそういうものがあるんでしょう?」

「なんにでも理由が必要なの?」

ヨンジェは苛立ち交じりの声で言った。

「世界のあらゆるものには理由がありますから」

「そんなのどこで聞いたのよ」

「聞いたんじゃありません。そういうものだと理解してるんです。でも、それが間違っているとは思いません。ぼくが存在する理由は騎手になるためで、人間がぼくに命令するのも理由があってのことです。この世に無意味なことは存在しません」

ヨンジェはしばらく口ごもっていた。説明してやるには、このヒューマノイドはあまりに多くを知りすぎている。もっとも、人間が何世紀にもわたって築き上げてきた知識の集大成ともいえる存在なのだから、個々の人間よりも優れているのは当然だ。ヨンジェは髪をかき上げた。ぼうっとしていたかったのに、コリーのせいでよけいな考え事が増えてしまった。ヨンジェは髪を振り払い、こう言った。眼差しと声には煩わしさがにじんでいた。

「そうじゃない。コリーが間違ってる。世界にはもともと、理由なんてなかったの。人間がこじつけたのよ。つまり、順番からすると、理由なく生まれたのが先」

「でも、ぼくは間違うことがないのに……」

「誰でも間違うことはあるわ。そもそも、生きてくってことは間違うことの連続なの」

ヨンジェが思うに、これほどぴったりくる答えもなかった。

「二度目です」

コリーが言った。「なにが?」とヨンジェは訊いた。

「ぼくに〝生きて〟るって言ってくれたのは、ヨンジェがふたりめです」

「……」

「嬉しいです」

嬉しいと言うコリーには表情がない。ものを言う口もない。ただ、ヨンジェを見つめるふたつの穴と、声を感知して光るセンサーがあるだけだ。コリーが喜んでいると証明できるものはなにもないが、ヨンジェはコリーの言葉を信じた。コリーは、自分を生きていると表現してくれたことを心から喜んでいるようだった。

「あなたもなんとなくぼくを連れて帰ったんですか? 理由もなく?」

ヒューマノイドは学習が速くていい。

「うん、なんとなくあなたが好きです」

「ありがとう。ぼくもなんとなく」

予想だにしなかったコリーの本音にヨンジェがはにかんでいたとき、怒りに任せて席を立っていたジスが戻ってきた。ぶすっとした表情はそのままだったが、伝えるべきことは伝えねばという意志が見て取れた。ミンジュが呼んでいると言う。伝え終わると、ジスはそそくさと厩舎へ戻ってしまった。隣で見ていたコリーの判断では、早いうちにジスと話し合ったほうがいいらしい。

いつものジスなら、言いたいことをすべてぶちまけ、ヨンジェのつれない態度についてことごとく指摘していたはずだ。ところがいまは、怒りはあらわにしつつも、ひとことも発しない。ということは、ふたつにひとつだろう。話したくないほど怒っているか、話すのが恥ずかしいか。いずれにせよ、コリーに言われたとおり、早いうちに話しかけよう。ヨンジェはそう決めてから、ミンジュのもとへ向かった。

ミンジュはおととし変更された競馬の規則を画面に映し、ある一文を蛍光色で示した。〈出場するには、その馬に賭ける者が最低一名以上いること〉という項目だった。

ヨンジェは説明を求める目でミンジュを見た。だが、本当は説明など要らなかった。本当に求めていたのは、解決策だった。競馬はビットコインやロトに並ぶ人生逆転の手段であり、その世界は確率によって動いていた。最低一名以上賭ける人がいて初めて、競走馬はその日のレースに出られるのだ。言い換えれば、何週間も出場記録のない馬や負傷のひどい馬にお金を賭けるまぬけはいないということであり、さらにわかりやすく言えば、かつてはエースだったが、関節を負傷したため、このひと月レースに出ていなかったトゥデイに賭ける参加者がいる確率は千分の一だった。賭けられるのは満十八歳以上の者のみで、ヨンジェとウネはこれに該当せず、競馬場の管理人であるミンジュやダヨンもまた、お金を賭ける資格がない。残るはポッキとソジンだが、果たしてこれ以上彼らに迷惑をかけていいものかとヨンジェは頭を悩ませた。

「いくら賭けなきゃならないの？」

「最少額は決まってないけど、ある程度の額じゃないと意味はないだろうな。参加許可は許可にすぎないし、本当にコースに立てるかどうかは、そのときまで保障できない。コンピュータが決めることだからな。出場可能な馬のリストの中で、賭け金と参加者、優勝記録、空白期間なんかをひっくるめて順位がつけられる。だから、たとえポッキさんとソジンさんが賭けたとしても、確実とは言えない。トゥデイはすでに長いあいだレースを休んでいて、出場不可能な馬に分類されてるだろうから。それに、初めて賭ける人よりも、過去に賭けた記録が残っている人のほうが確率は高まる。ギャンブラーの勘を信用するのさ」

「過去に賭けた記録？」

「ああ。少なくとも十二週くらい連続で賭けつづけてる人なら、たとえその人ひとりでも、トゥデイはギリギリで出場資格を得られると思う。でも、そんな人がトゥデイに賭けるわけないし……」

「いるわ」

「え？」

その瞬間、ヨンジェの頭にふと浮かぶ顔があった。

ヨンジェはカップラーメンにお湯を注いだ。ふたが開かないように割り箸をのせ、テーブルへ戻った。

「キムチもやろうか？」

店長が冷蔵コーナーから白菜キムチをひとつ取ってきて、ヨンジェの前に座った。見ないうちに、ベティの体にはあちこち傷ができていた。ヨンジェの視線に気づくと、店長が愚痴を垂れた。

「男のガキどもの仕業さ。やたらとベティにちょっかい出して、蹴り技の練習までするんだぜ。何回修理を呼んだことやら。修理代もバカにならねえよ」

「それでも人間よりは安いでしょ」

ヨンジェが腕組みをして、それでどう慰めてほしいのかという表情で店長を見据えた。泣き言を言う相手を間違えているという意味だった。店長の声は「ちょっと言ってみただけだよ……」と尻すぼみになった。本題に入る前に、ヨンジェは割り箸を割ってカップラーメンのふたを開けた。ちょうどよくほぐれた麺を混ぜ、大きくすくってフウーッと吹いた。

客のいない連休だった。家族と連絡しなくなって久しいという店長はこの旧盆もやはりひとりで過ごしていたようで、このタイミングでヨンジェが訪ねてきたことが嬉しいのか、終始にこやかに手厚くもてなした。「果物も食べるか？」と、コンビニの食料でフルコースをそろえそうな勢いだ。ヨンジェはズズッとラーメンをすすりながら首を振った。遊びに来たらいつでもラーメンをおごってやるという約束を、店長は忘れていなかった。だが、今日ヨンジェが店長に望む義理は、カップラーメンの数百倍はするものだった。

ミンジュの話を聞いたとき、ヨンジェの頭をよぎったのは店長の顔だった。店長は土曜日ごとに、先週自分の賭けた馬がいかに速かったかを褒めちぎる人だった。ヨンジェはぴったりの人がいるとミンジュに言い置いて、まっすぐにコンビニへ走った。ほんの数口でラーメンを食べ終え、ミネラルウォーターをごくごく飲んだ。デザートにアイスはどうだという店長に、ヨンジェは単刀直入に切り出した。

「競馬しない？」

「うん？」

「馬は決まってるの」

「ううん？」

「ビリになる確率は百パーセント。それでも賭けて」

ヨンジェが力んで言った。

「ビリになる確率が百パーセントの馬に賭けろって？」

「うん」

「おれが」

「そう」

ったく、ものわかりの悪い人だ、とヨンジェは思った。

「なんでまた？」

ヨンジェは、数週間前の店長の言葉をくり返した。

「生きるってことは新しいことに挑戦しつづけるってことなんでしょ。違う？」

店長はうなだれ、ううむ、そうだけど、と絞り出すような声で答えた。自分の口で言ったのだから否定できるはずもない。ヨンジェは妙な小気味よさを感じ、胸がすくような気がした。うつむいていた店長が顔を上げ、なぜビリが確定している馬に金を賭けなければならないのかと訊いた。ヨンジェがわけもなくこんなお願いをするとは思えなかった。なぜなら、知り合って以来、ヨンジェから頼み事をされたのはこれが初めてだったからだ。賭け金はどのみち、パアになる確率のほうが高く、元手の回収率は四割ほどだった。妥当な理由があるのなら、一度ぐらいヨンジェのために金を捨てることは難しくない。

ヨンジェはどこまで話すべきか悩んだ末に、トゥデイとウネ、トゥデイの幸せを願うヒューマノイドのことを話した。お涙頂戴もののドラマのあらすじのように感じられ、ヨンジェは話しながらも視線をそらしていたのだが、話も終わりかけたころ、鼻水をすする音がした。店長だった。店長は涙をなみなみと浮かべ、テーブルに置かれているティッシュを引き抜いて目元を拭った。

ヨンジェはあきれ顔で言った。

「みっともない」

「大人になんてこと言うんだ。グスッ」

店長はティッシュで鼻をかむと、こくこくとうなずいた。最低金額に合わせて賭けると約束してくれた。小さな金額ではなかったため、ヨンジェは出入り口の前でもう一度訊いた。押し売りをしているようで気が重くもあった。店長はそれほどの大金でもないと余裕ぶっていたが、普段からヨンジェの前でお金のことばかり言っていたのを思い出してわれに返った。

「とにかく、コホン、いつも負けてる分からすれば大したもんじゃない」

「あとになって恨まないでね。金返せって脅すのもなし」

「あのなあ、親しき仲にも礼儀ありって言うだろ」

店長はレジ横の陳列台からシリアルバーを取り、ヨンジェのほうへ投げた。ヨンジェは慌ててそれをキャッチした。なんだこのドラマチックな演出は、と思ったが、店長のわかりやすい親切も悪い気はしなかった。

「助けてほしいってのに、知らないふりはできないだろ」

「……」

「大人ってのは本来、子どもが助けを求めてきたら助けてやらな……」

「来週ね。じゃあ」

ヨンジェは店長の言葉を遮って手を振った。鳥肌防止のためだった。なにはともあれ、店長はドラマの見すぎだ。どこかでおかしな感性を拾ってきては、ニューヨークのマンハッタン辺りにあるホットドッグ屋の若社長よろしくふるまうのだ。嫌ではないが、あんなふうにダサい演出ばかりしていては一生独り身を免れないのではないか。他人の人生を心配したところで、なんの得にもならないだろうが。それはともかく、ヨンジェはこの件で、自分をクビにしてベティを雇った店長への恨みがすっきり晴れた気がした。

競馬場に戻ると、すでに訓練は終わっていて、ジスも帰宅したあとだった。いつ帰ったのかとメールを送ると、「さっき」という短い返事が来て、ヨンジェはここにきてやっと、ジスの怒りが深刻なレベルであると気づいた。怒っているのかと訊こうとしたが、それも違う気がし、そのままなにも送らないでいると、コリーにチクリと言われた。

「会話せずにお互いを理解できるんですか？　人間にはお互いの心を読む機能があるんですか？」

そう言われても、これまで口にしたことのない言葉はやすやすと出てこない。なぜ怒っているのかと尋ねることさえ、ヨンジェにとっては苦役だった。文章を打っては直すうちに、連休が終わった。連休中は、まだ本調子ではないボギョンの代わりに毎日店を手伝った。店は予約の団体客以外にも、親子連れでサムゲタンを食べに来る客でにぎわっていた。店にいるあいだは携帯を見る間もなかったが、ヨンジェは暇さえあれば、ひょっとしてジスからメールが来てはいないかと確認した。もちろん、ジスからは連休が終わるまでなんの連絡もなかった。

そのためヨンジェは、連休最終日の夜になってやっと、「明日ね」という、根本的な問題とはまったく無関係のメールを送った。ジスからの返事はなかった。ヨンジェはジスという迷宮に迷いこんだ気分だった。迷宮に入るつもりもなかったのに、目を開けるといつの間にか迷宮のど真ん中にいた。ため息が増えたのも、誰かのことでじっと物思いにふけるようになったのも、すべてジスのためだった。ヨンジェはスルーされたメールを見て、このままでは駄目だという結論に至った。

むろん、結論が出たからといってすぐに解決の糸口が見つかるわけではない。

連休が明け、ヨンジェはジスに会った。だがジスは、トゥデイに賭ける人を見つけたのだという話にもそっけない反応だった。いや、ヨンジェがなにを言おうと、そのすべてに煮えきらない態度で答えた。休み時間ごとにやって来て、アイデア会議にかこつけておしゃべりして行くこともなくなった。ジスは昼休みになってようやくやって来たのだったが、教室から運動場のベンチまで移動するあいだも、ヨンジェの数歩先を黙って歩いた。「連休はなにしてたの？」とか「最近なにかあった？」というありきたりな言葉をかけてもよさそうなものだが、頭ではわかっていても、ヨンジェは最後まで声に出せなかった。

昼休みを使った短い会議が終わり、ジスはディスプレイの電源を切った。

「じゃあ、発表内容はわたしが覚えていくから、そっちはQ＆Aに備えてまとめてきて。これでオッケーよね？」

ジスが無駄なく話をまとめた。返す言葉は「うん」しかなかったが、ヨンジェはためらった。これでオッケーだと認めてしまえば、ジスはさっさと教室へ戻ってしまいそうだった。昼休みはまだ二十分も残っているのに。ジスがパンの包装紙と牛乳パックをビニール袋に入れた。昼食代わりにジスが買ってきたものだった。ヨンジェはジスの持つビニール袋にあたふたとゴミを入れながら「ごちそうさま」と言ったが、ジスはただうなずくだけだった。

言葉にしなきゃわからないでしょう？

コリーの言葉に背中を小突かれている気分だった。立ち上がって教室へ戻ろうとするジスを引き止めたのも、背中を小突かれた反動によるものだった。つまり、ヨンジェはジスを引き止めたものの、なにを言うべきかは整理できていなかった。もちろん、こういったことにはてんで頭が回らなかったため、ヨンジェはとっさにこう訊いた。

「怒ってるの？」

ジスの眉間が一瞬狭まるのを見て、ヨンジェは慌てて言い繕った。

「責めてるんじゃなくて、訊いてるの。ほんとに怒ってるなら、ちゃんとしようと思って」

「なにを？」

ジスが訊いた。

「謝る」

ヨンジェが答えた。

ヨンジェをじっと見つめていたジスはフウ、とため息をつくと、ベンチに座りなおした。ヨンジェが自分なりにジスについて考えていたように、ジスもまたヨンジェについて考えていた。ジスのデータによると、ヨンジェはいま最善を尽くしていた。ジスの知っているヨンジェは、ひとりで悩み、相手に尋ねる前に諦める子だった。だからジスも、あえて自分の気持ちを長々とは説明するまいと努力していたのだ。ジスは、この辺でありったけの気持ちを伝えようと思った。黙っていたのは、プライドのせいもあったが、たとえすべてを打ち明けてもヨンジェは変わらないだろうという思いからでもあった。だが、ヨンジェのほうから歩み寄ってきたのだ。ジスはこの小さな変化に希望を託してみようと思い、正直な気持ちを打ち明けた。

ヨンジェは最初、ジスの言葉がなぜこれほどピンと来ないのかわからなかった。ジスがヨンジェに望んでいるのは難しいことか？　答えはノーだ。ジスが怒った理由はシンプルだった。しかし簡単ではなかった。

「わたしはヨンジェと仲良しだと思ってるけど、ヨンジェはそうは思ってないみたいだから」

ジスの言うとおり、ヨンジェは、ジスが思っているほど自分たちが仲良しなのかわからなかったし、ジスが自分のことをどう思っているのかもわからなかった。

この問題は絶対に数値では表せない。ヨンジェはジスの話を聞いて初めて、この問題がなぜ自分にとって難しいのか、なんとなくわかった気がした。ジスはヨンジェを理解しようと努力したが、ヨンジェはジスを理解しようと努力しなかった。ジスはヨンジェのそっけない態度が本心ではないはずだと受け止めて寄り添おうとしたが、ヨンジェはそんなジスを友だちとして受け入れようと努めなかった。

ヨンジェは理解されることを望まなかった。いつからか、理解されないことで傷ついた日々が積み重なり、ここまできてしまったようだった。理解されたいと望むのは身勝手なことだ。人はそれぞれに自分だけの悲しみや事情を抱えているが、それをひた隠そうとする。どうにもならない事情は、誰にでもあるのだ。少なくともヨンジェはそう考え、理解されることを諦めた。ヨンジェはウネが助けを必要とするたび、そのとき誰とどこにいようと、一切をやめて家へ戻らなければならなかった。友だちが知っているのは、ヨンジェに姉がいるということだけだった。なぜいつも急に帰るのかと訊かれたとき、ヨンジェは無愛想に、ウネが自分の助けを必要としているのだと答えた。友だちはヨンジェの言葉を聞き取ったが、理解したわけではなかった。理解には限界があり、回数があり、ここまでという一線がある。そのラインを越えれば、それまで理解してくれていた人たちも、相手の身勝手を指摘しはじめる。

「一度や二度ならまだしも、わたしたちのことをなんだと思ってるの？」

理解されるのを諦めることは、理解するのを諦めることと同じだ。ヨンジェは相手の行動にいちいち理由を付けなかった。人の行動を、そういうものか、と受け流した。相手が自分を好きでそうしているのか嫌いでそうしているのかといったことを考えるには、あまりに多くの思いやりを要するからだ。他人の理解を諦めれば、あらゆることが楽になった。関係に期待しないため、傷つくこともない。少なくともジスに会うまで、ヨンジェの世界は平穏このうえなかった。風ひとつ吹かない静けさ。それは寂寞《せきばく》でもあった。

ジスはヨンジェのもとに竜巻のように現れた。穏やかだったヨンジェの帆を一度に吹き飛ばした。ある日一緒に大会に出ようと図々しく脅してきたジスは、特有のざっくばらんさを武器に距離を狭めてきた。ヨンジェの冷たい反応にも傷つかなかった。世の中にはこんな子もいるのか。はじめは毛嫌いしていたが、長くは続かなかった。怒りっぽい性格も面白いとさえ感じた。ジスを煩わしく感じることがみるみる減り、そばにいても疲れなくなった。むしろ、そばにいることが当然と感じることさえあった。でも、ジスが大会後はこれまでのように遊べなくなると言ったとき、それはヨンジェが口を挟める問題ではないと判断した。塾をずっと休むわけにもいかないのだから、ある意味当然のことだ。だからわかったと答えたのだが、ジスは怒り、その理由を、自分のように残念がらないからだと言う。

「わたしだってあんたがそういう性格だってこと、ちゃんと理解してるつもりだよ？」

ジスが寂しさの詰まった口調で言った。声だけ聞けば泣いていると思っただろう。実際は目に怒りを灯していたのだが。

「ロボットマニアだとは知ってたけど、ロボットみたいな心の持ち主だとは思わなかった。コリーのほうがよっぽど人間らしいよ」

ヨンジェは、そこまで言うことないじゃない、と言いたいのをこらえて、ジスの言葉に耳を傾けた。しばらく続けていたジスがひと息つき、さっきより落ち着いた声で言った。

「わたしがもう来られないって言ったときも、〝わかった〟じゃなくて〝残念〟って言ってほしかった。そう思ったならね。もちろん、違ったならどうしようもないけど、少なくともわたしはあのとき……」

次の瞬間、ジスの言葉を遮ってヨンジェが言った。

「残念だった」

ジスが口を閉じた。ヨンジェが続けた。

「残念だったよ、当然。でも、だからって塾をやめろとも言えないじゃない」

「それでも残念だって言ってくれなきゃ。言ってくれれば、わたしだってどうにか時間をつくってまた遊びに行けるでしょ。ハァ、この年になってまで友だちとこんな話をしなきゃいけないとは夢にも思わなかった。あんたが空気読めないのは知ってたけど」

ジスの口調はやはり尖っていたが、表情はさっきよりずっと和らいでいた。ヨンジェはそんなジスに、残念だともう一度言った。残念。残念という単語を長いあいだ口にしなさすぎて完全に忘れたものと思っていたのに。そこにはどうしようもない悲しみが混じっていた。実に久しぶりにその言葉を口にしながら、免疫のない心が悲しみに押しつぶされるようだった。涙が出そうだったが、ここで泣いては死ぬまでジスにからかわれると思い、必死でこらえた。

コリーに教えてあげなければ。人間には、言葉にしない限り、相手の本音がわかる機能などない。みんなあると思いこんでいるだけだと。

ジスは教室へ戻るあいだも、この数日間心に溜めこんだ話をぶちまけ、ヨンジェは聞いていないと誤解されないよう熱心にうなずいた。ジスはときどき言葉がきつくなるタイプだが、大げさに言ったり嘘をつくことはなかった。それだけでも、ジスと自分は相性がいいと改めて思った。ジスのようにストレートに言ってくれるほうがいい。頭の中でこねくりまわして、ひとりで変な結論を出さずに済むからだ。

「あんたのことが理解できないわけじゃない。理解してる。だって、うちのママが昔言ってたのよ。家のことにかまわなきゃいけない人は、外の人との関係がおろそかになりがちだって。無感覚になるから。傷つくまいと殻の中に閉じこもるのと同じだって。わたし、ヨンジェのこと理解してる。自分で言うのもなんだか可笑しいけど。だからヨンジェも、少しはわたしのこと理解してくれない？」

「どんなふうに？」

「わたしはもともと、短気で生意気なの。口も減らないし。あんたもすでに知ってるとは思うけど、ママにもよく言われるわ。そんな生意気な口の利き方してたら嫌われるわよって。だからわたしも言ってやるのよ。これはママから学んだものだし、人に良く見られようときれい事を言わなきゃならない理由がありますかって。ね、そう思わない？　そしたら今度は、女の子なんだからきれいな言葉を使えってうるさいのなんの。それはそうと、ママにあんたのお母さんのこと話したらめちゃくちゃテンション上がっててさ。ママもあの映画よく見てたから。そういうわけで、そのうちお互いのお母さんも連れて、一緒に会わない？　ママが張り切ってるんだけど……」
ヨンジェは、もしも運動会の日に戻って運動場脇のスタンドにボギョンとウネ、そしてジスとコリーを招待していたら、自分はレールを外れることなく走り抜いて一等になっていただろうと思った。もちろん、九歳のあのときに戻れないことは重々承知だ。ただ、これからはレールを外れることなく完走できそうだと思った。世界中の人から理解される必要はない。もっぱら、自分が理解したい人にだけ理解してもらえれば。

学校から戻り、店で熟成キムチのチゲを食べながら、ヨンジェはジスの言葉をボギョンに伝えた。ジスの母親が二十代のころ、ボギョンの出ている映画にはまっていたことと、時間のあるときに四人で会わないかという件だ。

「え？　なんですって？」

ボギョンは何度も訊き返した。聞き取れなかったわけではなく、ヨンジェの口からそんな話が出たことが信じられないのだった。ヨンジェは、ボギョンに与えられる最大の確信は沈黙だと思い、ごはんを頬張った。ボギョンは携帯のカレンダーで休みの日をつぶさにチェックしながら言った。

「ジスのお母さんはなにをされてるの？　平日でも大丈夫なのかしら？」

しつこく質問するボギョンを見つめていたヨンジェが口を開いた。

「わたしも見たい」

「そう、見た……うん？　なにを？」

「お母さんの映画」

ボギョンはチゲが喉につかえたのか、急に咳きこんだ。

そんなものもう残っていないだろうというボギョンの心配とは裏腹に、三十分あまりの映画は、たった一度の検索で高画質のものを購入できた。ヨンジェは二階で、コリーと一緒に、壁に照射した映像を観た。タイトルと監督、主演俳優の名前がゆっくりと映し出された。その中にある〝キム・ボギョン〟という名前は、知っているはずなのにどこか遠く感じた。ホラー映画を観るかのように、ヨンジェは膝を抱えて座った。隣で見ていたコリーも、ヨンジェのまねをして膝を抱えた。コリーが隣にいるから、ヨンジェはひとりぼっちな気がしなかった。コリーには生命体のような体温がない。それなのに、いつも一緒にいると感じさせてくれる存在だった。

長く静かなオープニングを見つめていたヨンジェが言った。

「コリーのこと、なんとなく連れて帰ったって言ったでしょ。あれ、嘘だよ」

言葉にしなければ相手の本音がわからないことに気づいたヨンジェは、これだけはコリーにありのままを話してやらなければと思った。

「ぼろぼろの体で干し草の上に寝そべって、空がきれいだったたって言うコリーがかわいそうだった。そしたらふと、わたしに直せないかなって気持ちが湧いてきたの。放っておけばいなくなっちゃうけど、わたしが連れて帰ればそうはならない。憐れみなんてわたしらしくないけど、でも、後悔はしてない。本当は好きなものを嫌いだと思いこもうとしてたなんてね。コリーを修理しながらわかったんだ。それと、いまはなにも言わないで。命令よ」

コリーはヨンジェの命令に従ったが、初めて命令に背きたいという衝動に駆られた。その衝動は本体の内部で実際に起こったものだったのか、コリーは映画を観ているあいだずっと、なにかが腑に落ちない気がしていた。だが映画を観ているヨンジェの邪魔はできず、衝動が治まるのを静かに待った。

ジスが滋養強壮剤を差し出した。受け取らずにぼうっと見ていると、ジスが中身を取り出して無理やりヨンジェの口に含ませた。ほろ苦くて甘い韓方薬の味が口の中に広がった。

運転中のジスの母親が、バックミラー越しに後部座席のヨンジェとジスに言った。「緊張してる?」いいえと答えるヨンジェの口から韓方薬のにおいが漂い、ヨンジェは急いで口を閉じた。ジスがクックッとばかにするように笑い、車は間もなく目的地である大学の講堂に着いた。

入り口に掛かった大きな横断幕が、そこで大会が開かれることを知らせていた。大学入試がかかった大会であるだけに、そのスケールに見合った参加者たちで足の踏み場もない。平日の昼間であることを思えば、とてつもない人混みだ。忘れよう忘れようとしていたかつての大会が嫌でも思い出された。それでも、今回はジスの母親の車で一緒に来たではないか。ひとり地下鉄でやって来てつくねんと座っていたあのときとは雲泥の差だ。ヨンジェは憂鬱にとらわれないよう気を引き締めた。ジスに韓方薬をもらっていなかったら、いまごろはミネラルウォーターを五本ぐらい飲み干していただろう。そうしてトイレに駆けこんで、発表を台無しにしていたかもしれない。ジスの母親が運転席のドアを開けると、ジスはそのドアを閉めなおして、ついて来なくていいから近くで休んでいてくれと言った。車は隙間を縫うようにして進み、学校をあとにした。行こう。ジスが戦場へ向かう戦士のごとく、決意に満ちた声で言った。

今朝、ボギョンもついてこようとするのをなんとか食い止めた。ヨンジュが以前の大会でひとり傷ついて帰ってきたことに、ボギョンも心を痛めていたようだ。だが今回はジスの母親が車も出してくれ、なによりひとりではなかった。だから怖くなかった。緊張はまた別の話だったが。出発間際、ウネに、どんなコメントを準備したのかと尋ねられた。ヨンジュは、急いでいるからいまは説明できないといったん玄関を出たものの、あたふたと戻ってきてウネに訊いた。

「姉さんは自由になりたいんだよね？」

「わたしはいまも自由よ」

それを聞くと、ヨンジュはにっと笑い、了解、と言って玄関を飛び出していった。

五チームごとに分かれて講堂へ入った。ステージの前には、五人の大学教授と三人の技術エンジニアが座っていた。ふたりの順番は五チーム中、四番目だった。進行係に案内されて席につき、先行チームの発表を聞いた。台風のような災害の中でも風に負けないドローンや、公共施設に配置するＡＩ診察ロボット、既存のダルパの性能をグレードアップさせた次世代ダルパまで、多岐にわたる幅広い想像力が見て取れた。どの子も、海外旅行や留学経験をもとに、西欧の研究資料からアイデアを得たという。どのアイデアも世界に必要なものだった。ヨンジェは準備してきた発表資料を確認した。誤字脱字はないかチェックするつもりだったが、同時に、ほかの発表者にくらべて見劣りしないかと心配にもなった。シンプルな図面を見つめていると、ジスがヨンジェの手を握った。

あんたのアイデアが一番!

ジスは声を出さずにそう言い、胸を張れとヨンジェの背中をパンパン叩いた。心強かった。韓方薬が効いてきたのか、吐き気も治まった。

チームごとに三組が二十分の発表とQ&Aを終え、ヨンジェとジスの番になった。ヨンジェはステージの後方に立ち、ジスの発表に合わせて、ディスプレイでパワーポイントの資料を操作した。審査委員が目に入るたび、ひとことも言えずにステージを下りたあの日に引き戻されそうだった。前を見るまいと、ひたすら画面だけを見つめた。さいわいにも、ジスは落ち着いた態度と聞き取りやすい滑舌で発表を進めた。審査委員たちは一度もよそ見することなく発表に聞き入った。ヨンジェがウネを見守る中で考案した、〝ソフトホイール・チェア〟のアイデアを。

ソフトホイール・チェアは、二〇一六年にアメリカのハーバード大学で作られたソフトロボット〝オクトボット〟と作動原理が似ている。合成シリコンで作られたソフトホイール・チェアのタイヤは、従来の車椅子のタイヤよりずっと薄くて丈夫で、タイヤの内部には曲げひずみをもつ人工筋肉が備わっている。普段は原形を保っているが、階段のような障害物に出会うと空気圧を利用し、対象障害物の形に合わせて形態を変えることができる。一方で、伝導性高分子と結合した人工筋肉が変形したタイヤの形を固定することで、無理なく階段を上れる。階段に留まらず、岩や石の多い山岳地帯も登ることができるのだ。

ヨンジェのアイデアに絶対の信頼を置くジスの発表は、ハキハキとよどみなかった。おかげで、ヨンジェもいつの間にか、審査委員のほうを見られるようになっていた。彼らがうなずくたび、ヨンジェは自分のアイデアが認められている気がして胸がいっぱいになった。十五分の発表を、ジスが一度もひるむことなく終えたとき、ひとりの審査委員から短い拍手が送られた。ジスが笑顔でヨンジェを振り返ると、ヨンジェはガチガチに強張っていた頰をなんとか動かし、笑顔で応えた。ジスは、続く質問にも落ち着いて答えた。最後の質問が飛んできた。大学教授だという女性は、後ろに立っていたヨンジェを見ながら尋ねた。

「このアイデアはどこから生まれたのかな？　あなたが答えてくれない？」

ジスがヨンジェのほうへマイクを差し出した。ヨンジェはジスの隣に進み出て、マイクを受け取った。見聞を広めて得たものだとは言えなかった。ヨンジェはまだ、〝家〟という世界の外へ踏み出したことがない。審査委員はヨンジェの答えをくだらないと感じるだろう。ヨンジェにもよくわかっていた。しかし、ほかにどうすることができるだろう。ヨンジェにとって世界とは、いまのところ家がすべてなのだから。しかも、その家の中にさえ、この世界が解決できていない問題があふれているのだ。ヨンジェは緊張を抑えようと、ゆっくりと息を吐いた。力むより力を抜いたほうが緊張がほぐれた。

「孤独にならないためです」

ヨンジェはそこで、一度言葉を切った。ジスが驚いていないところを見ると、間違ったことを言っているわけではないのだろう。もう少し勇気を振り絞った。

「いったん外出しようと思ったら、ほかの人たちよりもたくさんの準備が必要な人がいます。でも、準備すればかならず外出できるというわけでもありません。意志や実力が足りないわけでもないのに、諦めるしかない場合も多々あります。難しいんです。助けなしには進めない道がたくさんあるからです。手術を受ければいいじゃないかと簡単に言う人もいますが、その手術にかかる費用は、ある人にとっては不可能にも等しい金額です。それに、その人は、わたしたちのような完全な脚が欲しいわけでもない。脚は目に見える形でしかありません。本当に欲しいのは自由です。行こうと思えばどこへでも行ける自由。そのためにはたくさんのお金ではなく、とてもよく作られた、上れないところも越えられないところもないタイヤさえあればいいんです。文明が階段をなくすことができないなら、階段を上れるタイヤを作ればいい。テクノロジーとは、弱者を助けるのではなく、いまも強い人をさらに強くするために発達すべきだと思っています」

ヨンジェはしばし息を整えてから、最後まで続けた。

「人類の発展における最大の発明だったタイヤも、このへんで一度、形を変えるべきときが来たのではないでしょうか。タイヤは古代の人類を、たちまちのうちにはるか遠くまで運んでくれました。そして、現代の人類にも同じことをしてくれると信じています」

大学教授がマイクを取って訊いた。

「いったん外出しようと思ったらほかの人たちより準備がたくさん必要な人、というのが誰のことなのか訊いてもいい？」

「わたしの姉です」

大学教授の顔がほころんだ。

「おつかれさまでした」

ジスはステージから下りると、がばっとヨンジェを抱き寄せた。ヨンジェは目を丸くして何事かと引き離そうとしたが、ジスはヨンジェを離さなかった。ヨンジェはけっきょく、されるがままにジスに抱きしめられていた。

ヨンジェにとっては、大会を無事に終えたというだけで胸がすく思いだった。数日後、予選をパスしたという知らせを受け取り、その後の本選でも順調に発表を終えて総合二位という成果を収めるなどとは、この時点では思いもよらなかった。さらに、そのアイデアが科学技術開発プロジェクトに採択され、ぴったり五年後に自分の作った車椅子をウネにプレゼントすることになるなどとは夢にも思わなかった。

なぜなら、そのすべてを経験する前に、ヨンジェは別れという大きな悲しみに直面しなければならなかったからだ。

コリー

「風はいつも涼しいんですか？」

涼しいな、とひとりごとのようにつぶやいたミンジュに、コリーが訊いた。秋風を浴びながら背伸びをしていたミンジュが、コリーを見下ろした。ミンジュは、そうだ、と答えようとしてふと気が変わったように、その場にしゃがんで、コリーにも座るよう言った。コリーはミンジュのまねをして膝を曲げ、屈んだ姿勢をとった。

「涼しくもあれば、温かいときもあるし、冷たいときや、湿ってるときもある」

「どうしていつも違うんですか？」

「風ってのは、空気が動いて起こるんだ。だから、空気がどうかによって変わってくる。冬は空気が冷たいから風も冷たいし、夏は空気が熱いから風も熱いんだ」

「なぜ風が吹くんですか？」

「空気が移動するからさ。気圧ってのがあって、そうだな、空気の塊って言えばいいかな。それが高い所から低い所へ移動するんだ。絶え間なく。そうやって地球を循環してるんだよ」

コリーはうなずいた。空へ手を伸ばしたが、コリーは空気の流れを感じられない。だが、ミンジュの髪と木の葉が揺れるのを見て、空気が動いているのだとわかった。トゥデイのたてがみが揺れるのと同じ理由だ。少し違うのは、風はおのずと吹くものだが、トゥデイはみずから風を起こすところだろうか。

ヨンジェが言ったとおり、いくつかの木は葉を赤く染めはじめていた。理由のわからない不思議な変化はたくさんあった。すべての出来事に理由をつけることはできないというヨンジェの言葉が納得できた。ここで起こる出来事の理由をひとつひとつ見つけようとすれば、とんでもなく時間がかかるに違いない。中にはすべてを知っているヒューマノイドもいるかもしれないが、少なくとも、コリーにはそういった情報がインプットされていないのだ。

「あいつら遅いな」

「はい、お昼時にみんなでパーティーをすると言ってました。昨日、いいことがあったんです」

昨夜、ヨンジェとジスは学校から一緒に帰宅し、そわそわと携帯を見つめていた。午後八時に予選通過者の発表があるらしく、ウネはコリーに、いまはなにも訊いてやるなと耳打ちしてくれた。八時になると同時に、ふたりは一度切っていた携帯の電源を入れた。間もなく、ジスが悲鳴を上げながらヨンジェを抱き締めた。ジスはヨンジェに、食べたいものを好きなだけ言えと言って狂喜乱舞したが、夜も遅かったため、翌日の再会を約束して帰っていった。

結果を確かめた瞬間、静かに笑っていたヨンジェだが、コリーには、ヨンジェが内心どれほど嬉しかったのかが、体から伝わってくる振動でわかった。ジスのように悲鳴を上げたり踊ったりはしなかったが、幸せの数値はジスと同じだった。コリーは、ほかの人にはわからないヨンジェの微妙な変化や感情をぴたりと読み当てた。「嬉しかったでしょう？　とっても」二階の部屋を出かけたヨンジェに、コリーが訊いた。ヨンジェは笑顔を隠そうともせず、「知ってるくせになんで訊くのよ？」と答えた。

コリーはヨンジェのひそかな秘密を共有することにもなった。それは、ヨンジェが暇あるごとにボギョンの映画を観るということだった。同じ映画を観ているにもかかわらず、毎回初めてのように、すべてのシーンとせりふに集中した。特に、ボギョンが登場する瞬間は瞬きひとつせずに見入っていた。

「そんなに面白いですか？」

コリーが訊くと、ヨンジェは首を振った。

「わたしの好みじゃない」

「じゃあ、なぜこの映画を何度も観るんですか？」

「不思議だから」

「なにが？」

「わたしに会う前のお母さんが」

「あなたに会ってからのボギョンもあのころのボギョンと同じです」

ヨンジェは答えず、五回目の映画鑑賞を終えてからこう言った。

「そうね、同じ人。コリーの言うとおりだと思う。お母さんはいまも昔も同じ人よね」

ヨンジェはその後も、同じ映画を三度も観た。コリーは一度で場面に登場する小物の位置まで記憶したが、ヨンジェは観るたびに新しい部分を見つけた。人間の目は、同じものを見ていても、それぞれが別のものを見ていることもある。コリーは、人間とは摩訶不思議なものだと思った。一緒にいても別々に時間が流れ、同じものを見ても別々のものを記憶し、言葉にしなければ心の内がわからない。時として、頭の中と言葉が食い違うこともある。ややもすれば、自分を隠すことに全エネルギーを使い果たしてしまいそうに見えた。

それにもかかわらず、時には言葉にせずともお互いの気持ちがわかり、別々のものを見ていても同じ方向を向いていて、離れていても一緒にいるかのように同じ時を過ごす。複雑でわかりにくかった。だが、楽しそうでもあった。コリーは思った。自分も感情を感じることができたなら、あらゆる状況を楽しんだことだろう。人生そのものを、連続するクイズのように感じただろう。

ミンジュが芝生の上に、腕枕をして寝転んだ。その格好をまねするのは難しく、コリーは屈んだ姿勢のまま、気持ちよさそうに目を閉じているミンジュを見つめた。

「明日はいよいよレースだな。どんな気分？」

ミンジュが尋ねた。

「なんともないです」

コリーがただちに答えた。

「そうだよな？　緊張するなんて答えを期待したおれもバカだけど」

「緊張するという返事を期待したんですか？」

「だって久しぶりだろ。久しぶりだと緊張するもんだよ」

「あなたはいつも、ぼくが人間であるかのように接してくれますね」

コリーの言葉にミンジュが噴き出した。

「ぼくは人間になりたいわけじゃありません。でも、ぼくが人間であるかのように接してくれると嬉しくなるのは、あなたがぼくのことを、すぐそばに実在する存在だと思っているからです。ぼくは、人間のそばに長く留まる機械でいたいです」

「どうして？」

「ぼくは機械ですから」

ミンジュの次はヨンジェ。次にボギョン、ウネとジス。彼らはあたかも、コリーが生きた生命体であるかのように接した。コリーは彼らを特異な人間に分類した。命なきものを愛せるのも人間ぐらいだろう。ボギョンは、結婚後に消防士と初めて買った車を売り払いながら泣いたと言う。それだけでも、ボギョンがその車をどれほど愛していたのかがわかった。

ボギョンは明日、店を閉めてレースを観に行くと言う。開店以来、初めて週末に休みを取るのだと。一日ぐらい休んでも飢え死にすることはないから大丈夫、という結論にようやく達したのだ。なにより、ヨンジェが修理した騎手のレースを見逃せないというのだった。これ以上は逃すもののないよう、これ以上はふたりの距離が遠ざからないよう努力するのだと、ボギョンはヨンジェが眠りについた深夜、二階へこっそり上がってきてコリーに言った。なぜそんな決意を自分に伝えるのかはわからなかったが、コリーはボギョンの言葉にうなずき、あなたを応援すると答えた。

「そうしてると気持ちいいですか?」

コリーがミンジュに訊いた。寝転ぶのは気持ちいいさ、と言うのを聞いて、コリーも芝生に寝転んだ。腕もミンジュのように頭の下へ入れた。気持ちいい、というのはわからないが、空がよく見えた。干し草の上に横たわって見つめていた空に似ている気がした。

コリーは、自分がF‐16のように人間に連れて行かれることを知っていた。F‐16のように二度と戻らないだろうことも。けれど、少女が現れた。その体格ではコリーを持ち上げることもできそうにないヨンジェが。ヨンジェは全財産である八十万ウォンをはたいてコリーを買った。コリーはその瞬間を、人間のいう人生逆転、あるいは第二の人生のスタート地点だと思った。自分のそれも人生と呼べるのなら。

コリーが過ごしたその家は、どことなく寂しげで、静かだった。三人が暮らしていたが、時間ごとにひとり分の騒音しか発生しない家。一緒にいても、それぞれが嚙み合わない時間の中に閉じこめられていた。しかしコリーには、その沈黙が長くは続かないことがよくわかっていた。少しずつひびが入り、そこから入りこんだ騒音がお互いの時間を合わせてくれるはずだ。あまりに速く流れ去ってしまわないように。

「トゥデイは明日が過ぎれば死ぬんですか?」

ミンジュは眠ってはいない様子だったが、しばらく口をつぐんでいた。コリーはいまや、人間の沈黙はたいていの場合、〝肯定〟を表すことを悟っていた。質問に対する肯定。つまり、トゥデイは明日が過ぎれば死ぬ。もうひとつの奇跡、トゥデイの第二の人生が幕を開けない限り。

トゥデイの状態はだいぶ好転していたが、一時的なものにすぎないとポッキは釘を刺した。以前の状態にはけっして戻れず、約束の時速三十キロをオーバーすればたちまち倒れてしまうと言った。薬と鎮痛剤でしばらくもっているだけだと。ポッキの言うとおりだったが、コリーは、トゥデイが頑張れる最大の理由はウネにあると思っていた。自分がなぜそう考えるのか、コリーには理解できなかった。でも、ヨンジェが自分を直したように、毎日トゥデイのもとを訪れてリンゴやニンジン、アーモンドをやりながら励ましていたウネがトゥデイを快方に向かわせたのかもしれない。幸せだけが唯一、痛みに打ち勝つことができるのだから。コリーは、トゥデイが初めてもう一度立ち上がったときのウネが喜ぶ姿を、メモリから取り出して思い浮かべた。

「トゥデイが死んだら、ウネはとても悲しむと思います」

「そうだろうな。でも、乗り越えられるはずだよ」

ミンジュは疲れているのか、長いあくびをした。

「どうして確信できるんですか？」

「乗り越えられるさ。いつかはちゃんと乗り越えられる。おれにもよくはわからないけど」

「でも、それは時間が止まってるってことかもしれません」

その言葉の背景を知らないミンジュは、目を開けてコリーをちらりと見やると、また目を閉じた。コリーはもっと訊きたいことがあったが、言葉を引っこめた。ミンジュののどかな表情を壊したくなかった。ウネのことはやはり気掛かりだったが、ボギョンがついているのだから大丈夫だろう。ボギョンは、一度止まった時間を再び流れさせる方法を知っているのだから。

コリーは再び空を見上げた。いつだったかヨンジェが、空を見つめつづけていると目がひりひりして涙が出てくると言ったが、コリーはいくら空を見つめても涙が出ることはなかった。するとヨンジェは、目がひりひりするとまではいかなくても、眩しいという表現もあると教えてくれた。たとえば、それまでに見たどんな空より美しい空を見た瞬間に。自分の目からも水が流れる機能があったなら、とコリーは思った。それなら明日、トゥデイがコースを完走する瞬間に涙を流すだろう。トゥデイを抱き締めて、おつかれさまと言いながら。

寝ていたと思っていたミンジュが、コリーに言った。

「死なない限り時間は永遠に流れるんだから、ちょっと立ち止まるくらいなんでもないさ」

「……」

「生きてる人間の時間は、流れるものだから。むしろそのほうがいいときもあるかもしれない。あんまり速く走りすぎると、逃してしまうものもあるっていうからな。誰の言葉だったっけ。有名な人なんだけど。思い出せないな」

コリーはうなずいた。ミンジュはその言葉を最後に、しばしの昼寝に入った。

トゥデイはコースに立っても走らない訓練を重ねた。生まれてこのかた、速く走る訓練しか受けてこなかったトゥデイはいま、ゆっくりゆっくり、体に無理がいかないぐらいのんびり走らねばならなかった。トゥデイが少しでもスピードを上げようとすると、ミンジュとヨンジェ、ウネが手を振りながらトゥデイをあやし、なだめた。ゆっくり、のんびり、ゆったり、穏やかな呼吸で、空を見て、辺りを見渡し、背中に乗っているコリーの動きを一緒に感じながら……。

ゆっくり走る練習をした。競馬場では足の速い馬が勝つが、のんびり走ったからといって、競技の途中にコースから追い出されることはない。そもそも、ゆっくり走ることがルール違反にはならない。

わたしたちはみんな、ゆっくり走る練習が必要だ。

その後、関節をすり減らしてまで走ったトゥデイはニュースを通じて世間に知れ渡り、〝奇跡の馬〟と呼ばれるようになることを、コリーは知らない。そうして、競走馬の実態がまな板にのせられることも。やがて安楽死を目前にしたトゥデイの命を守ろうという国民請願が集まることも、のちにはトゥデイが済州島の草原で空を見晴らしながら暮らせるようになることも。コリーはそれを知りえないが、いまこの瞬間だけは、そのすべてを知ったかのように幸せだった。

コリーの人生の第二幕はここで終わる。ここで再び、物語の最初で最後の部分に戻るときが来た。コリーが落下する瞬間へ。

あなたはこの物語をどう読んだだろう。ぼくの短い生涯を見てなにを考えただろう。あなたも振動を感じただろうか？　呼吸のできないぼくが呼吸できると錯覚したように、ぼくを通して、あなたも振動を感じただろうか？　答えを聞ければいいが、ぼくにはもう時間がない。本当に、物理的な残り時間がない。

　ぼくの時間をいっぱいに満たした彼らは、観客席の一角に肩を寄せ合って座っている。競技の前、ヨンジェと会った。ヨンジェは自分の体とぼくの体がぴったりくっつくように、ぎゅっとぼくを抱き締めた。ごつごつしたぼくの胸に額をつけて、呪文を唱えるようにつぶやいた。

「うまくいくわ」

　ひとりごとなのか話しかけているのかわからず、ぼくは沈黙を守った。抱き合っていた体を離し、最後までつかんでいた手も離し、ヨンジェと初めて出会った厩舎の干し草の前で別れた。それが最後だとわかっていたら、出会えてよかったと伝えていたはずだ。でも、ぼくに未来を見通す予知能力はなく、ヨンジェが見えなくなるまで見つめることしかできなかった。

ぼくはトゥデイのそばへ行った。以前のように鞍とゼッケンを付けたトゥデイがぼくを待っていた。トゥデイの手綱を握り、首筋を撫でながら言った。ついさっき、ヨンジェがぼくを抱き締めてつぶやいたように。

よろしくね。

かつてはエースだったが、いまは安楽死を控えているトゥデイと共にコースへ立つ。鞍にまたがる。トゥデイのたてがみを撫でる。歓声が聞こえる。ぎっしりと埋めつくされた観衆の中から、ぼくはひと目で彼らを見つける。彼らに手を振る。合図とともにトゥデイの手綱を引っ張る。天井のスクリーンに数字が浮かび、10からカウントダウンが始まる。レース日和で、カウントダウンが進むとともに天井が少しずつ開き、風が入ってくるのが、たなびくトゥデイのたてがみを見てわかった。口の中で数字をつぶやく。
3、2、1。
トゥデイはほかの馬たちとは違い、とてもゆっくりと走り出す。

いちはやく駆け出す馬たちを見送るように、のんびりと最初の一歩を踏み出す。膝が痛むのか、呼吸がやや荒い。

痛くて我慢できなかったら、走らなくてもいいよ。きみはもうコースに立ってるんだから、それでじゅうぶん。

つらければ投げ出すのも手だ。たとえ、生けるものがなにかを投げ出すには、とてつもない努力を要するとしても。

観覧席から野次が飛んでくる。のろい馬を出場させたことへのブーイングだ。トゥデイにも彼らの言葉が聞き取れるのだろうか。トゥデイの行く手にビール缶がひとつ、カンッと音を立てて落ちる。トゥデイは気にせず走り抜ける。けれどビール缶の数は増えつづけ、物を投げないようにというアナウンスに、人々は激しく反発する。競技場はいつになく入り乱れている。歓声ではなく、野次や叱咤、罵声が飛び交う。

大丈夫、気にしないで。彼らの言葉に耳を貸さなくていい。きみにはきみの走る道があるんだから、それだけを見つめて走ればいい。自分のスピードで。

どのみち、このコースを走れるのはトゥデイだけなのだ。観覧席からのブーイングなどどうでもいい。トゥデイが気にしないように、耳元でささやきつづけた。

気にしないで、なんでもないよ。あんな声、聞かなくていい。すべての声を聞きながら生きる必要はないんだ。

観覧席の片隅で、客たちに向かって怒りをあらわにするヨンジェと、スラングを連発するジスの声が聞こえてくる。口にできないほど汚い言葉だ。ヨンジェもジスも、あんなに怒らなくてもいいのに。なぜって、トゥデイが幸せそうにしているのがわかるから。トゥデイが一歩踏み出すたびに、体が振動する。初めてコースに立ったときのように。

幸せなんだね。あのときに戻れたんだね。

トゥデイにささやく。

ここで満足していれば、ぼくは人生の第二幕を終えていなかっただろう。もっと速く走りたがるトゥデイの気持ちに気づかないふりをしていれば。幸せが痛みに勝った。この瞬間だけ、トゥデイは以前のように走れるようになったのだ。これはアクシデント。想定外の状況だった。ヨンジェの言葉を借りれば、チャンスだった。だが、カーボンの代わりにアルミニウムを使ったことで重みを増したぼくの体は、トゥデイが乗せて走るには重すぎた。ぼくが背中にいる限り、トゥデイは本来のスピードを出せないはずで、膝はたちまち駄目になるはずだった。ぼくはミンジュが怒るのを知りつつも、手綱を放す。トゥデイの首をそっと抱き締める。トゥデイの幸せが震えとして、響きとして、振動として伝わってくる。

もっと速く走りたい？

トゥデイは徐々に速度を上げることでそれに答えた。前回の落馬では下半身が壊れただけで済んだが、修理の過程で油圧モーターをはぶいたため、いまは衝撃を吸収するすべがない。今回は内蔵装置がもたないだろう。このところの異変から考えても、ボディは今回の落下に耐えられないはずで、たとえ壊れた内蔵装置を直したとしても、いまのぼくのまま蘇ることはできないだろう。

でも、ぼくに恐怖はなく、未練もない。ただただ馬を助け、馬を幸せにするという、存在そのものの理由があるのみだ。

トゥデイの心臓が鳴っている。二度と走れないと思っていた馬が初めて感じる、第二の人生が鼓動として伝わってくる。もっと速く、もっと速く。たとえ膝が再起不能になろうとも、トゥデイはもっと速く走りたがっている。もう一度走れる自由を満喫するために。

ぼくは次の瞬間、トゥデイから落ちた。

二度目の落馬だった。

この世界で最も長い三秒。騎手房にひとりぼっちで座っていたときよりもずっと長い、これまでの日々をじゅうぶんに思い返せるほどの、とても長い時間。

それがぼくの最期だ。腰から上も粉々に砕けていったが、苦痛などは感じず、澄んだ空ばかりが見えた。

初めてこの世界と対面したとき、ぼくの知っていた単語は千個。そして千個の単語では表現しきれない、千個の単語よりずっと大きくて尊い人たちの名前を知った。もっと多くの単語を知っていたなら、最後の瞬間に彼らをどう言い表しただろう。恋しさ、温もり、切なさ。そういったものをちょうどよく混ぜた単語がこの世にあっただろうか。

たった千個の単語からなる短い生涯だったが、初めてこの世界を目にして言葉をつぶやいたときからこれまで、ぼくが知る千個の単語は、そのどれもが空を思わせた。挫折や試練、悲しみといった、あなたも知っているすべての単語はどれも、千個の青だった。

最後に空を見つめる。青々とした眩しい空だった。

作家ノート

靴のかかとがすり減るのが早いほうだ。歩くのが速いからだと言われた。「歩くのが速いとかかとがすり減るのも早いの?」と尋ねたかったが、聞き流した。歩くのが速いのは事実だし、かかとがすり減るのが早いのも事実なのだから、二つの文章を結びつけたってかまわないじゃないか、そう思った。

忙しいけれど、無気力な日々。休みたいけれど、いったん止まればとりとめもない感情に襲われそうで休めなかった。実はこれを書いているいまも、止まるなど想像もできない。取り残されそうな気分、と言っていいだろう。だからだろうか、ときどき、あまりに忙しく生きているのではないかと思う。いや、わたしだけではない。少なくともわたしが生きてきた世界には、ことごとく忙しい人しかいなかった。

韓国科学文学賞に応募しようとしていたのは、『千個の青』ではなかった。スペースオペラをテーマにした、ずっと広い世界の小説だった。八百枚を書き上げ、最後の百枚となった時点で、自分の書いた小説の中の人物たちが〝偽物〟のように思われてきた。だからそれ以上書けなくなった。一文字も書けず、ノートブックはしばらく開くこともなかった。それが九月中旬のことだ。小説はどうせフィクションなのに、自分の小説はよけいに偽物だと感じるのはどうしてだろう。そう悩むあいだも、平日と週末を分かたず家庭教師として子どもたちに教え、カフェのアルバイトをしていた。出勤時間に遅れそうで足早に歩きながら小説の存廃に悩んでいたとき、靴の底が抜けた。歩みを止めたわたしは、息切れがしていた。歩いていると思っていたのに、走っていた。そのとき気づいた。執筆中の宇宙を背景とした小説を想像するには、自分の足があまりに現実にへばりついているのだと。ＳＦが現実とかけ離れていると言いたいのではない。わたしが自分の小説とかけ離れていたのだ。

二〇一九年、機会に恵まれ、長編小説『崩れた橋』を出版した。そのため、韓国科学文学賞の資格要件である〃出版から二年未満〃という項目がわたしの背中を押した。これが最後になるかもしれない、そう思った。実際、二〇二〇年の韓国科学文学賞は新型コロナの余波で取りやめになったため、本当に最後のチャンスだった。いずれにせよ今後二度と出せない、けれどかならず応募したい文学賞にどんな作品を出すべきか、それからもう一度考えた。〃科学文学賞〃なのだから、とびきりかっこいい科学小説を書きたかったけれど、できなかった。〃とびきりかっこいい〃小説はいまのわたしには書けそうにないから、〃自分がうまく書ける〃小説を書こうと思った。

携帯電話のメモ帳の一番下に、次のようなメモがあった。

〃わたしたちはみんな、ゆっくり走る練習が必要だ〃

いつのメモかも思い出せないが、いつもこのメモを見ながら、地球が変化していくスピードと、知らないまま見過ごしてしまう人、そして動植物について考えていた。だから、『千個の青』を書いた。

小説を書き上げてからこれまで、わたしはゆっくり歩く練習をしている。駆け足に通りすがりの蟻が踏まれないように。

受賞の言葉

　十五歳のとき、小説が書きたくて書きたくて、親の許しも得ずに芸術高校の文芸創作科に入学したわたしは、そのころから小説家が夢だった。正しくは、小説家というより〝物語を書く人〟が夢だった。だからいつでもなにかを想像し、物語を組み立て、人物に命を吹きこんだ。でも、わたしにはまったく受賞のチャンスが与えられず、〝わたしは間違った小説を書いているのだろうか〟という思いにとらわれ、数年間小説を放り出していた。長くは続かなかった。書くことをやめるとわたしの世界はあまりに退屈で、また書きはじめるしかなかった。

　ＳＦをたくさん読めていない。だからいまもＳＦについて勉強中だ。それならなぜＳＦを書いたのかと訊かれれば、わたしの好きなものが〝ふたを開けてみるとＳＦだった〟としか答えられない。好きな映画、面白かった小説、最愛のモチーフ（ゾンビと宇宙）……。そのすべてが〝ＳＦ〟だったことを少し前に知った。知ってみると、ぞくぞくした。

　オンライン・プラットフォームで連載をスタートし、どんな物差しでも測れない、自分が楽しめるものだけを書こうと決めてひた走っていると、ある日、自分には一生縁のないものと思っていた賞というものが飛びこんできた。それが韓国科学文学賞だ。本当に嬉しくて、受賞の電話を受けたあと、会社の非常階段に長いあいだ座りこんでいた。

小説を書くこと、プロットを組み立てること、人物を具体化すること……。そのどれもが大好きだけれど、いったいなぜ好きなのかはいまもわからない。でも、これからは無理に理由を探し求めず、楽しく書いていこうと思う。そうすれば、ある日突然飛びこんできたこの賞のように、その理由がわかる日も突然やって来るんじゃないか。

それがわかるまでは、たったひとりのためでもいいから、胸に深く残る物語を書くつもりだ。未来と、宇宙と、行くことのできない別の世界を借りて。

この賞は、楽しく書けという激励と受け止めます。ありがとうございました。

二〇二〇年夏　ソンラン

訳者略歴：カン・バンファ（姜芳華）
岡山県倉敷市生まれ　訳書『種の起源』（早川書房刊），『七年の夜』チョン・ユジョン，『ホール』ピョン・ヘヨン，『惨憺たる光』ペク・スリン，『みんな知ってる、みんな知らない』チョン・ミジン　共訳書『わたしたちが光の速さで進めないなら』キム・チョヨプ（早川書房刊），『オビー』キム・ヘジン，『失花』李箱ほかなど

千《せん》個《こ》の青《あお》

2021年10月20日　初版印刷
2021年10月25日　初版発行

著者　チョン・ソンラン

訳者　カン・バンファ

発行者　早川　浩

発行所　株式会社早川書房
東京都千代田区神田多町2－2
電話　03－3252－3111
振替　00160－3－47799
https://www.hayakawa-online.co.jp

印刷所　信毎書籍印刷株式会社
製本所　大口製本印刷株式会社

Printed and bound in Japan

ISBN978-4-15-210056-6 C0097

乱丁・落丁本は小社制作部宛お送り下さい。
送料小社負担にてお取りかえいたします。